中國語言文字研究輯刊

九 編

許錟輝 主編

第 12 冊

前四史韻語研究（中）

王 冲 著

花木蘭文化出版社

國家圖書館出版品預行編目資料

前四史韻語研究（中）／王冲 著 -- 初版 -- 新北市：花木蘭
文化出版社，2015〔民104〕
目 12+260 面；21×29.7 公分
（中國語言文字研究輯刊 九編；第12冊）
ISBN 978-986-404-393-4（精裝）
1. 漢語 2. 聲韻學
802.08   104014810

ISBN- 978-986-404-393-4

中國語言文字研究輯刊
九 編   第十二冊   ISBN：978-986-404-393-4

前四史韻語研究（中）

作 者 王冲
主 編 許錟輝
總 編 輯 杜潔祥
副總編輯 楊嘉樂
編 輯 許郁翎
出 版 花木蘭文化出版社
社 長 高小娟
聯絡地址 235 新北市中和區中安街七二號十三樓
        電話：02-2923-1455／傳真：02-2923-1452
網 址 http://www.huamulan.tw 信箱 hml 810518@gmail.com
印 刷 普羅文化出版廣告事業
初 版 2015 年 9 月
全書字數 510318 字
定 價 九編 16 冊（精裝） 台幣 40,000 元

前四史韻語研究（中）

王　冲　著

第八章　前四史各時期韻部綜述

韻部的演變有兩個基本途徑，一是韻部的分化和合流，這體現爲兩個韻部的分或合；二是韻部之間歸字的變化，即韻部仍然分立，但是它所包括的範圍發生變化。因此，本章除了繼續探討韻部的分合外，還將揭示韻部之間歸字的變化以及解決各家有爭議的韻部問題。

第一節　先秦時期的韻部特點

先秦時期韻語數量不多，本節只能簡單介紹它與中古韻目的對應關係及其個別韻部的特點。

陰聲韻

（一）之　部

先秦音之部包括下面幾類字：

之《廣韻》的之止志三韻字；

哈《廣韻》的哈海代三韻的一部分字；

灰《廣韻》的灰賄隊三韻的一部分字；

皆《廣韻》的皆怪兩韻的一部分字；

尤《廣韻》的尤有宥三韻的一部分字；

侯《廣韻》的厚韻的部分字；

脂《廣韻》的脂旨至三韻的一部分字；

眞《廣韻》的軫韻「敏」字。

（二）幽　部

先秦音幽部包括下面幾類字：

豪《廣韻》豪晧號三韻的一部分字，如草好曹等字；

肴《廣韻》肴巧效三韻的一部分字，如卯孝等字；

蕭《廣韻》蕭篠嘯三韻的一部分字，如條聊等字；

尤《廣韻》尤有宥三韻的部分字；

幽《廣韻》幽黝幼三韻的字；

侯《廣韻》候韻的「茂」字；

脂《廣韻》脂韻的「逵」字，旨韻的「軌」字等等。

之幽合韻問題：

古韻之幽合韻的現象，學者們早有注意。羅常培、周祖謨先生在《魏晉南北朝韻部演變研究》中，對當時某些文人作品中之幽兩部通押的現象有詳細地列舉。可見，早期漢語之幽兩部合韻現象的存在，應是一個確切的事實。這種通押，可能只是局部的方音現象，在雅言中兩部依然涇渭分明，古音學家們並未因此而主張把之幽兩部並為一部。但是，如何從音理上解釋這一現象，特別是如何在擬音時，使之幽兩部的擬音，能夠同時十分恰當地解釋之幽的合韻現象，成為了學者們關注的熱點，甚至成為了評價擬音優劣的一個標準。比如，就上古擬音而言，王力先生把之部擬為 ə，幽部擬為 u〔註1〕；鄭張先生則將之部擬作 ɯ，幽部同王力先生一樣擬作 u。章太炎的《成均圖》把之部和幽部一樣都擬成了帶有-u 尾的形式，作為一家擬音，也同樣值得注意。馮蒸師對此也有專文論述，此處就不贅述了。〔註2〕本文認同鄭張先生的擬音，後文還有詳細介紹。

〔註1〕擬音來源《漢語語音史》。

〔註2〕參見馮蒸《漢語音韻札記四則》，載《漢語音韻學論文集》，首都師範大學出版社，1997。

（三）宵　部

先秦音宵部字包括以下幾類字：

豪《廣韻》豪晧號三韻的一部分字，如勞豪等字；

肴《廣韻》肴巧效三韻的一部分字，如郊罩等字；

蕭《廣韻》蕭篠嘯三韻的一部分字，如堯弔等字；

宵《廣韻》宵小笑三韻的字。

（四）侯　部

先秦音的侯部包括以下兩類字：

侯《廣韻》侯厚候三韻字；

虞《廣韻》虞麌遇三韻的部分字。

（五）魚　部

先秦音魚部包括以下幾類字：

模《廣韻》模姥暮三韻字；

魚《廣韻》魚語御三韻字；

虞《廣韻》虞麌遇三韻的一部分，如娛虞羽父武等字；

麻《廣韻》麻馬禡三韻的一部分，如家華者野夏等字。

前文統計得出先秦時期魚侯的離合指數為 17，這證明此二部無疑當分。

（六）支　部

先秦支部包括以下幾類字：

齊《廣韻》齊薺霽三韻的一部分字，如圭帝等字；

佳《廣韻》佳蟹卦三韻字；

支《廣韻》支紙寘三韻的一部分字，如枝易等字。

本文無支部獨用的韻語。這裡列出支韻所包含的字，是參考了前人研究的結果，下文的侵、緝、葉等部同理。

（七）脂　部

脂部字包括以下幾類字：

脂《廣韻》脂旨至三韻的一部分字，如脂眉視等字；

皆《廣韻》皆駭怪三韻的一部分字，如皆諧屆等字；

齊《廣韻》齊薺霽三韻的一部分字，如弟禮濟等字；

支《廣韻》支紙寘三韻的一部分字，如爾字。

（八）微　部

微部的字包括以下幾類字：

微《廣韻》微尾未三韻字；

脂《廣韻》脂旨至三韻的一部分字，如遺悲類遂等字；

咍《廣韻》咍海代三韻的一部分字，如開哀慨愛等字；

灰《廣韻》灰賄隊三韻的一部分字，如回罪內對等字；

皆《廣韻》皆怪兩韻的一部分字，如乖懷壞等字；

支《廣韻》支紙寘三韻的一部分字，如委毀等字；

戈《廣韻》戈果兩韻的「義、火」等字。

前文統計得出脂微的離合指數爲 35，這證明此二部當分。

（九）歌　部

歌部和支部在《詩》韻裏是分割得很清楚的兩部。歌部包括以下幾類字：

歌《廣韻》歌哿個三韻字；

戈《廣韻》戈果過三韻字；

支《廣韻》支紙寘三韻的一部分，如爲皮宜離施危等字；

麻《廣韻》麻馬禡三韻的一部分，如麻加沙蛇吐差等字；

脂《廣韻》至韻「地」字。

（十）祭　部

祭部字包括以下幾類字：

泰《廣韻》泰韻字；

夬《廣韻》夬韻字；

祭《廣韻》祭韻字；

廢《廣韻》廢韻字；

怪《廣韻》怪韻的一部分字；

霽《廣韻》霽韻的一部分字。

祭月分立問題：

先秦兩漢韻部中祭月問題爭論不休，看來，有必要對上古的祭部重新考察一番，以求得更深入的認識。祭部的性質涉及了幾個方面的問題：一是祭部和

月部的關係的問題；二是祭部如果獨立的話，與何韻部相搭配的問題；三是祭部的韻尾問題。

主張祭月合一的學者分為兩派：

一派認為祭部在上古屬於入聲，以王力先生、李毅夫先生為代表。王力先生從上古聲調入聲有長短的角度出發〔註3〕，認為上古祭月應合為一部。祭部就是長入聲，月部是短入聲，直至魏晉以後祭部才轉變為去聲。李毅夫先生則認為，如果承認祭月分立，就違背了一個陰聲韻部和一個入聲韻部相配的原則，就會變成一個入聲月部和兩個陰聲韻部（祭、歌）相配了。李先生繼而又認為，祭月相押韻段的性質，是那些本來就有陰入的兩讀字，因而它們既與陰聲字相押而為陰聲韻段，又與入聲字相押而為入聲韻段。也就是說，那些通協的韻段實際上是入聲韻段。「由發展規律來看，漢語調類發展規律之一是入聲變為陰聲，變化過程中可能有個陰入兩讀的階段。由於變化有遲有速，會有這樣一個時期：一部分字仍然讀為入聲，一部分字已變為陰聲，還有一部分字暫時停留在陰入兩讀的階段。由西周至北朝的用韻來看，祭月字的變化恰是處於這個時期。」〔註4〕另一派以李方桂先生為代表。李先生把去聲全部歸於陰聲，並把陰聲韻擬上-b、-d、-g 的輔音韻尾。如果依李氏擬音，則歌為-r 尾，祭為-d 尾，月為-t 尾。馮蒸師則認為：「這種擬測的不足首先是使上古漢語成為無開音節的語言，與其他漢藏語系語言結構不符；其次又不能解釋去聲何以比其他陰聲更近入聲，去入通押和押韻比例獨高的問題。」〔註5〕同時，我們也會奇怪，-g 尾有平上去，而-d 尾為何只有去而無平上抬而祭部採用-s 收尾，就無這樣的漏洞。

主張祭月當分的學者也可分為兩派：

一派認為祭部屬於去聲，這種說法以羅常培、周祖謨、李新魁等諸位先生為代表，羅常培、周祖謨先生在《研究》中認為祭部是去聲，但沒有論及其韻尾的問題。另一派則認為祭部帶有-s 尾，此說以鄭張尚芳先生、馮蒸師為代表。

〔註3〕短入到中古變為入聲，長入到中古變為去聲。

〔註4〕李毅夫，上古韻祭月是一個還是兩個韻部，《音韻學研究》第一輯，中國音韻學研究會編，中華書局，1984，291 頁。

〔註5〕馮蒸，《切韻》祭泰夬廢四韻帶輔音韻尾說，馮蒸音韻論集，北京：學苑出版社，2006，295 頁。

馮蒸師認爲，這種押韻現象從聲調特徵，即所謂的超音段特徵得不到解釋，那麼就應該從它們的韻母構造來找尋答案。〔註6〕這樣我們發現去聲的韻母構造與收-t尾的入聲韻有相當大的共同點。尤其是祭泰夬廢四韻，在《切韻》音系中，除了具有一般的去聲的聲調特徵之外，還具有一個與一般的去聲韻有相異之處的音段特徵。如果沒有這樣的一個特徵，就無法解釋爲什麼它們沒有與之相配的平上聲，也不能解釋爲什麼與收-t尾的韻相押。由此馮蒸師推斷此四韻在上古時期有輔音韻尾，即祭部用-s收尾。這個輔音韻尾與去聲聲調的特徵並存。這種說法可以解釋祭部爲什麼沒有平上聲與之相配，還可以適當簡化現有的元音數目，因此本文遵從此說。

本文的祭部在先秦的韻例過少，只有一例：（司馬彪－7-3165－13）世際。月祭合韻有三例，如：（史記－38－1618－4）歲（祭）月（月）；（史記－47－1918－7）謁（月）敗（夬）；（漢書－23－1085－9）斾（泰）銴（月）烈（薛）遏（曷）。可以看出其獨用、合韻的數字過少，無法利用統計法證明其獨立。但是，我們發現月部字只和蒸、鐸合韻；而祭部字只和微、脂、物、質合韻，二者分用不混，因此仍將祭月分爲二部。

（十一）至　部

先秦的至部字包括《廣韻》的至韻字。

至部是質部的去聲字，其獨用也是只有一例：（史記－63－2145－1）利位。我們依舊憑藉合韻來判斷其分合。至部只與之、物部有合韻，而質部則只與祭、眞、脂部合韻，二者分用不混，可分爲兩個韻部。

（十二）隊　部

先秦的隊部字包括《廣韻》的隊韻字。

隊部是物部的去聲字，其獨用亦只有一例：（漢書－51－2334－1）對退。因此想判斷隊部是否獨立，就只能根據其合韻來證明了。隊部只和職部合韻，而物部只與文、祭、之、脂、至部合韻，二者分用不混，可分爲兩個韻部。馮蒸師認爲：「上古韻部的音韻結構不是陰、陽、入三分，而是陰、陽、去、入四分，其中去聲韻即是至、隊、祭三部，它們與收-t尾的入聲相配，韻尾收

〔註6〕馮蒸，《切韻》祭泰夬廢四韻帶輔音韻尾說，馮蒸音韻論集，北京：學苑出版社，2006。

-s 或-h。這種情況與藏文音系的特點完全相應，這絕對不是偶然的。據此，我們認爲上古音應分爲 33 部」〔註7〕。鄭張先生也認爲：「蒲立本等都已論定祭、至、隊部是-s 尾並非-ʔ尾，-s 擦尾不同於塞尾，故可以考慮高、李二氏讓祭、隊、至獨立成部的主張。至於 ɔ 類的戈、月、廢、桓，據近年研究因歌、月、祭、元四部不但包含 o／ɔ 類，又包含 e／ɛ 類元音，用韻轍觀點來要求，可不必再細分。因此，在分部問題上，可在王氏 30 部基礎上加祭、至、隊部而爲 33 部。」〔註8〕

陽聲韻

（一）蒸　部

蒸部先秦音包括以下幾類字：

登《廣韻》登等嶝三韻字；

蒸《廣韻》蒸拯證三韻字；

耕《廣韻》耕耿諍三韻的一部分字；

東《廣韻》東韻的「弓、雄、夢」等字。

（二）冬　部

冬部先秦音包括以下三類字：

冬《廣韻》冬宋兩韻字；

東《廣韻》東送兩韻的一部分字，如中沖終戎躬宮等字；

江《廣韻》江絳兩韻的一部分字。

在某地區的方言裏還有讀-m 的遺留，因而出現「冬」、「侵」兩部通押的現象。

（三）東　部

東部包括下列三類字：

東《廣韻》東董送三類字的一部分，如同公等字；

〔註7〕馮蒸，王力、李方桂漢語上古音韻部構擬體系中的「重韻」考論——兼論上古音冬部不宜併入侵部和去聲韻「至、隊、祭」三部獨立説，馮蒸音韻論集，學苑出版社，2006，174 頁。

〔註8〕《上古音系》，56～57 頁。

鐘《廣韻》鐘腫用三韻字；

江《廣韻》江講絳三韻字的一部分，如邦雙等字。

前文統計得出東冬的離合指數爲 47，這證明此二部當分。

（四）陽　部

先秦音陽部包括以下三類字：

陽《廣韻》陽養漾三韻字；

唐《廣韻》唐蕩宕三韻字；

庚《廣韻》庚梗敬三韻的一部分，如京明兄英兵庚行卿等字。

「行」字的歸屬：

「行」字於先秦之時，或與陽部字協韻，或與耕部通押，無一定之屬類，因此《研究》將其當作耕陽兩部兼收。西漢、東漢、魏晉之時，亦此趨勢。但是本文先秦時期的「行」字只與陽部字相押，因此在先秦時期「行」字歸於陽部。但是，西漢、東漢、魏晉時期的「行」字則既與陽部相押，也和耕部相押，因此西漢、東漢、魏晉時期的「行」字耕、陽兩收。例證如下：

1‧先秦時期

（漢書－23－1093－3）行強（陽）剛（陽）〔註9〕（史記－6－245－6）明（陽）方（陽）行良（陽）荒（陽）莊（陽）常（陽）（史記－6－246－5）皇（陽）明（陽）方（陽）長（陽）行（史記－6－261－1）長（陽）方（陽）莊（陽）明（陽）章（陽）常（陽）強（陽）行兵（陽）方（陽）殃（陽）亡（陽）疆（陽）（史記－38－1614－2）明（陽）行昌（陽）（史記－38－1614－6）行光（陽）王（陽）（史記－47－1947－6）仰（陽）行（史記－64－2187－4）行藏（陽）（漢書－26－1291－1）行望（陽）（漢書－45－2162－7）行殃（陽）（漢書－75－3188－5）行明（陽）（漢書－65－2866－2）廣（陽）行

2‧西漢時期

「行」字與陽部相押的例子：

（漢書－81－3357－10）明（陽）光（陽）行良（陽）（史記－

〔註9〕音韻地位來源《漢語古音手冊》，括號中爲韻部名稱。

24－1186－6）行防（陽）（史記－27－1321－1）行慶（陽）方（陽）
昌（陽）亡（陽）（史記－55－2037－10）行病（陽）（史記－86－
2555－12）行常（陽）（史記－92－2624－3）行殃（陽）（史記－128
－3235－11）行疆（陽）王（陽）（史記－128－3235－12）王（陽）
將（陽）行當（陽）（史記－128－3235－3）強（陽）常（陽）郎（陽）
氓（陽）方（陽）囊（陽）強（陽）嘗（陽）傍（陽）行祥（陽）
享（陽）光（陽）綱（陽）長（陽）亡（陽）（史記－128－3233－8）
梁（陽）狼（陽）傍（陽）傷（陽）央（陽）狂（陽）亡（陽）陽
（陽）殃（陽）忘（陽）疆（陽）郎（陽）床（陽）羹（陽）胦（陽）
狂（陽）昌（陽）明（陽）亡（陽）望（陽）兵（陽）行將（陽）
王（陽）陽（陽）郎（陽）葬（陽）行湯（陽）（史記－128－3230
－6）黃（陽）行箱（陽）光（陽）（史記－126－3206－4）郎（陽）
行（史記－118－3088－4）病（陽）行（史記－119－3113－1）行
糧（陽）（史記－117－3058－1）光（陽）陽（陽）湟（陽）方（陽）
行（漢書－26－1274－7）陽（陽）行（漢書－31－1808－8）鄉（陽）
行（漢書－40－2027－2）行病（陽）（漢書－44－2149－7）病（陽）
行（漢書－57－2595－1）光（陽）陽（陽）湟（陽）方（陽）行（漢
書－64－2792－4）鄉（陽）行（漢書－11－337－2）光（陽）行（漢
書－22－1049－3）芳（陽）光（陽）行芒（陽）章（陽）（漢書－
65－2865－1）強（陽）亡（陽）行倉（陽）享（陽）（漢書－65－
2868－6）行明（陽）（漢書－75－3184－3）陽（陽）行障（陽）光
（陽）明（陽）（漢書－87－3523－1）攘（陽）行章（陽）（漢書－
87－3520－3）行芳（陽）（漢書－99－4166－9）王（陽）行陽（陽）
光（陽）行（漢書－81－3357－10）明（陽）光（陽）行良（陽）

「行」字與耕部相押的例子：

　　　（漢書－49－2295－2）行名（耕）（漢書－85－3470－2）政（耕）
行（史記－126－3203－5）行更（耕）

3・東漢時期

「行」字與耕部相押的例子：

病（耕）行（後漢書－61－2016－7）柄（耕）行（後漢書－84－2791－12）姓（耕）行（後漢書－13－517－3）命（耕）寧（耕）姓（耕）生（耕）行（後漢書－35－1197－3）行成（耕）（後漢書－40－1372－1）行正（耕）盛（耕）榮（耕）聲（耕）（後漢書－43－1467－1）行省（耕）（後漢書－57－1852－5）行性（耕）（後漢書－84－2791－5）（漢書－21－961－5）成（耕）行（漢書－21－972－6）形（耕）行

「行」字與陽部相押的例子：

行洋（陽）梁（陽）床（陽）漿（陽）（後漢書－59－1932－1）行將（陽）觴（陽）（後漢書－60－1967－2）行藏（陽）防（陽）抗（陽）（後漢書－60－1987－1）方（陽）亡（陽）行強（陽）殃（陽）昌（陽）涼（陽）藏（陽）（後漢書－80－2630－5）（漢書－22－1028－5）行防（陽）（漢書－27－1420－5）行王（陽）昌（陽）（漢書－26－1287－2）行方（陽）昌（陽）方（陽）（漢書－26－1278－10）行昌（陽）（漢書－100－4261－3）明（陽）行（漢書－69－2999－1）兵（陽）行（漢書－26－1287－6）行昌（陽）

4・魏晉時期

「行」字與陽部相押的例子：

（三國－10－313－7）明（陽）行（三國－41－1009－5）望（陽）行（後漢書志－1－2999－3）衡（陽）行

「行」字與耕部相押的例子：

（三國－59－1374－6）行令（耕）（三國－57－1332－14）行情（耕）（三國－13－403－5）行經（耕）

（五）耕 部

耕部先秦音包括四類字：

青《廣韻》青迴徑三韻字；

清《廣韻》清靜勁三韻字；

庚《廣韻》庚梗敬三韻的一部分，如鳴生等字；

耕《廣韻》耕韻的一部分，如丁嚶等字。

（六）真　部

先秦眞部包括下列幾類字：

先《廣韻》先銑霰三韻的一部分，如天堅賢等字；

眞《廣韻》眞軫震三韻的一部分，如仁臣申神因賓等字；

臻《廣韻》臻韻的一部分字；

諄《廣韻》諄準稕三韻的一部分，如均閏等字。

（七）文　部

文部包括的字類較多：

痕《廣韻》痕很恨三韻字；

魂《廣韻》魂混慁三韻字；

殷《廣韻》殷隱焮三韻字；

文《廣韻》文吻問三韻字；

眞《廣韻》眞軫震三韻的一部分，如辰貧困忍等字；

諄《廣韻》諄準稕三韻的一部分，如純循順等字；

臻《廣韻》臻韻字；

先《廣韻》先銑霰三韻的一部分，如先典等字

山《廣韻》山襉兩韻的一部分，如艱盼等字。

仙《廣韻》仙韻的「川、穿」等字。

前文統計得出眞文的離合指數爲47，這證明此二部當分。

（八）元　部

先秦音元部包括以下的字類：

寒《廣韻》寒旱翰三韻字；

桓《廣韻》桓緩換三韻字；

刪《廣韻》刪潸諫三韻字；

山《廣韻》山產襉三韻的一部分字；

元《廣韻》元阮願三韻字；

仙《廣韻》仙獼線三韻字；

先《廣韻》先銑霰三韻的一部分字。

（九）侵　部

侵部包括以下幾類字：

覃《廣韻》覃感勘三韻字；

侵《廣韻》侵寑沁三韻字；

咸《廣韻》咸豏陷三韻的一部分字；

凡《廣韻》凡範梵三韻字；

談《廣韻》談韻字。

由於「侵」部的獨用缺少，因而無法探討「冬侵」的分合問題，但根據以往經驗和前人研究，分為兩部，應該問題不大。

（十）談　部

談部包括以下幾類字：

添《廣韻》添忝㮇三韻字；

談《廣韻》談敢闞三韻字；

嚴《廣韻》嚴儼釅三韻字；

鹽《廣韻》鹽琰豓三韻字；

銜《廣韻》銜檻鑒三韻字；

咸《廣韻》咸豏陷三韻的一部分字。

入聲韻

（一）職　部

先秦音職部包括以下幾類字：

德《廣韻》德韻字；

職《廣韻》職韻字；

屋《廣韻》屋韻的一部分，如服福等字；

麥《廣韻》麥韻的一部分，如麥革等字。

（二）覺　部

先秦音的沃部包括四類字：

沃《廣韻》沃韻字；

屋《廣韻》屋韻的一部分，如六復等字；

覺《廣韻》覺韻的一部分，如學覺等字；

錫《廣韻》錫韻的一部分，如戚迪等字。

（三）藥 部

藥部包括以下幾類：

鐸《廣韻》鐸韻的一部分，如樂鑿等字；

藥《廣韻》藥韻的一部分，如藥削等字；

沃《廣韻》沃韻的一部分，如沃字；

覺《廣韻》覺韻的一部分，如駁貌等字；

錫《廣韻》錫韻的一部分，如翟溺等字。

（四）屋 部

先秦音屋部包括三類字：

屋《廣韻》屋韻的一部分，如谷木鹿族獨谷等字；

燭《廣韻》燭韻字；

覺《廣韻》覺韻的一部分，如角濁嶽等字。

（五）鐸 部

先秦音鐸部包括下面幾類字：

鐸《廣韻》鐸韻字；

藥《廣韻》藥韻的一部分，如略若掠等字；

陌《廣韻》陌韻字一部分，如白伯柏逆客格宅澤等字；

昔《廣韻》音韻字一部分，如石尺席夕等字；

麥《廣韻》麥韻「獲」字。

（六）錫 部

先秦音錫部包括三類字：

錫《廣韻》錫韻的一部分，如歷擊績等字；

昔《廣韻》昔韻的一部分，如易益迹等字；

麥《廣韻》麥韻的一部分，如責策冊等字。

（七）質 部

質部包括以下幾類字：

屑《廣韻》屑韻的一部分，如結血節鐵等字；

質《廣韻》質韻字；

術《廣韻》術韻字；

櫛《廣韻》櫛韻字；

黠《廣韻》黠韻的一部分字；

職《廣韻》職韻的小部分字。

（八）物　部

物部包括以下幾類字：

沒《廣韻》沒韻字；

術《廣韻》術韻字；

質《廣韻》質韻字；

迄《廣韻》迄韻字；

物《廣韻》物韻字。

（九）月　部

這一部先秦音包括幾類字：

曷《廣韻》曷韻字；

末《廣韻》末韻字；

鎋《廣韻》鎋韻字；

黠《廣韻》黠韻的一部分字；

月《廣韻》月韻字；

薛《廣韻》薛韻字；

屑《廣韻》屑韻小部分字。

（十）緝　部

緝部包括以下幾類字：

合《廣韻》合韻字；

緝《廣韻》緝韻字；

洽《廣韻》洽韻的一部分字；

帖《廣韻》帖韻字。

本文未發現緝部獨用的韻語。

（十一）葉　部

葉部包括以下幾類字：

盍《廣韻》盍韻字；

葉《廣韻》葉韻字；

帖《廣韻》帖韻的一部分字；

業《賢韻》業韻字；

狎《廣韻》狎韻字；

洽《廣韻》洽韻的一部分字；

乏《廣韻》乏韻字。

本文亦未發現葉部獨用的韻語。

第二節　西漢時期的韻部特點

陰聲韻

（一）之　部

之部尤韻字的轉移傾向：

西漢的之部與先秦時期的差別並不大，只是有個別尤韻字有轉入幽部的傾向。例證如：（漢書－87－3521－2）流（幽尤）〔註10〕丘（之尤）（漢書－57－2545－7）丘（之尤）九（幽有）（漢書－97－3985－8）郵（之尤）周（幽尤）（漢書－48－2223－5）久（之有）答（幽有）（漢書－66－2879－2）流（幽尤）久（之有）（漢書－49－2301－4）有（之有）誘（幽有）（史記－25－1244－8）牛（之尤）冒（幽號）

但此部分字尚未轉入幽部。例如：（史記－128－3231－10）謀（之尤）治（之志）埃（之咍）時（之之）來（之咍）龜（之脂）哉（之咍）（漢書－57－2575－2）之（之之）事（之志）哉（之咍）裏（之止）尤（之尤）（漢書－57－2608－1）時（之止）祀（之止）祉（之止）有（之尤）（漢書－73－3112－3）子（之止）尤（之尤）辭（之之）。可見這部分尤韻字主要仍與之部在一起押韻。直至東漢時期這部分字才轉入幽部。

〔註10〕括號中的第一個字為此韻字的漢代韻部名稱，第二個字為中古韻的名稱。

（二）幽　部

幽部包括一、二、三、四等韻字，中古變爲豪、肴、蕭、尤、幽五韻，由合口變成了開口。其中一等字變入豪韻，二等字變入肴韻，三等字大部分變入尤韻、部分牙音字變入脂韻、少數滂母字變入虞韻，四等舌齒音字變入蕭韻、脣喉音字變入幽韻。

（三）宵　部

宵部包括一、二、三、四等韻字，中古分別變爲豪、肴、宵、蕭四韻，其中一等韻字變入豪韻，二等韻字變入肴韻，三等韻字變入宵韻，四等韻字變入蕭韻。

幽宵分合問題：

「兩漢的韻文這兩部（幽宵）雖然通押的例子很多，但是其間仍然有分野。首先我們看到這兩部彼此通押的多半是兩部中所屬《廣韻》蕭宵兩韻的字，例如幽部的『條』『調』，宵部的『搖』『朝』『少』『表』『廟』『妙』之類都是，尤其宵部的『少』字『表』字幾乎完全和幽部通押；另外兩部中的豪韻一類的平去兩聲字就很少在一起押韻，只有幽部的豪韻上聲字『老』『道』『草』『保』之類跟宵部的豪韻宵韻上聲字在一起押韻；從這一點就可以看出幽宵兩部的分野。其次我們看到幽部和之部有時通押，但是宵部和之部通押的例子就沒有，由此也可以知道這兩部是有分別的。」〔註11〕我們利用統計法驗證了先生的看法，幽宵的離合指數爲 35，其小於 50，此二部明顯當分。

（四）侯　部

侯部包括一、二、三等韻字，中古演變爲侯、尤、虞三韻，其中一等韻字爲侯韻，二等韻字變入尤韻，三等韻字變入虞韻。

1・侯部虞韻字的轉移傾向

西漢時期，侯部的虞韻字有轉入魚部的傾向，例證如下：（史記－84－2500－3）拘（侯虞）懼（魚遇）（史記－129－3258－4）取（侯虞）與（魚語）（漢書－57－2563－1）處（魚語）舍（魚馬）具（侯虞）（漢書－57－2569－1）寓（侯虞）虛（魚魚）鼓（魚姥）舞（魚虞）（漢書－57－2583－2）榆（侯虞）

〔註11〕《研究》，19 頁。

蒲（魚模）都（魚模）（漢書－58－2614－5）符（侯虞）如（魚魚）（漢書－49－2296－13）袽（魚模）除（魚魚）孤（魚模）嫁（魚麻）租（魚模）華（魚虞）邪（魚麻）誅（侯虞）都（魚模）奢（魚麻）。直至東漢，這部分字才最終轉入魚部。

2・侯部的虞韻字經常和鐸部相押，例如：（漢書－16－529－8）主（侯虞）墓（鐸暮）（漢書－63－2762－6）臾（侯虞）路（鐸暮）（漢書－64－2837－6）澤（鐸陌）誅（侯虞）（漢書－87－3549－3）獲（鐸麥）聚（侯麌）

這一點在擬音時應當注意。

（五）魚　部

魚部包括開合一、二、三、四等韻字，中古漸變爲模、麻、魚、虞四韻，其中開合口一等的韻字變爲模韻，開合二等、開口四等的韻字變爲麻韻，開口三等的韻字變爲魚韻，合口三等的韻字變爲虞韻。

魚侯分合問題：

魚侯分合的問題異常複雜，很多學者對此問題都有過深入地探討，其結論大致分爲兩種：一派學者認爲魚侯在先秦或西漢時期當合。持此觀點的學者以王力、羅常培、周祖謨、史存直等先生爲代表；另一派學者則認爲魚侯在上古時期當分。持此觀點的學者以邵榮芬、李新魁等先生爲代表。

王力先生在《漢語語音史・漢代音系》中，指出西漢時代魚侯合併，魚部加入了先秦侯部一等字〔註12〕。羅常培和周祖謨兩位先生在《漢魏晉南北朝韻部演變研究》一書中也主張兩漢時魚侯合爲一部。先生指出，在賈誼、韋孟、嚴忌、枚乘、劉安、司馬相如、中山王劉勝、東方朔、王褒、揚雄等人的作品中，無不是侯、魚合一。但同時也指出，唯有劉向、劉歆父子所作似乎與《詩經》部類相同，然而也較難確定。因此先生根據兩漢大多數作家用韻的情況，把魚、侯兩部並爲一部。史存直先生則是羅列了魚侯獨用及其合韻的數字，如：《詩經》中魚部獨用 181 例，幽部獨用 113 例，侯部獨用 27 例，魚侯合韻 6 例，幽侯合韻 4 例；《楚辭》中魚部獨用 66 例，幽部獨用 26 例，侯部獨用 3 例，魚侯合韻 0 例，幽侯合韻 1 例。兩相合計，魚部獨用共 247 例，幽部獨用共 39 例，侯部獨用共 30 例，魚侯合韻共 6 例，幽侯合韻共 5 例。其結論爲：

〔註12〕切韻的侯韻字。

侯部並不是獨立的韻部，而是擺動於魚幽兩部之間的一群字，在某些方言裏這群字屬於魚部，在另一些方言裏這群字屬於幽部。〔註13〕

　　但邵榮芬先生卻不認同此派觀點。「這個結論從音理上，也就是從語音發展的規律上來看，也存在著很大的疑問。我們知道，上古魚部音韻學家們大多認爲是 a 類主元音，而侯部則大多認爲是 u、o 等後高主元音。……到了中古，模、魚、虞幾韻的主元音都向後高方向發展，而麻韻則仍然保留 a 類主元音，基本上沒有變，侯部的變化也不大。……如果我們假定，前漢時期魚侯兩部全部合併，那就得承認這是魚部主元音向後高方向移動的結果。這對於模、魚、虞三韻來說倒還可以解釋，因爲這同它們從上古到中古的發展方向是一致的。可是對上古是 a、中古仍然是 a 的麻韻來說就不太好解釋了。如果設想，魚部麻韻主元音從上古到中古曾經經歷了由前低到後高，又由後高回到前低的循環過程，那就未必與事實相符了。更值得注意的是，到了後漢時期，魚部麻韻字全都併入了歌部（《研究》也是這個結論），那也就是說，魚部麻韻的主元音後漢時期是 a。如果認爲前漢時期魚、侯合爲一部，那就等於說，在周秦時代是 a 的魚部麻韻主元音完成它的循環演變過程，只不過用了前漢二百年的時間。在這樣短促的歷史時期內，發生這樣的循環演變，符合事實的可能性就更小了。」〔註14〕

　　李新魁先生在《論侯、魚兩部的關係及其發展》一文中也指出：「漢代時，侯、魚兩部在韻文中大量混押，這是事實。但是，我們認爲，兩漢時候、魚兩部仍有可以分立的界限，還不能合而爲一。這主要是：第一，兩漢時候、魚相押的字主要集中在兩部中的虞韻字，以及魚部中的魚韻字；侯部中的侯韻字與魚部中的麻韻字甚少通押，與魚部中的模韻字相押也比較少。這表明兩漢時候、魚兩部的讀音已經比較接近，但接近或合而爲一的，主要是兩部中的細音字，即虞、魚韻字。這些字處於舌面化聲母之後，在後代逐漸導生出一個 i 介音，並影響其主要元音發生高化。兩漢時，它們的主要元音已經非常接近甚至相同，所以發生了相混的現象，而它們的洪音字（侯部侯韻字和

〔註13〕　《漢語語音史綱要》，商務印書館，1981。

〔註14〕　邵榮芬，《古韻魚侯兩部在前漢時期的分合》，《邵榮芬音韻學論集》，首都師範大學出版社，1997 年，89～90 頁。

魚部模、麻韻字）則還保持著不同的讀音。可見兩部雖有通押，卻非整個部類的合併。第二，魚部中的麻韻字，在兩漢時出現了與歌部相接近的現象，有許多與歌部字相押，特別是車、家、華、邪、野等字，漢代時轉入了歌部，或與歌部讀音極爲相近。例子由此可見，魚部中的麻韻字在漢代已開始接近或變入歌部。……總之，魚部的麻韻字在漢代向歌部靠攏，以致東漢時一部分併入歌部。但這些字卻不與侯部字發生牽涉。這說明魚部與侯部在漢代時還沒有完全合併，與侯部相通的只是魚部中的另一部分字。第三，侯、魚兩部中的某些字在漢代雖有相押的例子，但它們相對的入聲韻部屋部與鐸部卻仍分用井然。漢代之際，魚部的去聲字可以和屋部字相押，侯部的去聲字也可以和鐸部字相押，但屋、鐸之間界限卻相當清楚。由此可證它們相對的陰聲韻侯、魚兩部也並不一定完全歸併。……基於上面所述幾方面的理由，我們認爲，漢代時候、魚兩部的讀音已經發展到比較接近，特別是兩部之中的細音字；但是，兩部並沒有完全合併，它們之間仍然存在某些彼疆爾界，不能根據漢代某些韻文的合用之例，定它們歸爲一部。《詩經》時代的侯、魚兩部，直至漢代，雖然有某一部分字的歸部有所變動，但是侯、魚兩部的界限仍然存在。」〔註15〕

　　對於魚侯的分合的意見，本文認爲邵榮芬和李新魁先生的研究比其他學者的結論更爲可信。邵先生是對所有數據進行了周密的統計後得出結論，就研究方法而言，也要優於以往各家。前文我們對魚侯的關係進行了數理統計，魚侯的卡方值達到 92.876，這說明西漢魚侯合韻的比例遠遠沒有達到合併的程度。我們的統計結果支持了魚侯分立的觀點。

（六）支　部

　　上古支、錫、耕包括二、三、四等韻字。支部中古演變爲佳、支、齊三韻，其中開合二等韻字變入佳韻，開合三等韻字變入支韻，開合四等韻字變入齊韻。

　　歌支的分合問題：

　　支部和歌部的分合問題，也是諸位學者爭論的焦點。

〔註15〕李新魁，論侯、魚兩部的關係及其發展，《語苑新論——紀念張世祿先生學術論文集》，上海教育出版社，1994 年，104～105 頁。

　　羅常培、周祖謨兩位先生認為：「根據材料來看，西漢時期歌支兩部的讀音是很接近的。很像是並為一部。但是歌部字可以跟魚部字押韻，而支部字絕不跟魚部字押韻。足見歌支兩韻還不能就做為一部看待，所以我們還把它分為兩部。」〔註16〕由此可見，羅、周兩位先生認為歌支兩部不可以合為一個韻部的原因是，歌部可以跟魚部押韻，而支部絕不跟魚部押韻。

　　虞萬里先生卻認為歌支當合。「劉姓諸人及枚乘是江蘇北部人，屬於江淮汝潁地區。這個地區也是戰國時代的楚地，其歌支音讀相同，乃是情理中事。至於東方朔，是山東人，從經傳異文的信息中，發覺齊魯方音的歌支也有與楚辭音系相近的地方。總之，西漢時期沿著長江北面一帶及山東等地區，歌支兩部的音讀是不分的。……到了東漢，歌支的混雜，已成了全國較普遍的現象，不能再區分其方音性。」〔註17〕虞先生從四個方面闡述了這個結果產生的原因，分別為《楚辭》的影響、漢賦的影響、經濟流通的影響、反切促進方音的融合。針對羅、周兩位先生提出的合韻說法，虞先生則認為：「西漢楚辭音系區域中只有歌和魚之麻、支和歌之麻及歌支相諧的用例，並無魚歌相諧的用例。歌之麻和魚之麻變成《切韻》系統的麻韻，這說明它們在上古某一方言區本屬同韻類。……至於楚辭音系中之所以沒有支和魚之麻相諧，很可能是沒有被反映到文獻上或文獻亡佚的緣故。因而《演變研究》分西漢歌支為兩部，依『歌部字可以跟魚部字押韻，而支部字絕不跟魚部字押韻』為論據，這在闡述西漢歌支韻部時已欠精確，而在討論古方音的時候，似更有商榷之必要。」〔註18〕

　　面對各種紛爭，我們依然使用統計法來驗證二者之間的關係。本文得出歌支的卡方值為 7.493。此卡方值要大於分佈臨界值，因此歌支應當分為兩個韻部。但是也應該注意，卡方值並不比臨界值大出多少，由此看來這兩部的關係還是相當密切的，這或許體現了方音的特點。

（七）脂　部

　　西漢脂部包括二、三、四等韻字，中古演變為皆、脂、齊韻，其中開口二等韻字變入皆韻，開合三等韻字變入脂韻，少數三等開口韻字變入支韻和之韻，

〔註16〕《研究》，26 頁。

〔註17〕虞萬里，從古方音看歌支的關係及其演變，音韻學研究，第 3 期，276～277 頁。

〔註18〕虞萬里，從古方音看歌支的關係及其演變，音韻學研究，第 3 期，275 頁。

開合四等韻字變入齊韻。

1．脂歌合韻問題

脂歌兩部有多次合韻，由此我們發現，歌脂通押中的歌部字差不多都是支韻字。例如：（漢書－87－3519－4）馳（歌支）師（脂脂）（漢書－27－1411－2）離（歌支）爲（歌支）雉（脂旨）（史記－117－3057－1）倚（歌支）羸（脂脂）（漢書－57－2592－7）倚（歌支）羸（脂脂）等等。這樣可以得出結論：歌部支韻字與支部支韻字以及脂部字的韻基都十分接近。

2．脂部除與歌部支韻字通押外，也有一些與支部字及之部字通押的例子。之支脂的音值很接近，這也是擬音時應該注意到的。

（八）微　部

微部包括一、二、三、四等韻字，中古演變爲咍、灰、皆、微、支、脂六韻，其中開口一等韻字變入咍韻，合口一等變入灰韻，開合二等變入皆韻，開合三等變入微、支兩韻，開合四等變入脂韻。

1．脂微分合問題：

前文計算了脂微的離合指數，其值爲41，明顯二部當分。其實，自從顧炎武以入聲配陰聲，江永提出異平同入後，古韻陰陽入相配的格局就變得非常明朗了。但物文、質眞只有一個脂部可配，這就顯示了結構上的缺陷。如果把脂部分爲脂微兩部，以脂配質、眞，以微配物、文，這樣結構就均衡了。可見脂微分部和韻系結構也有關係。

2．「妃」字多次與之部字合韻，例證如下：（史記－9－403－11）事（之志）妃（漢書－27－1460－4）妃嗣（之志）（漢書－87－3550－6）胎（之咍）妃。

（九）歌　部

歌包括一、二、三、四等韻字。其中古變入歌、戈、麻、支四韻，開口一等韻字變入歌韻，合口一等韻字變入戈韻，開合二等韻字變入麻韻，開合三等韻字變入支韻，開口四等舌齒音韻字變入麻韻、喉音韻字變入戈韻，合口四等韻字亦變入戈韻。

「齊歌合韻十三見。在合韻中出現頻率占第四位，僅次於陰入相配的咍德、灰沒、模鐸這三類。《詩經》中沒有齊歌合韻的先例。《老子》有兩例，

屈賦有兩例，開始見合韻，但還不多。」〔註19〕本文的歌支也是大量合韻，如：（漢書－57－2580－1）彼（歌紙）此（支紙）（漢書－9－281－7）虧（歌支）斯（支支）（漢書－87－3532－1）施（歌支）沙（歌麻）崖（支佳）（漢書－87－3550－1）河（歌歌）厓（支佳）陂（歌支）等等。

利用統計法後，證明二部並未合併。那麼兩部大量合韻的原因是什麼，施先生也做了解釋：「漢朝齊部與歌部這種日趨密切的傾向，是文人任意用韻的後果呢？還是語音自然演變的結果，看來不能用前者來解釋。古歌部字後來很多轉入齊部。很可能是歌部字元音受到介音影響變窄，因而向齊部靠攏。歌部的音值主要元音是 -a，前面帶上介音 -i- 之後，很容易變成 -e。……據《梵漢對音譜》，後漢時齊部的音值正是 -ie。《切韻》歌戈韻除了幾個特別爲譯佛經造的字外沒有三等字，三等字都跑到齊部（《切韻》支韻）裏去了。」〔註20〕

（十）祭　部

祭部包括後來《廣韻》中沒有平、上、入相配的獨立去聲四韻：祭、泰、夬、廢，還有怪、霽韻中的少數字，亦如前代。

祭月分合問題：

西漢時期祭部和月部的分野是很清楚的，其離合指數爲44，此二部當分。

（十一）至　部

至部獨立問題：

至部和質、微、物三部的合韻數字高一些，因此我們利用統計法分析了它們之間的親疏關係，結論是至部仍然分立。

再看一下至部的合韻。至部和隊、支、錫、脂、質、微、物、歌、月、緝、祭部皆有合韻。以合韻而言，至部不僅和陰聲韻合韻，還跟入聲韻合韻，乍看起來，似乎和質部無別。但是觀察了質部的合韻後，最初的印象卻有了改觀。質部和物、緝、歌、眞、文、隊、月、祭、之、職、宵、屋、支、錫、耕部有合韻。這時，我們發現質部不僅和陰聲、入聲合韻，最重要的是它還和陽聲韻合韻，而至部卻一例未見。這即是二者的本質區別。因此至、質當分。

〔註19〕施向東，《史記》韻語研究，161 頁。

〔註20〕施向東，《史記》韻語研究，161 頁。

另外還有一個例子可以證明至部可以獨立：《史記・孝武本紀》12 卷中有例：「冀至殊庭焉」。班固在《漢書・郊祀志》25 卷中將其仿寫為：「幾至殊庭焉」。「冀」和「幾」皆為至部字。

（十二）隊　部

隊部獨立問題：

隊部的韻例過少，也無法利用統計法，但我們還是可以從合韻角度來判斷它當分還是當合。隊部和職、質、微、物、祭、至部有合韻。仍然是和入聲韻、陽聲韻合韻。物部和至、隊、月、祭、侵、之、職、覺、屋、魚、鐸、脂、質、微部有合韻。物部則與陽聲侵部合韻。

二者略有分別。平心而論，依照本文的材料，西漢時期隊部分立得很勉強，但是考慮到前後時代的流變，以及音變的對應關係，我們還是將隊部分立出來。

綜上所述，應該認為上古韻部的音韻結構不是陰、陽、入三分，而是陰、去、陽、入四分，其中去聲韻即是至、隊、祭三部。

陽聲韻

（一）蒸　部

蒸部包括開合一、二、三等韻字，逐漸演變成中古的登、耕、蒸、東四韻，其中開合一等字變入登韻，開合二等字變為耕韻的一部分，開口三等字仍為蒸韻，合口三等字變為東韻的一部分。

1・「雄」字的轉移傾向

「西漢韻文中蒸部的『雄』字在西漢末年已經開始轉變。東漢時期『雄』字已經轉入了冬部。」〔註21〕本文發現了「雄」的獨用和合韻各一例：蒸獨用：（漢書－98－4014－3）雄乘崩；冬蒸合韻：（漢書－87－3549－1）窮（冬）雄中（冬）。看來「雄」字確實有轉移的傾向。

2・「興」字的轉移傾向

蒸部的「興」字多與耕部字合韻，例證如下：

〔註21〕《研究》，29 頁。

（漢書－57－2607－6）聲（耕）徵（耕）興（漢書－58－2613－7）興生（耕）（漢書－58－2616－2）興生（耕）（史記－117－3071－1）聲（耕）徵（耕）興。

（二）冬　部

冬部包括一、二、三等韻字，中古分別變入冬、江、東三韻，其中一等韻字變入冬韻，二等韻字變入江韻，三等韻字變爲東韻的一部分。

1・冬侵分合問題：

很多學者認爲冬侵應合爲一個韻部，經統計本期冬侵的離合指數爲45，接近50，可見此二韻部的音值是比較接近的，但仍應分爲兩個韻部。

2・冬部東韻合口三等字常與耕部字合韻，例證如下：

（史記－112－2960－1）盛（耕清開三平）〔註22〕窮（冬東合三平）（漢書－57－2545－9）中（冬東合三平）名（耕清開三平）（漢書－87－3542－3）聖（耕勁開三去）宮（冬東合三平）崇（冬東合三平）（漢書－87－3550－2）熒（耕青合四平）冥（耕青開四平）形（耕青開四平）榮（耕庚合三平）嚶（耕耕開二平）中（冬東合三平）鳴（耕庚開三平）霆（耕青開四平）（漢書－99－4073－11）成（耕清開三平）中（冬東合三平）

（三）東　部

東部包括一、二、三等韻字，中古分別變爲東、江、鐘三韻，其中一等韻字變爲東韻，二等韻字變爲江韻，三等韻字變爲鐘韻。

東冬分合問題：

古音學家能夠利用韻部與韻部之間關係的遠近來區分韻部。例如孔廣森將東冬分爲兩部，王念孫初不以爲然，及至江有誥告訴他，「孔氏之分東冬，人皆疑之，有誥初亦不之信也。細細繹之……，東每與陽通，冬每與蒸侵合，此東、冬之界限也」〔註23〕後，王念孫這才相信，並在其晚年所作的《合韻譜》中，改從孔廣森東冬分部之說，增立了冬部，從而使他的古韻分部增至22部。本文的東冬離合指數爲17，小於50，此二部明顯當分。

〔註22〕括號中的第一個字爲上古的韻部，第二個字爲中古的韻，第三個字爲中古開合，第四個字爲中古等第，第五個字爲中古聲調。

〔註23〕《復王石臞先生書》。

（四）陽　部

陽部包括一、二、三、四等韻字，中古演變爲唐、庚、陽三韻，其中開合一等韻字變入唐韻，開合二等、四等韻字變入庚韻，開合三等韻字變入陽韻。

陽部的韻例非常多，這也反映出漢語的一個特點：在韻語中，含元音開口度較大的音押韻是最受歡迎的，因爲它發音洪亮，易於吟唱，而且容易分辯。這完全是同它們的語音特點分不開的。漢代的文人用韻較寬，耕、陽兩部互相通押，在當時已經成爲一種風尙。

陽部庚三的轉移傾向：

陽部中的庚三有轉入耕部的傾向，例證如下：（漢書－75－3159－4）明（陽庚開三平）耕（耕耕開二平）（漢書－85－3443－6）政（耕勁開三去）卿（陽庚開三平）（漢書－73－3114－1）盛（耕勁開三去）慶（陽映開三去）（史記－104－2799－7）卿（陽庚開三平）平（耕庚開三平）（史記－24－1190－1）聖（耕勁開三去）明（陽庚開三平）（漢書－51－2347－2）明（陽庚開三平）聽（耕青開四平）（漢書－23－1079－7）明（陽庚開三平）性（耕勁開三去）（漢書－69－2995－3）京（陽庚開三平）庭（耕青開四平）（史記－101－2737－5）柄（陽映開三去）正（耕勁開三去）。

其陽部庚三韻字正式轉入耕部的時間應還是東漢時期。

（五）耕　部

耕部中古變入耕、庚、清、青四韻，其中開口二等韻字分化爲耕、庚兩韻，合口二等韻字變爲耕韻，開合三等韻字分化爲清、庚兩韻，開合四等韻字變入青韻。

耕部清韻開口三等字常與侵部侵韻開口三等字合韻，例證如下：（史記－1－24－8）欽（侵侵開三平）欽（侵侵開三平）靜（耕靜開三上）（史記－50－1990－9）令（耕勁開三去）任（侵沁開三去）（史記－127－3216－10）情（耕清開三平）心（侵侵開三平）（漢書－56－2515－6）情（耕清開三平）今（侵侵開三平）（史記－24－1186－6）心（侵侵開三平）聲（耕清開三平）（漢書－72－3060－1）盛（耕清開三平）風（侵東合三平）

（六）真　部

眞部開口二等韻字喉牙音字變入山韻、唇音字變入仙韻、齒音字變入臻韻，

開口三等變入眞韻，合口三等變入諄韻，開合四等變入先韻。

1・眞文分合問題：

關於段玉裁的眞文分部，戴震是不同意的。戴氏不同意眞文分部（還有幽侯分部）的原因，在他的《答段若膺論韻書》的長篇信件中講得頗爲清楚。他是強調從語音的系統性角度考慮古韻的分合，批評段氏眞、文分爲二部，脂、微等卻不分，幽、侯分爲二部，幽、侯的入聲卻通用不分。平心而論，戴氏的批評是切中要害的，但其結論則是錯誤的。正確的結論應該是眞文分部以後，是否考慮脂微也加以分部；侯部獨立以後，是否考慮侯部的入聲也加以獨立，而不是相反去取消眞文分部。我們看到，後來王念孫、江有誥主張侯部有入聲，王力主張脂微分部，正是沿著這樣一個邏輯去做的，從而完善了古音學的研究。

史存直先生也曾指出，《詩經》中眞部獨用 73 例，文部獨用 29 例，眞文合韻 5 例，《楚辭》中眞部獨用 4 例，文部獨用 10 例，眞文合韻 8 例，兩者合計，眞部獨用 77 例，文部獨用 39 例，眞文合韻 13 例。史先生的結論是：合韻的例子並不算少，所以應該合併。〔註 24〕但我們認爲，即使依照史先生的統計，眞文兩部獨用共 116 例，合韻 13 例，合韻數占獨用數的 11%，那麼合韻與獨用之比仍然相差得很懸殊，不應得出「應該合併」的結論。

其次，江有誥曾云：「段氏之分眞文，……人皆疑之，有誥初亦不之信也。細細繹之，眞與耕通用爲多，文與元合用較廣，此眞文之界限也」。〔註 25〕江有誥是從合韻角度闡釋了眞文的分部，我們正可根據不同的合韻關係把眞部和文部區分開來。況且利用統計法，本文得出眞文的卡方值爲 29.738，這也證明了眞文當分。

2・眞元分合問題

眞元在西漢時期也有大量合韻，《研究》中列出了眞元的合韻特點：

（1）眞部和元部都有很多獨自押韻的例子；（2）眞部字和耕部字押韻，元部字很少單獨和耕部字押韻；（3）眞部字有時和侵部字押韻，元部字沒有這種情形；（4）眞部字和元部字押韻大半都是平聲字，上聲和去聲極少；（5）眞部

〔註 24〕 《漢語語音史綱要》。

〔註 25〕 《復王石臞先生書》。

字和元部字押韻，其中的元部字大半是《廣韻》元韻、山韻、仙韻、先韻的字，尤其是元、山兩韻字特別多。但是寒、桓兩韻字最少。〔註26〕以此得出眞元兩部當分的結論。我們利用統計法，對此問題也進行了探討，得出眞元的離合指數爲 18，數值明顯小於 50，因此二部當分，這印證了先生的觀點。

3・眞部眞韻開口三等字經常與耕部字合韻，例證如下：（史記－24－1178－2）眚（眞眞開三去）冥（耕青開四平）（史記－84－2493－1）生（耕庚開二平）身（眞眞開三平）（漢書－97－3951－2）人（眞眞開三平）城（耕清開三平）（漢書－16－529－8）盡（眞軫開三上）姓（耕勁開三去）（漢書－87－3536－5）涇（耕青開四平）沴（眞先開四上）（漢書－60－2674－1）信（眞震開三去）貞（耕清開三平）貞（耕清開三平）生（耕庚開二平）（漢書－48－2223－1）生（耕庚開二平）身（眞眞開三平）

（七）文　部

文部包括一、二、三、四等韻字，中古變入痕、魂、山、臻、眞、諄、欣、文、仙、先十韻，其中開口一等韻字變入痕韻，合口一等韻字變入魂韻，開口二等喉牙唇音字變入山韻、齒音變入臻韻，合口二等韻字變入山韻，開口三等韻字變入欣、仙兩韻，合口三等韻字變入文、仙兩韻，開口四等韻字變入眞、仙兩韻，合口四等韻字變入諄韻。

（八）元　部

上古元包括一、二、三、四等韻字。元部中古演變爲寒、桓、刪、山、元、仙、先七韻，其中開口一等韻字變入寒韻，合口一等韻字變入桓韻，開合二等韻字分爲刪、山兩韻，開口三等唇舌齒音韻字變入仙韻、喉牙音字變入元韻，合口三等舌齒及部分喉牙音字變入仙韻、唇音及部分喉牙音韻字變入元韻，開合四等韻字變入先韻。

（九）侵　部

「風」字的歸屬

1・「風」字的歸屬問題錯綜複雜。《漢語古音手冊》中將其歸入多部，周祖謨先生則認爲它西漢時期屬於侵部。〔註27〕本文例證如下：（漢書－87－3524

〔註26〕《研究》，36 頁。

〔註27〕周祖謨，魏晉音與齊梁音，學苑出版社，2004，12。

－3）乘（蒸）風澄（蒸）兢（蒸）（漢書－36－1933－2）風訟（東）（漢書
－72－3060－1）盛（耕）風（漢書－87－3558－1）楊（陽）風莽（陽）（史
記－117－3029－1）蓼（侵）風音（侵）（漢書－57－2569－4）音（侵）風
（漢書－57－2559－6）蓼（侵）風音（侵）（漢書－22－1068－2）風心（侵）
（史記－117－3038－4）音（侵）風（漢書－64－2826－4）風唫（侵）陰（侵）。
由此我們發現，西漢時期「風」字和侵部大量通押，和蒸、東、耕、陽四部
僅合韻一次，因此憑藉合韻，我們認爲「風」字應歸屬侵部。其實「風」字
的歸屬可能也體現了方言現象，後文也有介紹，楚發言中「風」字歸多部，
而蜀方言中「風」字歸侵部。

2・侵部侵韻開口三等字常與文部合韻，例證如下：（漢書－51－2348－2）
勤（文欣開三平）心（侵侵開三平）（漢書－57－2572－4）禁（侵沁開三去）
仭（文震開三去）（漢書－27－1507－3）任（侵侵開三平）溫（文魂合一平）
（漢書－53－2423－4）先（文先開四平）金（侵侵開三平）

（十）談　部

談部中古演變爲談、銜、咸、鹽、嚴、添、凡七韻。談部一等韻字變爲談
韻，二等韻字變入銜、咸兩韻，分別與狎、洽兩韻相配。談部三等韻字大部分
變入鹽韻，小部分變入嚴韻，分別與葉、業相配。

小　結

先秦到西漢的陽聲韻變化不大，其原因就在於鼻音很容易同相應部位的元
音結合，而且一旦結合，就結合得很緊，不容易分離。

入聲韻

（一）職　部

職部包括短入〔註28〕開合一、二、三等韻字，逐漸演變成中古的德、麥、
職、屋四韻，其中開合一等字變入德韻，與陽聲韻一等登韻相配；開合二等字
變爲麥韻，與陽聲韻二等耕韻相配；開口三等字仍爲職韻，合口三等喉音字也
主要爲職韻，與陽聲韻三等蒸韻相配，其他與脣音字一起變入屋韻，與陽聲韻

〔註28〕此處稱引的「短入」指的是上古入聲，直至中古也是入聲的韻字；「長入」指的是
　　　　上古入聲，中古變爲去聲的韻字。

東韻三等相配；職部長入包括開合一、三等，漸變爲中古代、隊、志、宥四韻，其中開口一等字變爲代韻，合口一等字變入隊韻，與陰聲一等咍、灰兩韻去聲合流；開口三等舌齒喉音字變爲志韻、唇音字變入至韻，與陰聲三等之、脂兩韻去聲合流；合口三等字變入宥韻，與陰聲三等尤韻去聲合流。

（二）覺　部

覺部包括短入一、二、三、四等韻字，中古演變爲沃、覺、屋、錫四韻，其中一等韻字變入沃韻，與陽聲一等冬韻相配；二等韻字變入覺韻，與陽聲二等江韻相配；三等韻字變入屋韻，與陽聲三等東韻相配；四等韻字變入錫韻，與陽聲四等青韻相配。長入包括一、二、三等韻字，中古分別變爲號、效、宥三韻，其中一等韻字變爲號韻的一部分，與陰聲一等豪韻去聲合流；二等韻字變爲效韻的一部分，與陰聲二等肴韻去聲合流；三等韻字變爲宥韻的一部分，與陰聲三等尤韻去聲合流。

覺部的屋韻字常與屋部字合韻，例證如下：（史記－117－3028－1）埶（覺屋）樸（屋覺）（漢書－56－2520－1）睦（覺屋）木（屋屋）（史記－1－15－2）族（屋屋）睦（覺屋）（史記－117－3026－1）谷（屋屋）屬（屋燭）宿（覺屋）（漢書－57－2559－1）埶（覺屋）樸（屋覺）（漢書－57－2557－1）谷（屋屋）屬（屋燭）宿（覺屋）

（三）藥　部

藥部包括短入一、二、三、四等韻字，中古變爲鐸、覺、藥、錫四韻，還有少數入沃、屋兩韻，其中一等韻字變入鐸韻，與陽聲一等唐韻相配；二等韻字變入覺韻，與陽聲二等江韻相配；三等韻字變爲藥韻，與陽聲三等陽韻相配；四等變入錫韻，與陽聲四等青韻相配。長入也包括一、二、三、四等韻字，中古變入號、效、笑、嘯四韻，與宵部去聲合而爲一，其中一等韻字變入號韻，與陰聲一等豪韻去聲合流；二等韻字變入效韻，與陰聲二等肴韻去聲合流；三等韻字變入笑韻，與陰聲三等宵韻去聲合流；四等韻字變入嘯韻，與陰聲四等蕭韻去聲合流。

（四）屋　部

屋部的短入包括一、二、三等韻字，中古分別變入屋、覺、燭三韻，其中一等韻字變入屋韻，與陽聲一等東韻相配；二等韻字變入覺韻，與陽聲二等江

韻相配；三等韻字變入燭韻，與陽聲三等鍾韻相配。長入包括一、三等韻字，中古變爲去聲，與侯、虞兩韻的去聲合流，其中一等韻字變入候韻，與陰聲一等侯韻的去聲字合流；三等韻字變入遇韻，與陰聲三等虞韻的去聲字合流。

（五）鐸　部

鐸部短入包括一、二、三、四等韻字，中古變入鐸、陌、藥、昔、錫五韻，其中開合一等韻字變入鐸韻，與陽聲一等唐韻相配；開合二等韻字變入陌韻，與陽聲二等庚韻相配；開合三等韻字變入藥韻，與陽聲三等陽韻相配；開口四等舌齒音音字變入昔韻，與陽聲四等清韻相配，喉牙音字變入陌韻，與陽聲三等庚韻相配，唇音字變入錫韻，與陽聲一等東韻相配。長入包括一、二、四等韻字，中古變爲去聲，與模、麻韻的去聲合流，其中開合一等韻字變入暮韻，與陰聲一等模韻去聲合流；開合二等韻字變入禡韻，與陰聲二等麻韻去聲合流，開口四等韻字亦變入禡韻，與陰聲三等麻韻去聲合流。

（六）錫　部

錫部短入中古變入麥、昔、錫三韻，其中開合二等韻字變入麥韻，與陽聲二等耕韻相配；開合三等韻字變入昔韻，與陽聲三等清韻相配；開合四等韻字變入錫韻，與陽聲四等青韻相配。長入開合二等韻字變入卦韻，與陰聲二等佳韻去聲合流；開口三等韻字變入霽韻，與陰聲三等支韻去聲合流；開口四等韻字變入霽韻，與陰聲四等齊韻去聲合流。

（七）質　部

質部短入中古變入黠、櫛、質、術、屑五韻。其中開口二等喉牙音韻字變入黠韻，與陽聲二等山韻相配；二等齒音韻字變入櫛韻，與陽聲二等臻韻相配；開口三等韻字變入質韻，與陽聲三等眞韻相配；合口三等韻字變入術韻，與陽聲三等諄韻相配；開合四等韻字變入屑韻，與陽聲四等先韻相配。長入二等韻字變入怪韻，與陰聲二等皆韻去聲合流；四等韻字變入霽韻，與陰聲四等齊韻去聲合流。

（八）物　部

物部包括一、二、三、四等韻字，中古變入沒、黠、迄、物、質、術六韻，其中開口一等韻字變入痕韻入聲，歸入沒韻，合口一等韻字變入沒韻，

與陽聲一等魂韻相配；開合二等韻字變入黠韻，與陽聲二等山韻相配；開口三等變入迄韻；與陽聲三等欣韻相配；合口三等變入物韻，與陽聲三等文韻相配；開口四等變入質韻，與陽聲四等眞韻相配；合口四等變入術韻，與陽聲四等諄韻相配。長入開口一等韻字變入代韻、與陰聲咍韻的去聲合流；二等韻字變入怪韻，與陰聲皆韻的去聲合流；三等韻字變入未韻，與陰聲微韻的去聲合流。

（九）月　部

上古月包括一、二、三、四等韻字。月部短入中古變入曷、末、鎋、黠、月、薛、屑七韻，其中開口一等韻字變入曷韻，與陽聲一等寒韻相配；合口一等韻字變入末韻，與陽聲一等桓韻相配；開合二等韻字變入鎋、黠兩韻，與陽聲二等刪、山韻相配；合口二等韻字變入黠韻，與陽聲二等山韻相配；開合三等韻字變入薛、月韻，與陽聲三等仙、元韻相配；開合四等韻字變入屑韻，與陽聲四等先韻相配。

（十）緝　部

上古緝、侵兩部皆爲閉口韻，緝部與陽聲侵部相配，沒有與之相配的陰聲韻。緝部包括一、二、三、四等韻字，中古演變爲緝、合、洽、葉、帖五韻，其中開口一等韻字變入合韻，與陽聲覃韻相配；開口二等韻字變入洽韻，與陽聲咸韻相配；開口三等韻字變入緝、葉兩韻，與陽聲侵、鹽韻相配；開口四等韻字變入帖韻，與陽聲添韻相配。

（十一）葉　部

上古葉部中古演變爲盍、狎、業三韻及洽、葉、乏、帖四韻的一部分。葉部開口一等韻字變入盍韻；開口二等韻字分爲狎、洽兩韻；葉部三等韻字大部分變爲中古的葉韻，小部分變入業韻，葉部合口三等變入乏韻，與談部合口三等變來的凡韻相配；葉部開口四等韻字變入帖韻，與談部四等韻字變來的添韻相配。

小　結

對於西漢的詩文用韻來說，《研究》認爲應該合併的脂微、眞文、質物等部還達不到合併的程度。而羅、周先生和王力先生共同的將魚侯部合併的意見也沒有得到支持。

最後的分部結果是 33 部。與先秦時期一致，但是各部中所包含的韻字不盡相同。

第三節 東漢時期的韻部特點

陰聲韻

（一）之 部〔註29〕

開一	咍韻、侯韻	例字：	再、來、母、畝
合一	灰韻、皆韻	例字：	悔、賄、駭、宰
開三	之韻、脂韻	例字：	士、志、龜、美

1・之部韻字的轉移：

上古之部的一部分開口三等字轉入幽韻，即《切韻》的尤韻（舉平以賅上去，下同）在後漢時轉入幽韻。《研究》中也指出了此類現象：「兩漢這一部大體和《詩經》音相同，惟有尤韻一類裏面『牛』、『丘』、『久』、『疚』、『舊』幾個字和脂韻一類的『龜』字都歸入幽部。『牛』『丘』兩個字在兩漢詩文裏都和幽部字通押，沒有例外。」〔註30〕前文說過，這部分字於西漢之時已經有了轉移傾向，直至東漢才轉入幽部。例證如下：愀、獸、圃（宥）（後漢書－60－1964－4）牛（尤）、輈、驑、囚、流、憂、籌（後漢書－60－1987－2）周、丘（尤）（後漢書－80－2621－2）仇、丘（尤）、流（後漢書－80－2642－1）等，皆可爲證。

2・之魚兩部多有通押，這一特點是從先秦時期傳承而來的，主要是一些上聲字，此例多見於《詩經》，如《墉風・蝀》：「朝躋於西，崇朝其雨，女子有行，遠兄弟父母」，「雨」（魚部）、「母」（之部）爲韻。《後漢書》中之魚合韻的例子亦多見，如「前有召父，後有杜母」（後漢書－31－1094－8），「父」（魚部）、「母」（之部）爲韻；「夫不禦婦，則威儀廢缺；婦不事夫，則義理墮闕」（後漢書－84－2788－2），「婦」（之部）、「夫」（魚部）。從魚之兩個韻部的主要元音看，音感上相差甚大。但是在閩南話中就有魚、之兩部某些字

―――――――――――――――

〔註29〕每個韻部皆列出所含《廣韻》的韻目及其韻腳的例字，並按等呼分析如下。

〔註30〕《研究》，16 頁。

的讀音合爲一韻的例子。還有一種可能是作者在行文時運用古語，摘錄了經書上的原文。這樣，上古魚、之二韻某些字可同用而相押也就不難理解了。

（二）幽　部

合三　　尤韻　　　　　　　　　例字：謀、尤
合四　　幽韻　　　　　　　　　例字：幽、彪

幽宵兩部通押。幽部字大部分都屬於效攝字，以蕭韻字較多；宵部字則以宵韻字居多。幽宵的離合指數爲 18，明顯小於 50，因此幽宵二部雖多合韻，但仍當分。

（三）宵　部

開一　　豪韻　　　　　　　　　例字：糟、考、造
開二　　肴韻　　　　　　　　　例字：郊、巧、孝
開三　　宵韻　　　　　　　　　例字：昭、廟、笑
開四　　蕭韻　　　　　　　　　例字：雕、鳥、嘯

幽部韻字的轉移：

上古幽部的一些字轉入宵部，即宵部加入了《切韻》的豪肴蕭韻字。宵部的變化與王力先生所言相符。例證如下：道（晧）、表（後漢書－26－896－4）巧（巧）、狡（後漢書－40－1347－8）牢（豪）、朝（後漢書－40－1364－4）造（號）、廟（後漢書－56－1832－12）敖、陶（豪）、濤（豪）、聊（蕭）（後漢書－59－1912－2）條（蕭）、鳥（後漢書－60－1964－4）郊、沼、草（晧）（後漢書－40－1382－3）等，皆可爲證。

（四）侯　部

合一　　侯韻　　　　　　　　　例字：侯、鈎

漢魏六朝韻譜認爲：「（魚侯）東漢時全趨同用，侯虞面目已泯滅殆盡」。〔註31〕此觀點本文並不認同，經統計，東漢魚侯爲卡方值爲 41.325，仍然當分。

（五）魚　部

開一　　模韻　　　　　　　　　例字：都、姑
合一　　模韻　　　　　　　　　例字：孤

〔註31〕 12 頁。

開三	魚韻		例字：儲、阻、處
合三	虞韻		例字：宇、柱、樹

　　魚部和宵部多合韻，宵部字多半是宵韻字。魚部字和歌部字也有多次合韻，魚部字皆爲麻韻字，如「邪、家、雅、寡、馬」等字。

（六）支　部

開二	佳韻		例字：佳
合二	佳韻		例字：蛙
開三	支韻		例字：知、卑
合三	支韻		例字：爲、危
開四	齊韻		例字：堤
合四	齊韻		例字：攜

　　歌部韻字的轉移：

　　上古歌部的一部分三等字轉入支部，即《切韻》的支韻字轉入了支部。支部的變化與王力所言相符。例證如下：義（寘）、智（後漢書－52－1709－8）弛（紙）、是（後漢書－52－1711－1）施（支）、斯（後漢書－62－2055－11）虧（支）、危（支）、斯（後漢書－80－2622－2）知、儀（支）（後漢書－28－994－4）枝、蘺（支）、虧（支）（後漢書－59－1914－7）等，皆可爲證。《研究》也認爲，歌部的支韻字轉入支部，這是東漢跟西漢最大的不同。〔註32〕

（七）脂　部

開一	皆部		例字：楷、階
開三	脂部		例字：師、饑
合三	脂部		例字：葵、夔
開四	齊部		例字：齊、西、體

　　1・脂微的分合問題：

　　周祖謨先生認爲無論是在西漢時期，還是在東漢時期，脂微兩部均應合爲一部即脂部，並且認爲與脂微兩部相配的陽聲韻眞文（諄），入聲韻質物（術）

〔註32〕《研究》，57頁。

也應分別合爲眞部、質部，這樣，先秦漢語中的「微物文」和「脂質眞」六部，在兩漢時代就合爲「脂質眞」三部。〔註33〕其實王力先生早在 1937 年就提出了脂微分部的主張。董同龢先生在 1944 年出版的《上古音韻表稿》〔註34〕中也專有一節論脂微分部問題，並對王力先生的脂微分部學說進行了闡發。後來，儘管音韻學家們也有認爲上古漢語脂微兩部的界限很難劃分清楚，但是王力先生的脂微分部的主張還是得到了音韻學界的廣泛接受。本文亦支持脂微分部以及眞文、質物分部的主張。本文脂部獨用韻例如下：私、第（後漢書－14－565－8）第、次（後漢書－16－615－2）體、遲（後漢書－28－987－3）遲、睢、機、咨、威、夷、譏、維（後漢書－52－1705－8）微部獨用的有：頹、摧、乖、哀（後漢書－10－451－3）飛、尾（後漢書－13－523－2）悲、哀、懷（後漢書－16－631－11）懷、悲（後漢書－28－984－7）違、微（後漢書－36－1231－1）隤、摧（後漢書－40－1348－1）等，皆可爲證。而且本文脂微的卡方值爲 14.05，可見脂微應當分爲兩個韻部。

2．東漢時期，脂部和支部相押的例子很多，可見二者的讀音很接近。推想支部的－l尾部分已經變爲了－i。

3．脂部的灰、咍韻字和皆韻字已經跟之部的灰咍韻字讀音十分接近了，脂部的微韻字也跟之部的之韻字比較接近。這是東漢晚期特有的現象。

4．脂祭通押，主要是杜篤、傅毅、班固、馬融、皇甫規等人，這可能體現了陝西、甘肅的方音現象。脂祭通押的脂部字主要是灰、脂、微幾韻的合口去聲字。

（八）微　部

開一	咍韻	例字：哀、開
合一	灰韻	例字：回、魁
開二	皆韻	例字：排
合二	皆韻	例字：乖、懷
開三	微韻	例字：衣、饑
合三	支韻、微韻	例字：萎、毀、歸、輝

〔註33〕周祖謨，《兩漢韻部略說》，周祖謨語言學論文集，商務印書館，2001。

〔註34〕董同龢，上古音韻表稿，中央研究院史語所集刊，1948。

微歌有多次合韻。歌部大多為支韻字,而微部大多是脂韻字,支脂的音近,可見一斑。

(九)歌　部

開一	歌韻	例字：河、歌
合一	戈韻	例字：科、和
開二	麻韻	例字：家、牙
合二	麻韻	例字：化、花
開三	麻韻	例字：蛇、嗟

魚部韻字的轉移：

東漢時,歌部加入了上古魚部二等字和四等字,即《切韻》的麻韻二等字轉入了歌部。歌部的變化與王力所言相符。如下:加、家(麻)(後漢書-60-1982-8)家(麻)、也(後漢書-49-1656-5)加、家(麻)(後漢書-60-1982-8)嘉、華(麻)、沙(後漢書-80-2648-4)等,皆可為證。《研究》認為,魚部的麻韻字轉入歌部,這也是東漢跟西漢最大的不同。〔註35〕

(十)祭　部

開合三等		祭韻	例字：世、制、衛
開合一等		泰韻	例字：害、帶、藹
開合二等		夬韻	例字：敗
開合三等		廢韻	例字：乂、廢

東漢時期祭月的卡方值達 22 強,這證明兩部亦如前代依舊分立。

(十一)至　部

開合三等		至韻	例字：至、利

1．對物至、質至、支至、微至、之至等部進行了統計,結論是至部依然分立。

2．至部的「位」字多次與職部字合韻,例證如下:(漢書-25-1259-4)

〔註35〕57 頁。

位（至）福（職）（後漢書－7－295－7）位（至）意（職）（後漢書－16－628
－3）背（職）位（至）

（十二）隊　部

合口一等隊韻　　　　　　　　　例字：內、對

　　本期物部和隊部的合韻稍多，隊部又是從物部分離出來的，因此有必要利
用統計法對其親疏關係考察一番。隊物的離合指數爲 35，小於 50，此二部當分。
但是，我們也注意到，隊部獨用的例證過少，只有 1 例，因此隊部分立的統計
結果是尚待商榷的。我們還需要從其合韻現象入手。東漢時期，隊部只和物部
這一個入聲韻部有合韻，其餘的合韻皆爲陰聲韻，如：隊和祭、隊和至、隊和
物、隊和微、隊和之。由此可見隊的陰聲韻性質，隊部當分立。

陽聲韻

（一）蒸　部

開一　　登韻　　　　　　　　　例字：朋、騰
合一　　登韻　　　　　　　　　例字：弘、肱
開三　　蒸韻　　　　　　　　　例字：陵、承

1・蒸部韻字的轉移：

　　東漢時蒸部合口三等字轉入冬部，即《切韻》的東韻字轉入冬部。本文
只發現一例。這種例子在魏晉南北朝時期似應更爲多見，這在下文的讚語中
也有所體現。本期例證如下：於是音氣發於絲竹兮，飛響軼於雲中（冬）。比
日應節而雙躍兮，孤雌感聲而鳴雄（蒸）。美繁手之輕妙兮，嘉新聲之彌隆
（冬）。（後漢書－80－2643－1）

2・王力先生認爲漢代的之職蒸三部，與先秦古韻一致。而本文認爲東漢
時期的之職蒸三部和先秦古韻並不完全一致，之職蒸三部中所包含的韻字已
經不同。

3・蒸部的「興」字常和陽部字通押，例證如下：興（蒸）行（陽）（後
漢書－45－1537－7）興（蒸）行（陽）（後漢書－46－1561－3）明（陽）興
（蒸）方（陽）（漢書－8－250－1）

（二）冬　部

合一	冬韻	例字：宗、彤
合二	江韻	例字：降、絳

東冬的分合問題：

《漢魏六朝韻譜》指出：「兩漢東冬二部疆界錯落，與周秦殊致，求其分用較晰者亦只張衡、蔡邕數人而已。從知二部演化，相去密邇。綜其同用之多，本可並而爲一。唯觀二部與它部合用之處，與陽唐通者仍爲東；與侵蒸通者仍爲冬，是二部雖混淆，其各比鄰封疆，猶屹立未泯。」〔註36〕本期的東冬離合指數爲17，小於50，此二部當分。

（三）東　部

開一	東韻	例字：雄、動、控
開二	江韻	例字：江、雙、講
開三	鐘韻	例字：從、寵、用

東陽合韻的韻例較之前期少之又少，這說明東漢時期二部之間的語音漸行漸遠。

（四）陽　部

開一	唐韻	例字：岡、郎、宕
合一	唐韻	例字：光、廣、黃
開三	陽韻	例字：強、長、養
合三	陽韻	例字：狂、方、枉

陽部韻字的轉移：

陽和耕仍然大量合韻，皆因其韻尾一致。二者獨用的數字雖巨，卻不至合併。陽耕通押的例子雖多，但很多例子中的耕部字都是「明、英、京、橫、行、彭、兵、亨」等庚韻字，這些字在西漢時期本屬陽部，到東漢時期這些字在不同的方言中其讀音可能有所不同。羅、周兩先生認爲，東漢時期陽部的一系列字轉入了耕部，但是先生的說法較爲含混，究竟哪部分字轉入耕部，沒有進行深入地探討。而且在編排韻譜的時候，把全部庚韻系的字都編入了

〔註36〕第6頁。

東漢耕部字當中。其實，古韻陽部包括《切韻》的陽、唐兩個韻系的字，還有一部分庚韻系字，這部分庚韻系字包括：二等開口：行、亨、孟、更；二等合口：橫、礦、礦、獷；三等開口：兵、丙、明、盟；三等合口：囧、兄、永、詠。而這些庚韻字到了漢代發生了不同的變化。王顯先生證明，陽部中的開口三等庚韻系字轉入耕部，其餘開口二等、合口二等、合口三等仍留在陽部。「其中一部分還留在漢時的陽部，另一部分則已轉入漢時的耕部。從另一角度來說，也就是古耕部發展到漢代的時候，又吸收了古陽部中的一部分庚韻系字而擴大了自己的範圍。」〔註37〕

　　同時我們應該注意到，語音的演變就各個方言來說是不平衡的，不能說當時所有方言的陽部字中庚三開口字都轉入了耕部。因此王顯先生認爲：在傅毅、班固之時，即公元 600 年左右，在鄒魯、扶風、京兆等大部分地區，古陽部的庚三開口字已轉入漢時的耕部；而在汝南、南陽等小部分地區裏，還沒有完成這一轉變。庚二的開合口和庚三的合口直至漢末仍然留在古陽部中。我們深以爲然。本文例證如下：（漢書－100－4262－1）京（陽庚開三平）明（陽庚開三平）平（耕庚開三平）刑（耕青開四平）聲（耕清開三平）（漢書－100－4253－5）慶（陽映開三去）輕（耕清開三平）醤（耕清合三去）聲（耕清開三平）盈（耕清開三平）明（陽庚開三平）英（陽庚開三平）（漢書－100－4254－3）青（耕青開四平）病（陽映開三去）姓（耕勁開三去）命（耕映開三去）（漢書－100－4257－1）刑（耕青開四平）精（耕清開三平）經（耕青開四平）明（陽庚開三平）（漢書－100－4267－5）定（耕徑開四去）盛（耕勁開三去）城（耕清開三平）境（陽梗開三上）

（五）耕　部

開二	耕韻、庚韻	例字：爭、箏、行、羹
合二	耕韻、庚韻	例字：橫、礦、嶸、轟
開三	庚韻、清韻	例字：鳴、明、精、平
合三	庚韻、清韻	例字：傾、營、兄、頃
開四	青韻	例字：令、靈、經、零

〔註37〕王顯，古韻陽部到漢代所起的變化，音韻學研究第一輯，中國音韻學研究會編，中華書局出版，1984，131 頁。

西漢時期，庚韻的「明、行、兄」等一系列字偶而和耕部字押韻。到了東漢，這一類字大都轉入耕部，只有「行」字或跟本部字互叶，或跟耕部字叶，沒有一定的屬類，只可兩部兼收。這種轉變正是東漢音與西漢音的不同之處。

（六）真　部

開一	痕韻	例字：恩
開三	眞韻	例字：眞、賓
合三	諄韻	例字：均、恂
開四	先韻	例字：天、賢
合四	先韻	例字：玄、弦

1・眞文的分合問題：

《漢魏六朝韻譜》的「韻部沿革總敘」認爲：「兩漢眞臻先與文欣魂痕一泯疆界，皆趨同用，並與元寒桓刪山仙錯雜。」〔註38〕眞文的卡方值爲 20.415，因此應當將眞文分爲兩個韻部。

2・文部韻字的轉移

眞文兩部在兩漢時代各自仍獨立成部，只是眞部範圍擴大了。文部的一部分字，如「辰、珍、震、貧、震、銀」等已轉入眞部。例證如下：彬（文眞開三平）神（眞眞開三平）臣（眞眞開三平）（漢書－100－4239－5）人（眞眞開三平）、貧（文眞開三平）、存（文魂合一平）（後漢書－43－1466－2）刃（文震開三去）、信（眞震開三去）、疢（眞震開三去）、仁（眞眞開三平）、人（眞眞開三平）、辰（文眞開三平）、秦（眞眞開三平）（後漢書－59－1924－4）辰（文眞開三平）、弮（眞先開四上）（後漢書－74－2384－10）

（七）文　部

開一	痕韻	例字：恨、根
合一	魂韻	例字：尊、門
開二	山韻	例字：艱
開三	欣韻、微韻	例字：勤、祈

〔註38〕《漢魏六朝韻譜》，1 頁。

| 合三 | 文韻、諄韻、仙韻 | 例字：溫、川 |
| 開四 | 先韻 | 例字：典、殄 |

（八）元　部

開一	寒韻	例字：殘、彈
合一	桓韻	例字：端、酸
開二	刪韻、山韻	例字：山、間
合二	刪韻	例字：關、還
開三	仙韻、元韻	例字：然、言
合三	仙韻、元韻	例字：權、原
開四	先韻	例字：前、邊
合四	先韻	例字：懸

《漢魏六朝韻譜》：「兩漢三國元寒桓刪山仙與眞諄臻文欣魂痕疆界靡漫，區處特難。……然探其導源之異，衍其支流之遠，仍存其分立之勢。」〔註39〕其分立之勢在於，就合韻而言，元和宵、元和魚皆有合韻，由此可知元、宵、魚的主要元音一致，而眞文和魚、宵兩部無一例合韻。元眞文三者相糾結，是因爲韻尾一致。

（九）侵　部

開一	覃韻	例字：南、參
開二	咸韻	例字：咸、湛
開三	侵韻	例字：侵、今
合三	凡韻	例字：凡
開四	添韻	例字：念

1·後漢時期侵談部的-m 尾有向-ŋ 和-n 尾演變的趨勢。本期侵部字與其它的鼻音韻尾大量通押。如：興（蒸）心（侵）（後漢書－3－148－9）乘（蒸）甚（侵）（後漢書－27－950－4）形（耕）今（侵）（後漢書－17－642－7）令（耕）心（侵）命（耕）（後漢書－25－882－1）天（眞）墊（侵）（後漢書－2－106－6）恩（眞）心（侵）（後漢書－13－527－4）震（文）甚（侵）

〔註39〕《漢魏六朝韻譜》，2 頁。

（後漢書－1－74－4）心（侵）典（文）（後漢書－10－426－8）恬（談）賢（眞）（後漢書－49－1631－5）湛（侵）玷（談）（後漢書－26－896－3）等，皆可爲證。漢代韻文中鼻音韻尾-n、-m 和舌根鼻音韻尾-ŋ 的合韻，本是一種客觀存在的語音現象，但它卻往往被人們忽視，常被認爲是韻文家用韻不嚴使然。但從其出現頻率觀之，應把它視作漢語鼻音韻尾整體演變中的一個不可忽視的因素。

2・「風」字歸屬

《研究》認爲：「侵部和蒸東冬幾部通押，主要是『風』字。這說明『風』在東漢時期的某些方言中讀-ŋ 尾。」〔註40〕但是本期的材料中，「風」字和侵部無一例押韻，因此本文認爲東漢時期「風」字已經屬於冬部了。例證如下：風（冬）崩（蒸）（後漢書－28－987－3）徵（蒸）風（冬）（後漢書－80－2642－9）風（冬）窮（冬）（後漢書－28－968－10）政（耕）風（冬）（後漢書－29－1016－1）風（冬）清（耕）（漢書－100－4237－3）

3・侵部的喉、齒音

王力先生認爲，東漢時侵部只有唇音合口三等字（如「凡」、「帆」）。但在《後漢書》中侵部所包含的字大多數是來自喉音和齒音的開口三等字。這與王力先生的說法不符。如：侵、甚（後漢書－2－116－3）今、林、沈、南、禁（後漢書－30－1043－4）禁、深（後漢書－31－1108－12）吟、心（後漢書－42－1436－3）深、南（後漢書－42－1445－1）陰、林、凡（後漢書－52－1709－6）金、飲（後漢書－57－1846－2）禁、吟（後漢書－57－1846－10）禁、深（後漢書－59－1929－5）心、參、林、禽、音（後漢書－59－1937－5）禁、心（後漢書－74－2395－2）皆可爲證。

4・「任」字多與眞部字合韻，例證如下：任（侵）、恩（眞）、年（眞）（後漢書－54－1780－12）任（侵）、均（眞）（後漢書－55－1802－9）恩（眞）、任（侵）（後漢書－73－2360－14）

（十）談　部

開一　　談韻　　　　　　　　　　例字：甘、藍

〔註40〕《研究》，60 頁。

開二	銜韻、咸韻	例字：監、讒
開三	鹽韻、嚴韻	例字：占、炎、嚴
合三	凡韻	例字：劍、犯
開四	添韻	例字：謙、恬

談部亦如前代，韻字極少。

談部和元部有多次合韻，看來二部的主要元音很接近，這在擬音時應該注意。

入聲韻

（一）職　部

開一	德韻	例字：得、塞
合一	德韻	例字：國、惑
開二	麥韻	例字：責
合二	怪韻	例字：戒、誡
開三	職韻、宥韻	例字：極、富
合三	屋韻	例字：福、伏

職部韻字的轉移：

上古職部的三等開口字轉入之部，即《切韻》的志韻在後漢時轉入之韻。例證如下：異（志）、憙（之）（後漢書－28－988－3）治（之）、意（志）、來（之）、異（志）、嗣（之）、熾（志）（後漢書－86－2856－1）寺（之）、置（志）、值（志）（後漢書－77－2491－8）等，皆可爲證。

（二）覺　部

合一	沃韻	例字：鵠、毒
開一	豪韻	例字：誥、奧
合二	覺韻	例字：學、覺
合三	屋韻、尤韻	例字：腹、復
合四	錫韻、幽韻	例字：戚

覺、幽、職三部各有合韻，足以證明三者的韻基近似，這在擬音時應該注意。

（三）藥　部

開一	鐸韻	例字：樂、鶴
開二	覺韻、肴韻	例字：駁、貌
開三	藥韻、宵韻	例字：虐、弱、耀

藥鐸的分合問題：

藥部和鐸部大量合韻，其中藥部多爲鐸韻字。我們對其進行了統計，藥鐸的卡方值爲 11.094，這就證明二部尙未合併。多次合韻，只能說明二者韻尾一致，主元音又非常接近。其例證如下：（後漢書－3－131－2）樂（藥）夜（鐸）（後漢書－30－1054－6）約（藥）薄（鐸）（後漢書－86－2856－3）樂（藥）石（鐸）洛（鐸）帛（鐸）（漢書－100－4241－6）澤（鐸）作（鐸）樂（藥）（漢書－100－4244－5）作（鐸）樂（藥）（漢書－27－1368－7）樂（藥）路（鐸）等等。

（四）屋　部

開一	屋韻	例字：谷、木
開二	覺韻	例字：剝
開三	燭韻	例字：足、欲
合三	尤韻	例字：僕

1．屋東有若干合韻，二者韻基應該接近，王力先生稱其爲「通韻」，即指屋東有相同的元音。

2．屋魚也有多次合韻，屋部大多是燭韻字，燭韻和魚韻語音接近，這種情況在前期並不常見。

（五）鐸　部

開一	鐸韻、模韻	例字：作、閣、慕、路
合一	鐸韻、模韻	例字：郭、措
開二	麻韻	例字：詐
合二	覺韻、麥韻	例字：朔、獲
開三	藥韻、魚韻、麻韻	例字：若、略、夜
合三	藥韻	例字：攫、縛
開四	昔韻	例字：驛、石

1·魚鐸的合韻問題：

本期魚鐸大量合韻。《詩經》中的魚鐸合韻是整個合韻數字中比例最大的。在本文中比例也不少。推其原因，可能和《廣韻》的又音有關。上古魚部字，在中古主要分佈在麻、魚、虞、模韻裏。而上古鐸部字，在中古主要分佈在鐸、藥、陌、錫等韻裏。《廣韻》裏有不少上古鐸部字的又音例子，這裏僅列舉幾例：摸，慕各切，又莫胡切（模韻）；惡，烏各切，又烏故切（暮韻），哀都切（模韻）；若，而灼切，又人者切（馬韻），人賒切（麻韻）。這幾個例子的又音字，東漢時期皆屬於魚部。這樣可以推測，在中古音裏，上古鐸部韻中一些字的又音字，變得跟魚部字的主要元音相同而可互諧相押，因此就導致魚鐸通韻的增多。《後漢書》的例子如下：度（暮）素（暮）（後漢書－40－1368－1）布（暮）厝（暮）（後漢書－52－1714－1）步（暮）御（語）虞（虞）罟（姥）（後漢書－60－1964－2）迓（禡）夜（禡）塗（模）輅（暮）布（暮）（後漢書－59－1933－1）皆可為證。其中「度、厝、步、夜、輅」在上古為鐸部；「素、布、御、虞、罟、迓、塗、布」在上古為魚部。《漢書》中的鐸部暮韻字多與魚部合韻：（漢書－100－4249－4）錯（鐸暮）故（魚暮）（漢書－25－1262－6）渡（鐸暮）御（魚御）（漢書－26－1298－11）庫（魚暮）路（鐸暮）（漢書－100－4237－2）弆（魚模）墓（鐸暮）。

由此可見，任何一個時期的語音，都不能設想只是簡單的一字一音，而是存在著有些字一字多音的情況。用某個韻部看來是不和諧的押韻現象，用又音所屬的韻部一看可能正好合轍押韻。

2·陌韻的獨立傾向

鐸韻的一部分字有獨立的趨勢，即《切韻》的陌韻有獨立的趨勢。它本身有較強的獨立性，有時不與鐸韻的字相押。例證如下：乃作斯賦以諷之：胄高陽之苗胤兮，承聖祖之洪澤（陌）。建列藩於南楚兮，等威靈於二伯（陌）。超有商之大彭兮，越隆周之兩虢（陌）。達皇佐之高勳兮，馳仁聲之顯赫（陌）。（後漢書－80－2641－1）長安語曰：城中好高髻，四方高一尺；城中好廣眉，四方且半額（陌）；城中好大袖，四方全匹帛（陌）。（後漢書－24－853－6）時人語曰：夜半客（陌），甄長伯（陌）。（後漢書－12－503－4）

（六）錫　部

開二　　麥韻、佳韻　　　　　　例字：策、厄、解

合二	麥韻	例字：畫
開三	昔韻、支韻	例字：適、益、闢
合三	昔韻	例字：役
開四	錫韻、齊韻	例字：績、歷、帝

錫部和耕部合韻的例子較多，二者也是王力先生所稱的「通韻」，即錫、耕有著相同的主要元音。

（七）質　部

開三	質韻、至韻	例字：室、疾、至、器
開四	屑韻、霽韻	例字：節、結、計、隸
合四	屑韻	例字：血、穴

質月兩部相押的例子常見於杜篤、傅毅、班固、馬融等關中人士的詩文之中。質月合韻的次數實際上並不是很多，可能這兩個韻部的某些字由於又音的存在，從而使得兩部合轍押韻。

（八）物　部

開一	沒韻、代韻	例字：紇、溉、愛
合一	沒韻、灰韻	例字：忽、沒、隊、妹
開三	迄韻、質韻	例字：迄、弼
合三	物韻、術韻、微韻、脂部、質韻、薛韻	
		例字：佛、尉、醉、帥

質物的分合問題：

質部和物部雖然大部分變為至韻字和質韻字，但區別還是很多的。東漢的質部獨用字到《切韻》時代大多變為屑韻的字；物部則沒有變為屑韻字。如：節（屑）跌（屑）結（屑）（後漢書－59－1914－5）。東漢的物部，中古時期多數字轉入未韻、術韻和隊韻。質部則沒有入未韻、術韻和隊韻的字。如：胃（未）尉（未）（後漢書－11－471－13）出（術）卒（術）（後漢書－80－2596－6）內（隊）對（隊）（後漢書－59－1924－3）等，皆可為證。再者，質物的離合指數為22，小於50，這也證明此二部當分。

（九）月　部

| 開一 | 曷韻、咍韻、泰韻 | 例字：渴、逮、大 |

合一	末韻、泰韻	例字：末、脫、外、會
開二	黠韻、夬韻	例字：撥、察、邁、敗
開三	月韻、祭韻、薛韻	例字：碣、世、晰
合三	月韻、祭韻、薛韻、廢韻	例字：闕、衛、雪
開四	屑韻	例字：絜
合四	屑韻	例字：缺、決

月和元多合韻，但元部沒有和祭部押韻的例子，一例未見。月元合韻例證如下：絕（薛）炭（元）（後漢書－1－20－6）絕（薛）傳（元）（後漢書－24－847－1）元（元）發（月）（後漢書－30－1066－1）爛（元）列（薛）（後漢書－30－1071－1）紈（元）越（月）（後漢書－49－1634－1）變（元）發（月）（後漢書－54－1765－1）殺（黠）殘（元）滅（薛）（後漢書－74－2410－6）還（元）活（末）（後漢書－76－2474－1）

（十）緝　部

開一	合韻	例字：合、雜
開二	洽韻	例字：洽
開三	緝韻	例字：急、及

緝和之、職、屋等部皆有合韻，在擬音時應該注意。

（十一）葉　部

開一	盍韻	例字：臘
開二	狎韻	例字：甲
開三	葉韻、業韻	例字：葉、妾、脅、劫
合三	乏韻	例字：乏、法
開四	帖韻	例字：牒

葉部和魚、月、職等部皆有合韻。

東漢語音特點小結：

到了東漢時期，韻部的部數和西漢時期依舊相同，但是所包含的韻字卻有很大的變動，具體如下：

1．支部加入先秦歌部支韻三等字；

2・歌部加入先秦魚部二等字和部分開口三等字；

3・陌韻具有較強的獨立傾向；

4・先秦蒸部東韻的「雄、弓、夢」等字轉入多部；

5・歌部的「儀」字常與微部合韻；

6・耕部加入了先秦陽部二等字和四等字，即加入了庚韻三等字；

7・職部韻字嚮之部發生了轉移；

8・文部韻字發生了轉移；

9・幽部韻字發生了轉移；

10・之部韻字發生了轉移。

就以上幾點而言，東漢音事實上和西漢音並不相同。

第四節　三國時期的韻部特點

　　從周秦古音發展爲兩漢音，韻部的分合已有許多改變。到魏晉以後，語音的變化更爲加劇。原因是多方面的。一種原因是由於字音內部結構的互相影響而逐漸產生變化。另一種原因是由於人民的遷徙，方音的融合使然。人民往來遷徙有多種原因，包括政治方面和經濟方面的原因。特別是在異族的侵擾和戰爭頻繁的情況下，人民的大批遷徙，使得不同方音區域的人口長期雜居在一起，語音互相影響，自然會有變化。魏晉宋這一時期，社會不曾有過長時期的安定，因此語音變化加劇是勢所必然的。

一、陰聲韻

1・之　部

　　上古之部包括開合一、二、三等韻字，漢代特別是魏晉以後，之部發生了分化，逐漸演變成中古的哈、侯、灰、皆、之、脂、尤七韻。開口一等舌齒喉音字發展爲哈韻、唇音字發展爲侯韻，合口一等字變入灰韻；開口二等字變入皆韻，合口二等字變入怪韻；開口三等舌齒喉音字仍爲之韻、唇音字變入脂韻，合口三等字變入尤韻。

　　之部的韻字轉移：

　　魏晉時期之部範圍縮小，一等字已轉入灰部，合口三等字已轉入幽部，只

有剩下來的開三的字仍屬之部，等於《廣韻》的之韻（舉平以賅上去），例證如下：（三國－41－1013－6）事疑（三國－42－1037－3）治事（三國－42－1037－14）時滋期尤己辭

2・哈 部

王力先生兩漢的職、蒸部到這一時期分化出德、登部，條件是中古三等爲職、爲蒸，中古一等爲德、爲登。

哈部獨立：

兩漢的之部在這一時期也分化了，中古三等的還是之部，中古一、二等王先生沒有讓它獨立出來，而是歸入了灰部。這個地方需要作些調整。本文認爲，魏晉時期，從之部分化出的中古一、二等字應該還是一個獨立的韻部，即哈部獨立。周祖謨先生也認爲：「東漢時期的之部在三國時期分爲之、哈兩部。……哈部包括哈韻大部分字『能該埃才哉』，灰韻一部分脣音喉音字『灰悔誨』和皆韻『駭戒怪』。」〔註41〕哈部包括上古之部一等的哈韻、灰韻和二等皆韻的部分字。但本文的材料中缺乏哈韻獨用的實例，只有哈韻的合韻例，尤以之哈合韻的數量多，如下：（三國－45－1085－1）才（之哈）理（之止）（三國－62－1414－5）基（之之）災（之哈）等等。可見之哈雖分立，但彼此仍藕斷絲連地糾結著，二者的音值仍十分接近。

3・幽 部

這一部包括侯幽尤三韻字，直至齊梁以後仍舊沒有什麼變動。

3・1 需要一提的是，東漢時期之部合口三等字（謀、尤等字）已經轉入幽部，三國時期仍遵循此規律，如：（三國－65－1469－12）尤（之尤）留（幽尤）。但這一類字與魏晉的之部仍有合韻，如：（後漢書志－3－3057－2）時（之）流（尤）這一現象可能是因爲魏晉宋時期仍保有先秦遺風或倣古之故。只是這種例子已經非常罕見了。

3・2 幽部與宵、侯、覺部皆有多次合韻，可見其韻基的接近，這是擬音時應該注意的。

〔註41〕魏晉音與齊梁音，周祖謨論文集，學苑出版社，2004，100頁。

4・宵　部

宵部是由豪肴蕭宵四韻字組成。魏晉宋時期，這一部字用的非常少，僅一例獨用，一例合韻。

5・魚　部

魚部包括魚模虞麻等多韻字。

5・1 魚模的分合問題：

漢代的魚部到南北朝時期分化為魚、模兩部。南北朝詩人用韻，也有魚虞模混用的，但還是分用的居多：

	90	魚（虞）	模
魚（虞）	79	37	52
模	11	5	3

離合指數為 52，它介於 90 和 50 之間，這時我們要根據卡方檢驗來判斷魚和模是分是合。下表為卡方檢驗的表格：

	魚	模
魚	37	10.462
模	5	3

陰影部分為其卡方值，即魚模的卡方值為 10.462。此時，無論將檢驗水平定為 $\alpha = 0.025$、$\alpha = 0.05$ 或 $\alpha = 0.10$，卡方值都要大於這些分佈臨界值，因此魚模應當分為兩個韻部。由上述統計可見，這一時期，多數作家的魚、虞和模是應該分開的。周祖謨先生在《魏晉音與齊梁音》〔註 42〕中也認為，陸機、陸云詩文的押韻在各部裏比同時代一般的人都寬泛，但是這一部模虞魚三類分用很嚴格。

5・2 魚侯的分合問題：

魚和侯大量合韻，我們來看一看它們的關係。

〔註42〕周祖謨，問學集，中華書局，1981。

	102	魚（虞）	侯
魚（虞）	83	37	57
侯	19	9	5

離合指數為 57，它介於 90 和 50 之間，這時我們要根據卡方檢驗來判斷魚和侯是分是合。下表為卡方檢驗的表格：

	魚	侯
魚	37	8.906
侯	9	5

陰影部分為其卡方值，即魚侯的卡方值為 8.906。此時，無論將檢驗水平定為 α＝0.025、α＝0.05 或 α＝0.10，卡方值都要大於這些分佈臨界值，因此魚侯應當分為兩個韻部。周祖謨先生認為：「魚侯之分為兩部，是三國以後跟東漢音很大的不同。」〔註43〕其實我們的結論是，魚侯東漢時也是獨立的，這是與先生所不同的。

5・3 魚部和歌部、屋部有多次合韻，這也是構擬時應該注意的。

6・模　部

模部的分立，上文已經介紹了，這裡就不贅述了。模的韻例數量不多，除了和魚部的大量合韻外，就只和月部有合韻了，而且只有一例：（三國－3－97－3）絕（月薛合三入）謨（魚模合一平）

7・侯　部

魏晉時期的侯部應該分立，這點上文也討論過了。侯的韻例也不多，除與魚部大量合韻外，還與物、月各有一處合韻：（三國－11－362－3）趣（侯遇合三去）屈（物物合三入）（三國－19－566－1）厚（侯厚開一上）大（月泰開一去）

8・歌　部

歌部包括歌戈麻三個韻。王力先生認為，南北朝第一期歌戈與麻還是混用

〔註43〕魏晉音與齊梁音，周祖謨論文集，學苑出版社，2004，151 頁。

的。〔註44〕周祖謨先生也認為魏晉宋時期，歌戈麻是合用不分的，齊梁以下，歌麻始分為兩部。〔註45〕但是因此期押歌韻的韻文太少而看不出三者合用的例子，因此，本文參照前人觀點，還是將歌戈麻歸為一部。

歌鐸、歌支都有多次合韻，可見其音值的接近。

9‧支　部

支部韻字的轉移：

至魏晉時期，支部範圍縮小了。支部二等字轉入泰部，四等字轉入祭部。剩下來的只有三等字，相當於《廣韻》支韻。如：（三國－45－1082－4）移、規、禪（三國－53－1254－15）垂、施（三國－62－1414－10）移、施、奇。支部除了和歌部合韻外，還與職部有一例合韻：極（職）儀（支）（後漢書志－3－3082－1）

10‧脂　部

東漢時期的脂部，發展到三國時期，仍然沒有太大的變化。包括微韻字、脂韻大部分字、皆韻的「淮、懷」等字、哈韻的「逮、愛、慨」等字，以及灰韻的「回、對、退」等字和齊韻的「弟、計、體」等字。

脂微的分合問題：

段玉裁分上古韻十七部時，脂微是同部的。王力先生在《南北朝詩人用韻考》中認為，南北朝第一期，脂微也是通用的。到第二期，微韻獨立了。但在先生的《漢語語音史‧魏晉南北朝音系》中，則將脂微又分立為兩部。脂微在本文中多次合韻，我們檢驗一下其關係：

	48	脂	微
脂	18	5	69
微	30	8	11

離合指數為 69，它介於 90 和 50 之間，這時我們要根據卡方檢驗來判斷脂和微是分是合。下表為卡方檢驗的表格：

〔註44〕《漢語語音史》。

〔註45〕《魏晉音與齊梁音》。

	脂	微
脂	5	2.003
微	8	11

陰影部分為其卡方值，即脂微的卡方值為 2.003。此時，無論將檢驗水平定為 α＝0.025、α＝0.05 或 α＝0.10，卡方值都要小於這些分佈臨界值，因此脂微應當合併為一個韻部。由上述數字可以明顯看出，脂微兩韻在魏晉時期是同用不分的。這個結論會另很多人感到懷疑，先秦至東漢，脂微都是分立的；而齊梁時期，脂微兩韻也是分化為兩部的。那為什麼單單在魏晉時期就合併為一個韻部呢？究其原因，應該是體現了方音的特徵。陳壽是蜀人，脂微不分是蜀地最明顯的特徵之一，這一點在下文會有詳細地論述，此處就不贅述了。

脂幽、脂月、脂支、脂質、脂物、脂緝皆有合韻，且皆為一例，應該是音近的偶合為之。

利用統計法後，我們發現《三國志》與其它三史不同。《史記》諸書的語言十分貼近官話，幾乎不體現方音色彩；而《三國志》的語言則更為接近作者的實際語音，這是我們研究時應該注意的。

11．祭　部

東漢時期的祭部包括祭、泰、夬、廢四韻字和怪韻的「介界芥」等字及霽韻的「契慧」等字，到魏晉宋時期分為祭、泰兩部，祭部包括祭霽怪三類字，泰部包括泰夬廢怪四類字。祭部獨用的例證，如：（三國－2－61－4）榰衛（三國－42－1038－1）藝制逝裔世滯誓（三國－42－1037－3）世穢，等等。

兩漢時，祭部和其相承的入聲月部不大混用。但是在魏晉之時，祭部和薛韻相押，如：（三國－9－286－8）滅（薛）世（祭）。

祭部和泰部無一合韻，可見二者關係的疏遠。由此也可以證明祭泰分為兩部是正確的。

祭部和質部有多次合韻，這在擬音時應該注意。

12・泰　部

泰部獨用：

泰部獨用，例證如：（三國－42－1022－11）大會（三國－42－1035－4）沛會（三國－45－1088－7）害沛大。泰部同末韻相押。如：（三國－19－564－7）藹（泰）沫（末）蓋（泰）祭部同屑部相押，泰部同曷部相押，很少相混，由此也可以證明祭、泰分爲兩部是正確的。

13・至部此期尚未獨立

本文的至部獨用、合韻的數量非常少，無法用統計法證明其是否獨立。我們只能從與至部合韻的韻部中，找尋其蛛絲馬迹。

至部與物部有多次合韻，如下：（三國－19－563－11）紼（物）率（至）（三國－45－1083－5）愛（物）墜（至）（三國－53－1255－8）貴（物）類（至）佛（物）（三國－42－1037－9）醉（至）懟（物）（三國－42－1037－10）悸（至）輊（至）紼（物）；至與質部也有幾次合韻，例如：（三國－45－1085－6）實（質）類（至）計（質）；至還與職部有合韻，例如：（三國－65－1468－12）器（至）飾（職）（三國－4－151－15）服（職）職（職）位（至）。至部獨用僅一例：（三國－19－563－12）類肆

由此我們發現，至韻只和入聲韻合韻，並無和陰聲韻合韻的例證，且其獨用又少，因此本文認爲：魏晉時期至韻尚未獨立。這應該也是蜀地方音的體現。

二、陽聲韻

1・蒸部和登部

登部此期獨立

王力先生在《南北朝詩人用韻考》中，早已證明了職德、蒸登分立，且在《漢語語音史》中又補充了大量的例證，以示證據確鑿。因此，本文也無須贅言加以證實，僅再補充幾例，以盡杯水之力。蒸部獨用例，如：（三國－19－564－8）升興（三國－65－1469－9）憑穹。登部獨用例，如：（三國－32－890－7）很恒。

蒸與侵合韻，登與東合韻，二者分用不混，以此也可看出蒸、登應分爲兩個韻部。

2．東部和冬部

魏晉時期的東部字包括《廣韻》東董送三韻的一部分字、鐘腫用三韻字以及江韻的部分字。而冬部包括《廣韻》東韻的一部分字、冬韻字以及江韻的部分字。

2．1 東陽的分合問題：

東和陽有多次合韻，我們看看它們的親疏關係：

122	東	陽
東	39	14	41
陽	83	11	36

離合指數爲 41，二部是分立的。

2．2 東冬的分合問題

《詩經》音東、冬兩部在兩漢時期沒有什麼變動，直到魏晉時這兩部還分別得很清楚。由此也可以看出孔廣森在《詩聲類》裏把東冬分立爲兩部是正確的。魏晉時代冬東兩部當分，但是也有一些兩部合韻之例，這表明兩部讀音還是比較接近的。因此我們再利用統計法檢驗一下：

60	東	冬
東	33	14	33
冬	27	5	11

可見，二者依然分立。

2．3 東耕的分合問題

東和耕具有相同的韻尾，因此也有多次合韻，再來看看它們的關係：

102	東	耕
東	33	14	22
耕	69	5	32

二者依然當分。

3．陽部和耕部

陽部包括《廣韻》陽、唐兩韻字，耕部包括《廣韻》庚、耕、清、青四韻字，魏晉時期這兩部沒有什麼變化。

陽耕的分合問題：

陽耕二部亦多合韻，我們統計如下：

	158	陽	耕
陽	83	36	27
耕	75	11	32

二者當分。

4．真部和文部、魂部

4．1 魂部尚未獨立

《廣韻》眞諄臻文欣魂痕七韻在三國之前是完全通押的。晉以後魂痕獨立，分成眞、魂兩部。這樣，劉宋時期眞部包括眞諄臻文欣五韻，魂部包括魂痕兩韻。本期魂韻的韻例共有四例：（三國－60－1389－12）存（文魂）損（文混）（三國－61－1401－14）孫（文魂）君（文文）（三國－62－1414－8）軍（文文）門（文魂）雲（文文）（後漢書志－2－3038－14）文（文文）存（文魂）。由此我們發現這幾例皆爲魂韻和文部的合韻例證，而魂韻自身卻沒有獨用。文部卻存在獨用的韻例，如：（後漢書志－7－3166－6）文倫；（後漢書志－23－3534－1）分君紛聞；（後漢書志－2－3039－7）分文。因此，本文的結論是：魂部尚未分立，而文部依然和前代一樣，保持獨立。

4．2 真文的分合問題

前文剛剛講過文部應獨立，此階段卻發現文部和眞部還有大量的合韻，這就使我們對眞文的界限又產生了懷疑，下面用統計法看看它們的親疏關係：

	106	眞	文
眞	54	16	82
文	52	22	15

離合指數爲 82，它介於 90 和 50 之間，這時我們要根據卡方檢驗來判斷眞和文是分是合。下表爲卡方檢驗的表格：

	眞	文
眞	16	1.523
文	22	15

陰影部分爲其卡方值，即眞文的卡方值爲 1.523。此時，無論將檢驗水平定爲 $\alpha = 0.025$、$\alpha = 0.05$ 或 $\alpha = 0.10$，卡方值都要小於這些分佈臨界值，因此眞文應當合併爲一個韻部。由上述數字可以明顯看出，眞文兩韻在魏晉時期是同用不分的。這就猶如我們前面討論過的脂微合併，其道理也是一樣的。

5．寒部和元部

寒部獨立

兩漢音元部包括的字類很多。有《廣韻》寒桓刪先仙山元七韻字。後來，眞部的先（天）仙（川）山（艱）三類字又轉入元部。至魏晉時期，元部分爲寒、元兩部。元部包括《切韻》元韻系、山韻系、仙韻系和先韻系字；寒部包括《切韻》寒韻系、桓韻系和刪韻系字。

寒的合韻例如下：（三國－45－1085－2）綱（唐）端（寒）喪（唐）（三國－12－376－8）言（寒）民（眞）（三國－12－376－9）言（寒）面（寒）人（眞）由此可知，寒部只和陽、眞合韻。

元的合韻例如下：（三國－41－1013－6）戰（元）運（文）（三國－53－1254－13）先（文）綿（元）（三國－64－1442－4）震（文）見（元）由此可知，元部只和文部合韻。這也說明二者分立是正確的。

6．侵覃部和談鹽部

侵談兩部用韻不廣，材料寥寥可數，因此分部的情形表現得還不是很清楚。在裴注《三國志》中，侵、談部皆未見獨用。但根據以往研究的經驗和前後時期韻部的流變，本文還是將侵、談分爲兩部，侵部只包括侵韻，談部包括談、咸二韻。覃部、鹽部也未見獨用例。

三、入聲韻

1．職部和德部

德部獨立

與蒸、登分立相應，職、德也是分立的。兩漢音職部包括職、德、屋、麥四韻字，到三國時期分爲職、德兩部。職部除職韻字外，還有屋韻三等字「服、牧」；德部包括德、麥兩類字。職部獨用例：（三國－19－564－6）息食（三國－64－1441－13）意息（三國－4－151－15）服職。德部獨用例：（三國－19－563－9）則國（三國－45－1080－15）德慝國。

2．屋部和沃部

沃部獨立

魏晉時期屋、沃（覺）分爲兩部，猶如冬、東分爲兩部，入聲韻的分類與陽聲韻的分類完全是一致的。周祖謨先生對沃韻字有一段評論：「至於沃韻字，在齊梁時期沒有作爲韻字的，在陳隋時期只有三個例子。……第一例『酷』字跟屋韻字相押，第二例『沃』字跟燭韻字相押，第三例有『毒、告』二字跟德韻字相押。沃韻的歸屬類別似乎很難決定，但是我們按照平聲冬韻與鐘韻爲一部的情形來對比，自然可以確定沃韻當屬於燭部了。」〔註46〕在本文的材料中雖然沃韻獨用只有一例，但是我們依從周先生的看法，還是將沃部獨立爲一部。

屋鐸有數次合韻，這在擬音時應該注意。

3．錫部和鐸部

3·1 鐸部的韻字轉移

兩漢音錫部包括錫、昔、麥三類字，但是到魏晉宋時期，鐸部的陌麥錫昔也都併入錫部。在裴注《三國志》中可得到的例證如下：

〔註46〕《齊梁陳隋時期詩文韻部研究》，《周祖謨學術論著自選集》，北京師範學院出版社，1993，245 頁。

兩　　　漢			魏　晉
錫部	麥	策、責、厄、隔	錫部
	錫	惕、績	
	昔	迹、益、積	
鐸部	陌	澤、宅、百、白	
	昔	夕	

3．2 藥部的韻字轉移

魏晉時期，鐸部的範圍擴大了，除鐸韻外，大部分藥部字（酌、虐）都轉入此部。這就同《廣韻》的分韻系統逐漸接近了。

4．質部和物部

質部三國時期包括質、術、櫛、物、沒等幾韻字。

物質的分合問題

魏晉以後，入聲韻與陰聲韻之間脫離了對轉關係，與陽聲韻的關係更加密切了。入聲韻與陽聲韻相配整齊，平行變化的特點十分嚴格，如某陽聲韻分化，相配的入聲韻一定也有平行的分化，某些陽聲韻合併，相配的入聲韻一定也合併。根據這條規律，可以克服某些因材料不足造成的困難。周祖謨先生分析魏晉南北朝音系，充分運用了這一規律。因此本文雖有的韻部很少見於詩文押韻，但根據相配韻系的歸屬，也可來決定本韻的歸屬。

根據前文研究，我們發現眞文合併了，脂微也合併了，那麼相應的入聲韻物、質也應該是合併的。並且本期的物質有大量的合韻，其合用數字遠遠超過自身獨用的數字。因此本文認爲物質也應合併爲一個韻部，這同樣是體現了蜀方音的特點。

5．薛部和曷部

薛曷分合問題

兩漢音月部至魏晉時分化爲兩部：薛部和曷部。曷部包括曷末點韻字，而薛部不僅包括月部屑、薛、轄韻字，還包括兩漢音質部的屑、薛兩韻字。

薛曷兩部的分別，除在押韻上表現出兩部分用以外，在與其它入聲韻和陰聲韻通押的關係上也可以看得出來：薛部跟陰聲韻祭部通押的較多，曷部很少跟祭部合韻；薛部可以跟泰部合韻，曷部跟泰韻通押的較少；薛部可以跟質部

合韻，曷部絕不跟質部曷韻。由此可以清晰地看出，薛、曷兩部分立是毋庸置疑的。

6‧緝部和合部

東漢時的盍部，魏晉時期分爲盍、葉兩部，盍韻字在三國中未見韻字。

東漢時的緝部，魏晉時期分爲緝、合兩部。緝韻字爲一部，合韻字爲一部。東漢屬緝部的洽、帖兩韻字，魏晉時轉入葉部。由劉宋至陳隋緝、合兩部未變。

二部皆無獨用例，此處的分立是參考了前人的研究意見和時代流變的結果。

7‧盍部和葉部

盍部在裴注《三國志》中未見獨用例，葉部用韻也未見，但據陽聲韻推想以及合韻例證，我們還是分爲盍、葉兩部。

小　結

以上是魏晉時期的韻部系統，它能較忠實地反映出魏晉時期韻部分合的概況。我們瞭解到這二百七十年之間聲韻演變的主要情況，可以解釋魏晉時期其它著作中的許多音韻上的問題，還可以聯繫到後代語音的演變，以便於說明漢語語音發展的全部歷史。下面概括說明一下魏晉韻部主要變化：

（1）之部範圍縮小，只包括《廣韻》之韻。

（2）兩漢音的幽、侯兩部，魏晉時期仍然分立。

（3）脂微合用。與之相應，眞文合用、質物合用。

（4）祭部分爲祭、泰兩部。祭部包括祭、霽、夬三韻，泰部包括泰韻。一部分支部佳韻字轉入泰部。

（5）蒸部分化爲蒸、登兩部，相應地，職部也分化爲職、德兩部，

（6）兩漢音元部至魏晉時，分爲寒、仙兩部。

（7）月部分爲薛、曷兩部。

魏晉時期韻部共分爲三十八部，其中陰聲韻十二部，爲之咍幽宵魚模侯歌支脂（微）祭泰；陽聲韻十三部，爲蒸登東冬耕陽眞（文魂）寒仙侵覃談鹽；入聲韻十三部，爲職德沃屋鐸錫質（沒物）薛曷緝合盍葉。

語音隨時間的推移而逐漸發展。歷史上，社會如果處於長時期穩定的局面下，語音的總體情況也就比較穩定，二三百年之間可能變化也不大。可是處於延續動盪的戰亂時期，語音的變動就比較大。先秦、西漢、東漢三個時代多爲韻字的轉移，而魏晉時期則爲韻部的變遷。迄今爲止，研究魏晉宋時期韻部最權威的當屬王力先生和周祖謨先生。兩位前賢均以詩詞爲研究對象，從不同角度分析了魏晉時期的韻部，對這一時期韻部的研究做出了卓越的貢獻。本文冒昧，從散文韻語研究的角度，對兩家的觀點進行了驗證，並提出幾點補充和商榷的問題，如下：

（1）脂微、眞文、質物分合的問題。王力先生在《南北朝詩人用韻考》中認爲，南北朝第一期，脂微是通用的。到第二期，微韻就獨立了，並且眞文、質物也應是分立的。〔註47〕但據裴注《三國志》來看，「微」、「文」、「物」獨用之例極少，而「脂微」、「眞文」、「質物」合韻的韻例則比比皆是。並用統計法證實，這一時期，脂微、眞文是合用不分的。況周祖謨先生在《漢魏晉南北朝韻部演變研究》中也認爲脂微、眞文、質物在魏晉宋時期是多通用不分的，只是「文」、「物」兩部在劉宋後期有分別脫離「眞」、「質」兩部而獨立的趨勢。〔註48〕因此，本文認同周祖謨先生的觀點，而與王力先生的觀點相悖。

（2）魚模分合的問題。王力先生認爲，漢代的魚部，到南北朝分化爲魚模兩部。南北朝詩人用韻，雖有魚虞模混用的，但是還以分用的居多。本文與王力先生的觀點相合，與周祖謨先生的觀點相左。

（3）灰部範圍的問題。王力先生認爲，灰部是一個新興的韻部，一等開口字主要來自之部，一等合口和二等主要來自脂部，三等來自月部長入，還有一部分字來自物質兩部的長入聲字，即灰部包括兩漢之、脂兩部的咍、灰、皆等韻字。而周祖謨先生則將之部的咍、灰、皆韻字歸爲咍部，將脂部的咍、灰、皆、齊韻字歸入皆部。本文據裴注《三國志》來看，傾向於認同周祖謨先生的觀點。

（4）除此以外，通過對韻語的研究還可以起到校勘原文的作用，如第十

〔註47〕王力，南北朝詩人用韻考，清華學報 11 卷，1936，3。

〔註48〕周祖謨，魏晉宋時期詩文韻部的演變，中國語言學報，1983，1。

九卷裴注引曹植詩中，「能不懷苦幸？」一句，依中華書局 99 年本，「幸」作「辛」，按「幸」字誤。「幸」為耕部，不合韻，「辛」為真部，合韻。所以應取「辛」，疑為傳寫之訛。

綜上所述，我們從散文韻語研究這一角度對史書所反映的三國時期韻部系統進行了全面的考察。從中不難看出，魏晉這一時期屬於語音的過渡時期，音韻系統在不斷地演變，文人用韻較寬是一個總體趨勢，分韻加細是這一時期韻部系統的顯著特點。而且，兩漢以前陰聲韻與入聲韻相承，關係較密，然而自魏晉時起，音韻系統變成另外一種格局，由於陰聲韻的韻尾逐漸消失，韻部的元音有所改變，以致陰聲韻不再與入聲韻相承，而轉變為陽聲韻與入聲韻相承，這是很大的變化。總體說來，魏晉的韻部已經趨近《切韻》的韻部系統了，因此可以把魏晉音系看成是上古音系到中古音系的過渡。

魏晉時期韻部系統與《廣韻》音系之對較表

現將魏晉三十八部按等呼與《廣韻》韻目比較，列表如下：

魏　　晉	《廣　韻》		例　　字
	等　呼	韻　目	
陰　聲　韻			
之部	開三	之韻	齊、止、事
咍部	開一	咍韻	開、哀、才
	開二	皆韻	階、諧、戒
	開三	廢韻	乂
	合一	灰韻	對、隊
	合二	皆韻	懷
	合三	廢韻	廢
幽部	合三	尤韻	尤、首、富
	合四	幽韻	幽韻無例字
宵部	開一	豪韻	袍、道、考
	開二	肴韻	巢、飽、孝
	開三	宵韻	表、要
	開四	蕭韻	條、弔

魚部	開三	魚韻；虞韻	魚、女、語；輔、主、禹
模部	開一	模韻	圖、妒、路
侯部	合一	侯韻	母、畝、茂
歌部	開一	歌韻	佐、歌
	合一	戈韻	戈、過、坐
	開二	麻韻	加、家、下
	合二	麻韻	華、化
	開三	麻韻	車、也、舍
	合三	歌韻	歌韻無例字
支部	開三	支韻	知、靡、義
	合三	支韻	規、危、瑞
脂部	開三	脂韻；微韻	夷、視、利；譏
	合三	脂韻；微韻	衰、位、類；飛、肥、貴
祭部	開二	夬韻	敗
	開三	祭韻	獘、滯、世
	開四	齊韻	西、禮、體
	合二	夬韻	夬韻無例字
	合三	祭韻	樿、銳
	合四	齊韻	惠
泰部	開一	泰韻	大、沛、害
	開二	佳韻	柴
	合一	泰韻	會
	合二	佳韻	畫
陽 聲 韻			
蒸部	開三	蒸韻	興、稱、勝
登部	開一	登韻	騰、登、朋
	合一	登韻	薨
東部	開一	東韻	童、翁、功
	開三	東韻	雄、穹、夢
冬部	合一	冬韻	統
	合二	江韻	邦、雙
	合三	鐘韻	恭、用、寵
耕部	開二	庚韻；耕韻	生、行；崢、耕、萌
	合二	庚韻；耕韻	橫；耕韻無例
	開三	庚韻；清韻	明、境、敬；成、領、盛

	合三	庚韻；清韻	榮、瑩；瓊、營
	開四	青韻	零、星、定
	合四	青韻	扃
陽部	開一	唐韻	綱、朗、葬
	合一	唐韻	黃、光、曠
	開三	陽韻	鄉、賞、上
	合三	陽韻	房、王、望
眞部	開二	臻韻	臻韻無例
	開三	眞韻；欣韻	眞、盡、信；勤、近、殷
	合三	諄韻；眞韻；文韻	純、遵、順；隕 分、憤、訓
	開一	痕韻	恩、恨
	開三	元韻	言、獻
	合一	魂韻	魂、存、困
	合三	元韻	元、遠、怨
寒部	開一	寒韻	安、岸、悍
	開二	刪韻	晏、澗、慢
	合一	桓韻	官、短、灌
	合二	刪韻	還、患
仙部	開二	山韻	山、艱、簡
	開三	仙韻	遷、善、戰
	開四	先韻	天、年、見
	合二	山韻	山韻無例字
	合三	仙韻	宣、權、選
	合四	先韻	玄、懸
侵部	開三	侵韻	深、任、禁
覃部	開一	覃韻	堪、蠶
	開二	咸韻	咸韻無例字
談部	開一	談韻	膽、三
	開二	銜韻	銜韻無例字
	開三	嚴韻	嚴韻無例字
鹽部	開三	鹽韻	儉、諂、驗
	開四	添韻	念、僭
	合三	凡韻	犯

入　聲　韻			
職部	開三	職韻	極、食、力
	合三	職韻	域
德部	開一	德韻	則、德、北
	合一	德韻	國
沃部	合一	沃韻	篤
	合二	覺韻	嶽
	合三	燭韻	屬、贖、辱
屋部	開一	屋韻	族、木、哭
	開三	屋韻	福、服、目
鐸部	開一	鐸韻	落、恪、樂
	合一	鐸韻	廓
	開三	藥韻	略、若
	合三	藥韻	藥韻無例字
錫部	開二	陌韻；麥韻	宅、白、百；厄、隔、策
	合二	陌韻；麥韻	無例字
	開三	陌韻；昔韻	陌韻無例字；迹、夕、益
	合三	昔韻	昔韻無例字
	開四	錫韻	惕、績
	合四	錫韻	錫韻無例字
質部	開二	櫛韻	櫛韻無例字
	開三	質韻；迄韻	實、漆、密；迄韻無例字
	合三	術韻；物韻	術、出、絀；物、紱、屈
	開一	沒韻	沒韻無例字
	開三	月韻	竭
	合一	沒韻	忽、沒
	合三	月韻	月、伐、越
薛部	開二	轄韻	轄韻無例字
	開三	薛韻	列、哲、傑
	開四	屑韻	結、節、跌
	合二	轄韻	轄韻無例字
	合三	薛韻	絕、缺、悅
	合四	屑韻	屑韻無例字

葛部	開一	曷韻	曷韻無例字
	開二	黠韻	拔、察、殺
	合一	末韻	沫
	合二	黠韻	黠韻無例字
緝部	開三	緝韻	立、泣、執
合部	開一	合韻	合
	開二	洽韻	洽
盍部	開一	盍韻	盍韻無例字
葉部	開二	狎韻	狎韻無例字
	開三	葉韻；業韻	曄；業
	合三	乏韻	法
	開四	帖韻	帖韻無例字

兩漢韻部與魏晉韻部比較表

兩漢		《三國志》	兩漢		《三國志》
之	之脂	之	元		寒
之	咍灰皆	咍	元		仙
之	尤侯		侵		侵
幽		幽	侵		覃
侯		侯	談		談
宵		宵	談		鹽
魚		魚	職		職
歌		歌	職		德
支		支	沃		沃
脂			屋		屋
微		脂	藥		
祭	祭霽夬	祭	鐸		鐸
祭	泰	泰	錫		錫
蒸		蒸	質		質（沒）
蒸		登	月	月	薛
東		東	月	屑薛轄	薛
冬		冬	月	曷末黠	曷

耕		耕		絹	絹
陽		陽			合
眞	眞諄臻文欣	眞		盍	盍
	魂痕				葉

第五節　東晉、劉宋時期的韻部特點

　　宋代正是由魏晉音發展爲齊梁音的過渡階段，也就是上承魏晉，下啓齊梁。由於本期韻語的數量頗少。因此只能反應劉宋時期大體的框架。

（一）東鐘，腫，屋覺

1・冬三變為東三

　　王力先生認爲魏晉時期，東冬有很大的變化：東部三等和冬部三等對調，即東部三等變爲冬部三等，冬部三等變爲東部三等。〔註49〕但是在《後漢書》的讚語中沒有發現東部三等變爲冬部三等的例子，所以無法證實王力先生的觀點。僅有冬部三等變爲東部三等的例子，如：聰、終（後漢書－6－282－6）雄、風、工、同、功（後漢書－14－569－1）其中「終、風」在東漢時是冬韻，魏晉時期變爲了東韻。

2・覺三和屋三的互換

　　王力先生認爲屋覺兩部也有個很大的變化，屋部三等和覺部三等對調，即屋部三等變爲覺部三等，覺部三等變爲屋部三等。贊中有例爲證：覺部三等變爲屋部三等的例子有：淑、祿、屋（後漢書－10－456－1）讀、祿、竹、速（後漢書－39－1318－1）「淑、竹」在東漢時爲覺部，魏晉時轉入屋部。屋部三等變爲覺部三等的例子有：學、幄（後漢書－36－1245－1）「幄」在東漢時爲屋部，魏晉時轉入覺部。

3・東和陽合韻

　　縱（東）章（陽）（後漢書－10－397－6）公（東）上（陽）（後漢書－13－520－7），從先秦至劉宋，二者一直是相互糾結的。

〔註49〕《漢語語音史》，本節所有的無力先生的觀點皆出於此文。

4·屋和鐸合韻

度（鐸）族（屋）（後漢書－16－616－3），這在擬音時需要注意。

5·職部韻字的轉移

職部的合口三等字「福」，東晉、劉宋時期轉入屋部。如：讀、祿、竹、速、福（後漢書－39－1318－1）牧、福、逐、覆（後漢書－75－2452－5）等皆押屋韻。晉宋時期職德仍分為兩部，但是職部只包括職韻一類字，屋韻在宋代歸入屋部，與三國時期小有不同。

6·東冬合併

周祖謨先生認為，劉宋時期韻部的特點是：東冬合併、屋沃合併。〔註50〕東漢時期，東、冬兩部通押的例證頗多，這說明兩部有接近趨勢，但東、冬兩韻仍有不同。齊梁時的韻文，東冬的例證較少，冬的獨用例證無，二者又有多次合韻。因此贊同周先生的意見，本文認為東冬合併。

7·鐘韻分立。

其獨用例為：鐘、容、從（後漢書－37－1269－1）龍、容（後漢書－62－1733－3）。

8·《廣韻》的江韻屬於二等韻，南北朝時期還包括在東部中，尚未獨立。

（二）支脂之微，紙止，寘至志未

1·「毀」字的歸屬

東漢時期微部的合口三等韻字「毀」，東晉、劉宋時期轉入了支部。如：毀、侈、紫（後漢書－32－1133－5）氏、侈、伎、綺、毀（後漢書－60－2008－1）等等，皆押紙韻。

2·東晉、劉宋時期之部分為之和咍兩部。與前代一致。

3·之部與其它韻部有很多合韻例，如之物合韻、之支合韻、之魚合韻等10種，尤以之幽合韻的數量最多，由此可見二者關係之密。

4·脂部與歌部、微部皆有合韻例。

〔註50〕魏晉宋時期詩文韻部的演變，126～127頁。

5．南北朝時期支韻應該仍然獨立，這個支韻和《切韻》時期的支韻應該是一致的。支部在東漢時期包括支、佳、齊三類字，直至魏晉時期仍是如此。

（三）魚，語

1．魚部韻字的轉移

魚部的合口一等字「怒」轉入鐸部，如：度、蠹、怒、路（後漢書－5－243－4）皆押暮韻。

2．魚陽、魚歌、魚鐸有若干合韻，可見其韻基應是非常接近的。

3．魚侯有諸多合韻，亦如前代大量糾結在一起。由於魚部獨用的例子過少，無法用統計法證明其關係，但前代魚侯是分立的，《切韻》時期也是分立的，料想劉宋這個中間階段也應該是分立的。

4．虞韻、模韻尚未獨立。

（四）哈

哈部在三國時期就已經從之部分化而來了，劉宋時期依然延續這一特點。本期哈的用韻很少。

（五）隊

物部韻字的轉移。

物的合口一等字「內」、「妹」，東晉、劉宋時期轉入隊韻，如：坤惟厚載，陰正乎內（對）。《詩》美好述，《易》稱歸妹（對）。（後漢書－10－456－1）

（六）真，質

1．真文、真元亦如前代一樣有著諸多合韻。真侵、真質偶而爲韻。

2．真部只與庚混，而不與陽、唐或蒸、登混，由此看來，應是由於真、庚的韻基接近，所以詩人們可以偶而忽略了它們的韻尾而以真、庚合韻。

（七）文

1．文部韻字的轉移：

文的合口三等字「倫」、「峻」轉入了真韻，如：進、潤、峻、順、信、釁（後漢書－10－456－2）倫、淳（後漢書－62－2069－7）真、倫、巡（後漢書－68－2236－1）。「釁、順、峻、淳、巡」東漢時屬於文部，魏晉南北朝時轉入了真部。

2．文元有兩次合韻。

（八）元魂寒先，線換，月薛

1．寒韻是魏晉時一個新興的韻部，來自元部的一等字，劉宋依然獨立。如：贊、斷、漢（後漢書－1－87－4）款、滿、卯、緩（後漢書－25－888－8）。

2．先部獨立

先部是南北朝時一個新興的韻部，來自元部的二三等字。如：邊、山、然、宣（後漢書－23－822－8）等等。

3．薛部獨立

薛部是魏晉南北朝時一個新興的韻部，它來自月的三、四等和質部的四等字、物部的三等字。如：孽、缺（後漢書－8－360－1）埒、烈、折（後漢書－16－633－2）等等。

4．魂部獨立

周祖謨先生認為魂韻此階段是分化出來獨自成為一個韻部的〔註51〕，但是由於例證過少，無法看出魂部是魏晉南北朝時一個新興的韻部。本文只有幾例魂和元混用的例子。如：存（魂）軒（元）翻（元）（後漢書－22－791－3）；遠（元）本（魂）損（魂）袞（魂）（後漢書－26－922－1）；藩（元）昏（魂）言（元）轅（元）（後漢書－31－1115－1）；怨（元）願（元）困（魂）（後漢書－69－2253－6）。魂和真的合韻也有一例：辰（真）屯（魂）賓（真）（後漢書－9－392－1）；魂和文合韻有一例：聞（文）濆（魂）（後漢書－48－1622－6）。本文依照周先生的觀點，仍將魂韻獨立。

（九）祭

周祖謨先生認為劉宋時期，已經分化出了祭泰兩部，但本文只發現了祭部的韻例，來自月部的三等字。

（十）宵，小，笑

1．宵、蕭、肴、豪四韻尚未分立。

2．幽部韻字的轉移：

〔註51〕《魏晉宋時期詩文韻部的演變》。

幽部的皓韻轉入了宵部，如：徼（宵部）峭（宵部）表（宵部）道（皓韻）寶（皓韻）兆（宵部）（後漢書－86－2861－1）等。

3．宵和幽、藥有個別合韻。

（十一）歌，馬

1．麻韻尚未獨立

劉宋時期的歌部包括歌、戈、麻三韻字。正如王力先生所言，漢代的歌部在東晉、劉宋時期還沒分化，即《切韻》的歌韻和麻韻尚未分立。如：贊曰：定遠慷慨，專功西遐（麻）。坦步蔥、雪，咫尺龍沙（麻）。憧亦抗憤，勇乃負荷（哿）。（後漢書－47－1594－6）。可見二者還是通押的。

2．脂歌有一處合韻：死（脂）爲（歌）（後漢書－67－2202－4）

3．錫部韻字的轉移

魏晉時期錫部的開口三等字「刺」、「僞」，東晉、劉宋時期轉入了歌部，如：寄、義、刺、僞、瑞、詖（後漢書－43－1488－3）。

（十二）陽，漾，鐸

1．藥部韻字的轉移

藥的開口三等字「瘧」轉入鐸，如：薄、作、虐、略（後漢書－77－2503－1）皆押鐸韻。

2．陽元、陽蒸、陽庚皆有合韻，這在擬音時應該注意。

（十三）庚，梗，映，錫

1．劉宋時期的庚部字包括庚耕清青四個韻字，韻目名稱「庚」是襲用了周祖謨先生擬定的稱呼〔註52〕，其實它與先秦兩漢的「耕」的名稱無異。

2．庚冬、眞庚、錫庚有多處合韻，如：生（耕）降（冬）（江）（後漢書－7－319－8）；恩（眞）命（耕）親（眞）（後漢書－21－756－1）；策（錫）靈（耕）（後漢書－15－576－2）。在南北朝的韻文裏，韻尾-m、-n、-ŋ 三尾的界限依然很明顯，我們不能因爲有了六七個例外而把三尾的界限完全泯滅。

3．錫脂、錫歌有個別合韻例。如：積（錫）資（脂）（後漢書－16－603－1）；議（歌）益（錫）（後漢書－67－2190－8）

〔註52〕《魏晉宋時期詩文韻部的演變》。

（十四）蒸登，職德

1·大量的例子可以證明職部分化爲職、德兩部。職部獨用的例子：翼、飾、食（後漢書－37－1269－1）職、力、稷、極、直（後漢書－63－2095－2）；德部獨用的例子：國、塞、德（後漢書－1－87－1）則、慝、德、克（後漢書－4－199－2）克、德、賊、國（後漢書－17－668－8）國、德、惑、忒（後漢書－50－1679－6）德、國、惑、忒、則（後漢書－54－1791－4）國、德（後漢書－13－519－3）等等。

2·《切韻》陽聲韻與入聲韻相配，是以南北朝的實際語音爲標準的。故以某陽聲與另一陽聲韻同用時，則與此陽聲韻相配的入聲韻亦必同用；若分用，則相配的入聲韻也分用。與職部相應的蒸部在魏晉南北朝時期也分化爲兩部：蒸和登。蒸部獨用的例證有：升、興、陵（後漢書－24－863－3）陵、興（後漢書－57－1861－1）；登部獨用的有：朋、肱、能、輣（後漢書－31－1115－1）騰、朋（後漢書－70－2293－1）等等。蒸登在南北朝沒有合用的痕迹，同時，與它們相配的職、德也很少有合用的情形。蒸登與東冬鍾相近，而它們距離庚、耕、清、青甚遠。

3·蒸部韻字的轉移

蒸部字合口三等字，即《切韻》的東韻字轉入冬部，這在東漢時期也有所體現，上文已經提到。如：功、中、雄（後漢書－51－1698－4）；豐、雄、忠（後漢書－23－822－8）。「雄」在東漢時是蒸部，魏晉南北朝時轉入了冬部。

（十五）侯

1·幽侯的分合問題

在《南北朝詩人用韻考》中，王力先生認爲，「尤侯幽三韻，全南北朝詩人是一致的；三韻完全沒有分用的痕迹。尤侯大約只是有無介音的分別；尤與幽恐怕就完全無別了」〔註53〕。周祖謨先生也認爲劉宋時期，幽侯應合併爲一個韻部。〔註54〕在我們的材料中，幽和侯合韻爲 3 例，幽部獨用 3 例，侯部合韻 3 例，整體數字過少，這是無法證明王力先生和周祖謨先生的觀點的，但本文還是遵循了前輩的觀點，認爲幽侯合併爲侯部。

〔註53〕《南北朝詩人用韻考》，24 頁。

〔註54〕《魏晉宋時期詩文韻部的演變》。

2．幽覺有一處合韻：學（覺）授（侯）（後漢書－36－1240－3）

（十六）侵，緝

1．「念」字的轉移傾向

侵談合韻例如下：贍（談）讖（談）驗（談）念（侵）玷（談）劍（談）（後漢書－15－593－8）。這個例子說明侵部的「念」字有轉入談部的傾向。

2．侵緝也有一例合韻：稔（侵）十（緝）（後漢書－2－115－8）

（十七）談

本期談部只有一處獨用。

小　結

1．劉宋時期的陰聲韻部如下，共 11 個：

之、支、脂、微、魚、咍、隊、祭、宵、歌、侯

2．劉宋時期的陽聲韻部如下，共 13 個：

東、鍾、眞、文、元、寒、先、陽、庚、蒸、登、侵、談

3．劉宋時期的入聲韻部如下，共 10 個：

屋、覺、質、月、薛、鐸、錫、職、德、緝

由於材料數量的限制，這 34 個韻部，必定不能涵蓋劉宋時期的全部韻部，因此我將本文的研究結果與周祖謨先生的《魏晉宋時期詩文韻部的演變》中得出的 39 部進行比較，以此互通有無：

1．周祖謨先生的陰聲韻部有 11 個（之、咍、脂、皆、祭、泰、支、歌、魚、侯、宵），他比本文多出了「皆、泰」兩部；本文的陰聲韻部也是 11 個，較之周先生多出了「隊、微」兩部。「皆、泰」在本文無獨用例，因此無法將其獨立出來。

2．周祖謨先生的陽聲韻部有 14 個（東、陽、庚、蒸、登、眞、文、魂、先、寒、侵、覃、談、鹽），他比本文多出了「覃、鹽、魂」部，這幾個韻部同樣是本文材料無法涉及的。本文的陽聲韻部有 13 個，比之周先生，多出鍾部、元部，元部被先生包括在魂部內，而本文的韻例證明應該將其分離出。

3．周祖謨先生的入聲韻部有 14 個（屋、藥、錫、職、德、質、物、沒、屑、曷、緝、合、盍、葉），先生比我多了五個韻部：藥、曷、盍、合、葉，這是本文材料不足所造成的缺憾；先生的物部，我將其中古去聲隊韻字獨立出來，

並列在了陰聲韻中；先生的沒部、屑部，本文稱之月部、薛部，其實無甚大區別。本文比先生還多出了覺部。

第九章 前四史的聲調特點綜述

第一節 各時期的聲調特點

1·先秦時期的聲調特點

1·1前人研究綜述

關於上古漢語的聲調調類問題，前人多有論述。大體有以下三種看法：

1·1·1古無四聲說

陳第支持古無四聲說。陳第批判了叶音說，進而認爲古代並沒有四聲之辨。他曾經說道：「四聲之辨，古人未有。中原音韻，此類實多。雖說必以平叶平、仄叶仄也，無異以今而泥古乎？」[註1] 陳第首創的「古詩不必拘於後世四聲」之說，成爲我國音韻學界研究上古漢語聲調的先聲。

徐通鏘先生也持此觀點。先生認爲先秦時期看起來不很整齊的聲調，很難用連續式音變去解釋。它好像是一種正在進行中的離散式音變，提示漢語的聲調從無到有，從逐步形成到最後定型是通過離散式音變進行的。《周易》、《詩》韻時期由於還處於演變的過程之中，因而顯得雜亂而缺乏規律。可能在沈約等發現平上去入的聲調系統以前不久的時期，漢語的聲調系統才最後定型，完成

〔註1〕《毛詩古音考》。

了從雜亂到整齊的離散式音變的過程。〔註2〕鄭張尚芳先生也認爲上古時期並無聲調。

1·1·2 古無去聲或入聲說

段玉裁支持古無去聲說。段氏在《六書音均表·古四聲說》中談到:「古平上爲一類,去入爲一類;去與入一也。上聲備於三百篇,去聲備於魏晉。」段氏同時認爲,平上入三聲也不是各部都有的,侯部只有平上兩聲,侵、談、眞、支四部只有平入兩聲,宵、蒸、東、陽、耕、文、元、歌八部只有平聲。孔廣森支持古無入聲說。孔氏在《詩聲類》中認爲,「至於入聲,則自緝、合等閉口音外,悉當分立。……蓋入聲創自江左,非中原舊讀」。支持他這一觀點的古音學者甚少。

王力先生則盛讚段玉裁之說,認爲在諸家之說中,段玉裁的古無去聲說最有價值。王力先生認爲,上古的聲調中舒聲有長短兩類,就是平聲(高長調)和上聲(低短調);促聲也有長短兩類,就是長入(高長調)和短入(低短調)。這與段玉裁所擬定的上古聲調系統基本一致。「段氏所謂平上爲一類,就是我所謂舒聲;所謂去入爲一類,就是我所謂促聲。只是我把入聲分爲長短兩類,和段氏稍有不同。爲什麼上古入聲應該分爲兩類呢?這是因爲,假如上古入聲沒有兩類,後來就沒有分化的條件了。」〔註3〕由王力先生的觀點看來,上古四聲不但有音高的分別,而且還有音長(音量)的分別。王力先生關於上古的兩類四調說把上古聲調分爲了舒促兩類,每一類中的兩個聲調在發音上彼此相近,有共同的特點,這種觀點很容易解釋上古詩韻的平上相押、去入相押的現象,也可以很好的解釋兩種入聲後來發生分化的事實。但是此觀點也有解釋不清的地方,下文還要討論。

1·1·3 古有四聲說

顧炎武支持四聲一貫說。顧氏承認古有四聲,但認爲字無定調,一個字可以根據需要讀成幾個聲調,四聲可以通轉。這使得有人認爲顧氏是主張古無四聲的。江永也支持古有四聲說。江氏認爲古有四聲,《詩經》押韻以四聲自押爲常規,但他也承認有四聲通押的現象。江氏不承認臨時變調,而認爲異調相押

〔註 2〕 《歷史語言學》,298 頁。

〔註 3〕 《漢語語音史》,73 頁。

只是四聲雜用。王念孫也贊同此觀點。如果說江永的古有四聲說與顧炎武的四聲一貫說有某些相似的話，王氏的古有四聲說則全然不同。王氏認爲古有四聲，但各韻部四聲出現的情況不同：東部等十部只有平、上、去三聲，支部等七部四聲俱全，至、祭兩部只有去聲，盍、緝兩部只有入聲。江有誥也支持古有四聲說。江氏的古有四聲說經歷了一個過程，開始他是主張古無四聲的，後來才接受上古有四聲的說法，只不過認爲古人所讀與後人不同。

　　古有四聲說論述的最爲精準、材料搜集最爲詳盡的當屬夏燮。他在《述韻》中認爲：「大抵後人多以《唐韻》之四聲求古人，故多不合；因其不合，而遂疑古無四聲，非通論也。」周祖謨先生也支持夏燮的觀點，認爲古有四聲。周先生在《古音有無上去二聲辨》中談到：「四聲之名，古所未有，學者皆知起於宋齊之世。至於四聲之分，由來已遠，非創始於江左也。觀魏晉之人，爲文製韻，固已嚴辨四聲，即上求周秦兩漢之文，亦莫不曲節有度，急徐應律，平必韻平，入必韻入。故知字有聲調之別，自古已然。」〔註4〕可見周先生不僅認爲兩漢魏晉時期四聲俱全，先秦時期也不例外。董同龢先生在《上古音韻表稿》中也認爲，上古音中當分聲調，而且聲調系統是和中古一脈相承的。先生是根據漢藏語、星羅語的聲調系統來判定的。

　　「古有四聲說」的主要論據大致有三點：（1）古人的作品，往往連用五韻、六韻以至十幾個韻，均爲同一聲調的，而其它聲調不相雜協；（2）《詩經》中一章之內同爲一部的韻字，按四聲不同而分用不亂；（3）同爲一字，分見數處，而聲調相同。

1・2　先秦獨用韻部四聲〔註5〕統計表

獨用	平平	平上	平去	平入	上上	上去	上入	去去	去入	入入
之	15	18	8		27	12		5		
職								1	2	67
蒸	6									
幽	2	1	4		10	1				

〔註4〕周祖謨，《古音有無上去二聲辨》，《問學集》，32 頁。

〔註5〕此「四聲」爲中古的四聲，這裡只是爲了稱引的方便，並不意味著上古已經產生四聲了。

	平平	平上	平去	平入	上上	上去	上入	去去	去入	入入
覺										2
冬	1		3							
宵	5	2	3					1		
侯	2				6	1		1		
屋										7
東	9					2				
魚	9	4	5		39	3		2		
鐸								1	1	3
陽	88	9	4			7		1		
錫								1		
耕	29	3	10			1		2		
脂		3			4	1				
質										10
眞	21		1							
微	11	1						1		
物								1		
文	9							1		
歌	6		1			2		2		
月										12
元	8	2	2					3		
談	1									
祭								1		
隊								1		
至								1		
總計	222	43	41	0	86	30	0	26	3	101

1・3 先秦合用韻部四聲統計表

合用	平平	平上	平去	平入	上上	上去	上入	去去	去入	入入
總計	77	23	26	10	5	11	13	10	12	18

1・4 先秦時期的聲調特點

從獨用表中可以看出：

（1）同調押韻遠高於異調押韻，四聲分用情形明顯。平平互押的數字最多，入入互押其次。

（2）入聲各部絕不與平、上聲互押。平入、上入互押的機率是零。

（3）平去互押的數字也較多，說明二者的部分字有相近的韻尾。

（4）平上、上去互押的數字較多，可見相鄰的兩個聲調之間的語音更爲
接近。

（5）平上去各聲與入聲的關係極不平衡，這進一步證僞了高本漢和李方桂
兩位先生的閉音節的陰聲韻模式。因爲按這種模式，入聲韻與陰聲韻
的區別乃是基於清濁輔音韻尾的對立，那就決不應再出現這種極爲明
顯的不平衡。

（6）蒸部、談部只有平聲韻。

（7）覺部、屋部、質部、月部只有入聲韻。

（8）物部、錫部只有去聲韻。

（6）（7）（8）產生的原因有可能是材料數量限制的原因。

從合韻表格可以看出：

除平平互押的數字較明顯外，其他各個聲調互押的數字較爲平均，這說明
了先秦時期的聲調痕迹不顯著，四聲尚未明確產生。

2・西漢時期的聲調特點

2・1 西漢獨用韻部四聲統計表

獨用	平平	平上	平去	平入	上上	上去	上入	去去	去入	入入
之	84	43	23	1	69	8		6		1
職								1	24	153
蒸	14									
幽	38	5			19	8		1		
覺										11
冬	10		4							
宵	20	1	5		2					
藥									3	7
侯	12	4	3		1	2		2		
屋								1	1	25
東	28	1	5			5		1		
魚	85	58	17		77	40		13		

	平平	平上	平去	平入	上上	上去	上入	去去	去入	入入
鐸			1					3	19	40
陽	322	27	8		8	1		6		
支			2		4	1				
錫								1	1	3
耕	138	6	20		1	4		16		
脂	7	1	1		2	3		2		
質									1	16
眞	54		6					1		
微	31	8	2					2		
物								5	4	9
文	34	2	1					1		
歌	80	6	14		7	6		13		
月										19
元	70	12	23		12	7		20		
緝										5
侵	23									
葉										3
談	1	1						2		
祭								50		
至								5		
總計	1041	175	135	1	202	85	0	152	53	292

2．2 西漢合用韻部四聲統計表

合用	平平	平上	平去	平入	上上	上去	上入	去去	去入	入入
總計	375	90	128	60	65	51	43	89	97	68

2．3 西漢時期的聲調特點：

從西漢的獨用四聲表中可以看出：

（1）平、上聲與入聲字押韻的數字亦如前代，十分罕見。這說明，平、入的區分已經基本完成，平、入二聲徑渭分明。因此可以說在漢代，平、入兩聲的區分已經相當明顯了。

（2）平、上兩聲的獨立性較強，而去聲則相對較弱。

（3）去聲和入聲的關係很近，這說明二者有相近的韻尾。

（4）四聲分用明顯，平平互押依然居於榜首，入入其次。

（5）蒸部只有平聲。

（6）祭部、至部只有去聲。

（7）月部、緝部、葉部、覺部只有入聲。

從西漢合韻四聲表中可以看出：

西漢合韻的四聲依舊雜亂，這意味著漢代還沒有產生後代意義上的四聲。所謂漢代的聲調還應該是指韻尾的差異。漢代的譯音材料也表明了漢代的去聲仍帶有-s 尾。因此，漢代共同語和各方言還沒有聲調，後代聲調的產生來自韻尾輔音。漢語聲調產生的時間不會早於漢代。

3．東漢時期的聲調特點

3．1 東漢獨用韻部四聲統計表

獨用	平平	平上	平去	平入	上上	上去	上入	去去	去入	入入
之	39	29	19		56	11		16		
職								1	5	92
蒸	9									
幽	49	9	5		2	3		7		
覺									1	11
冬	9		9					3		
宵	8	5	3		10	10		1		
侯	12	2	1		2	2		3		
屋										34
東	39	5	8		2	3		2		
魚	44	21	12		56	18		13		
鐸								6	13	19
陽	208	28	10		4	3		8		
支	33	1	3		1	1		1		
錫							1	1	3	3
耕	188	11	48		4	1		19		
脂	1	4	1		2	1		1		
質								1	1	19
眞	69	6	8			1		6		

微	19	2	2		1					
物								5	6	5
文	10	10	11		7			4		
歌	22	4	5		17	5		6		
月										26
元	53	32	46		12	14		26	1	
緝										9
侵	22	1	5							
葉										7
祭								34		
隊								1		
至								5		
總計	833	170	196	0	169	80	1	170	30	225

3·2 東漢合用韻部四聲統計表

合用	平平	平上	平去	平入	上上	上去	上入	去去	去入	入入
總計	470	53	87	33	124	25	21	206	125	80

3·3 東漢時期的聲調特點

從獨用四聲表中可以看出

（1）較之西漢、先秦，四聲分押之勢愈發嚴格。東漢時代同調相押是普遍的，異調通押只占小部分。

（2）平平互押依然佔據第一位，入入互押依然緊隨其後。

（3）去聲獨立趨勢漸強，去入的互押數字減少。

（4）平、上二聲和入聲的關係始終很遠。

（5）蒸部只有平聲。

（6）屋部、月部、緝部、葉部只有入聲。

（7）祭部、隊部、至部只有去聲。

從合用四聲表中可以看出：

四聲分用較之前期，最為明顯。四聲混用的數字除去入較高外，其它的較為平均。

東漢的聲調應該是辨義能力依然較弱，它的伴隨特徵很多，還屬於一種不完全成熟的聲調。

4・魏晉時期的聲調特點

4・1 魏晉獨用韻部四聲統計表

獨用	平平	平上	平去	平入	上上	上去	上入	去去	去入	入入
之	11				10			2		
職										4
德										4
蒸	2									
登	1									
幽	3				2					
冬	8									
宵					1					
屋										6
沃										1
東	5							2		
魚	2				26					
模	2									
鐸										6
陽	27	1						3		
支	5									
錫								1		3
耕	30									
脂	13				11			1		
質									1	
眞	8									
物								4		2
沒										1
文	7									
歌	3							3		
薛										1
曷										1
元								1		
魂	1									
祭								9		
泰								4		
總計	128	1	0	0	50	0	0	30	1	29

4·2 魏晉合用韻部四聲統計表

合用	平平	平上	平去	平入	上上	上去	上入	去去	去入	入入
總計	126	23	19	12	10	14	0	23	25	33

4·3 魏晉時期的聲調特點

從魏晉獨用四聲表中可以看出：

（1）在全部二百多條的韻段之中，眞正異調相押的韻例只有兩條，可見當時的調類分別之嚴。魏晉作爲聲調的過渡時期，其四聲已經初具規模了。

（2）此時期的韻部多爲一個聲調獨用，這應該是本文材料的限制。

從魏晉合用四聲表中可以看出：

（1）四聲分用是主流，聲調合用只是支流。

（2）四個聲調的遠近關係：我們可以看一下每一種聲調和其它三種聲調的互押情況。上表可以看出平聲與上聲互押有 23 例，平聲與去聲互押有 19 例，平聲與入聲互押有 12 例。因此從平聲來看，平聲和上聲關係最近，平聲和入聲關係最遠。以此類推，上聲與平聲、去聲的關係差不多，上聲和入聲的關係仍然較遠。從去聲地位來看，去聲和上聲的關係要比去聲和平聲的關係稍遠一點，去聲和入聲的關係也是非常接近的。從入聲地位來看，入聲和去聲的關係最近，和平聲的關係最遠。這樣我們可以發現，大致說來，四種聲調中，每兩兩相鄰的聲調的關係都是十分接近的，相隔的越遠，關係也就隨之越遠。

5·劉宋時期的聲調特點

5·1 劉宋獨用韻部四聲統計表

獨用	平平	平上	平去	平入	上上	上去	上入	去去	去入	入入
之	5	5	3		5	2		2		
哈	2									
職										7
德										16

覺									1
宵	3				18		2		
侯	6		2	3			1		
屋									10
東	12								
鐘	3			1					
魚	6			2					
鐸									4
陽	32	5	5				1		
支	1			6			1		
庚	22		12	1			2		3
脂	5						1		
質									4
眞	1								
先	3								
微	8						3		
文	11								
歌	6			5					
月									6
薛	8								
元	2								
寒	11								
侵	5								3
談	1								
祭								4		
隊								1		
總計	153	10	22	0	41	2	0	18	0	54

5・2 劉宋合用韻部四聲統計表

合用	平平	平上	平去	平入	上上	上去	上入	去去	去入	入入
總計	51	9	6	10	13	6	3	25	4	14

5・3 劉宋時期的聲調特點

從劉宋獨用四聲表中可以看出：

（1）入聲獨用趨勢最爲明顯，平、上、去三聲和入聲無一例通押。

（2）平去相押的數字又出現了反彈。

（3）平平相押的數字、入入相押的數字依然位列第一位和第二位。

（4）四聲已經基本成型。如段玉裁所言：「泊乎魏晉，上入聲多轉而爲去聲，平聲多轉爲仄聲，於是乎四聲大備，而與古不侔。」〔註6〕

　　小結：聲調就是從輔音音綴的層層脫落而增生出來的一種補償手段，或者更精確點說，漢語四聲中的上去二聲是如此產生的。而固有的開音節形成了平聲，與隨後產生的其他三聲構成音位上的對立。以本文材料來看，先秦、西漢時期聲調尚未產生，東漢時期是聲調的萌芽期，魏晉是聲調的過渡時期，劉宋才是聲調的形成時期。

第二節　聲調需討論的問題

1・異調相押

　　當代的學者們一般是根據《切韻》中的押韻規則來進行推導，認爲相同的聲調以及相同的元音及韻尾（韻基）是押韻的條件。但是將這一原則運用到史書中時，就會遇到異調通押的問題，即不同聲調的字在史書中也是可以押韻的，而且這種情況非常常見。「今天我們的京劇和曲藝是異調通押的，異調通押並沒有什麼奇怪，因爲韻既相同，聲調不同也是相當諧和的。……同調相押是正常情況，異調相押是特殊情況。」〔註7〕王力先生的觀點，我們深以爲然。

1・1 異調相押的成因

　　異調相押肯定是多種因素共同作用的結果，其原因有如下幾點：

　　1・1・1 先秦時期異調通押的現象很多，要用例外解釋這些互押現象很困難。徐通鏘先生考慮到詞彙擴散的情況，主張用擴散式音變來解釋這種現象。

〔註6〕《六書音均表・古四聲說》。

〔註7〕王力，詩經韻讀／楚辭韻讀，北京：中國人民大學出版社，2004，24 頁。

「看來先秦時期的不很整齊的聲調很難用連續式音變去解釋。它好像是一種
正在進行中的離散式音變，提示漢語的聲調從無到有，從逐步形成到最後定
型是通過離散式音變進行的；《周易》、《詩》韻的時期由於還處於演變的過程
中，因而顯得雜亂而缺乏規律。可能在沈約等發現平上去入的聲調系統以前
不久的時期，漢語聲調系統才最後定型，完成了從雜亂到整齊的離散式音變
過程。」〔註8〕徐先生認同上古無聲調的觀點，認爲異調相押是不同韻尾的互
協現象。

　　1‧1‧2　異調相押是由多種原因造成的。或者由於詩人用韻的偶而疏忽，
或者由於在同韻同調中找不到恰當的字，又或者由於傳抄轉寫的訛誤，又或者
由於浯音（這裡主要指聲調）的變化，等等。但是根據比例，這一切跟四聲分
用的總趨勢比較起來是無足輕重的。

　　1‧1‧3　方言的差異。陸法言在作《切韻‧序》時，曾提到過：「吳楚則時
傷輕淺，燕趙則多涉重濁，秦隴則去聲爲入，梁益則平聲似去。」而在兩漢時
期的方言要比陸法言時期更爲複雜，所以史書中韻語的異調相押，在某種方言
中可能就是屬於同調相押。

　　1‧1‧4　魏晉以前並沒有韻書，後人歸納這段時期的音系主要根據韻文和
諧聲系統。但是韻文中的韻字的選擇，主要是考慮韻腹和韻尾，而聲調的差異
卻很少顧及。由此也會造成異調通押的現象。

　　1‧1‧5　是由韻文的性質決定的。古人在用韻時在四聲調上並不十分講究，
因爲古人詩與歌不分，是用來詠唱的，韻同調不同，並不會產生很強烈的不和
諧的感覺。現在的流行音樂，也有非常多的異調通押現象，甚至有些不押韻。

　　1‧1‧6　利用「又音」也可解釋某些異調相押的現象。這在本文的「合韻」
一節中也有介紹。

1‧2 異調通押的種類

1‧2‧1 平聲和上聲相押

　　這種情形產生的原因，或許是其中某個字有兩種讀音、兩種聲調，或是作
者對一個冷僻字的聲調把握不准，或是由於找不到適當的同調用韻字，臨時借
來協韻。

〔註8〕《歷史語言學》，298 頁。

1・2・2 上聲和去聲相押

從整個用韻的傾向來看，上、去聲的界限是明確的，否則，上、去聲的分用界限也不會那麼佔優勢。上、去同屬舒聲，又同屬於仄聲，因此二者相押的時候，讀起來也應該是琅琅上口的。去入相押，究其原因，韻尾雖不同，但調值應較為近似。

1・2・3 陰聲和入聲相押

陰入相押的問題涉及到音韻學中一個頗具爭議的問題，即上古陰聲韻部有沒有一套輔音韻尾的問題。上古陰聲韻韻尾的性質，是一個討論已久但至今仍無一致結論的老話題。

高本漢認為上古的陰聲韻部帶一套濁塞韻尾*-b、*-d、*-g，理由是陰聲韻字與入聲韻字關係密切，它們或押韻，或諧聲。對這一觀點學者們褒貶不一。最支持高氏的是李方桂先生，李方桂先生擬測的上古音有一個最大的特點，那就是陰聲韻全部都帶有輔音韻尾，入聲韻尾和陰聲韻尾大致上只是清濁不同。他的學生丁邦新和龔煌城仍堅持這一主張。董同龢、藤堂明保等學者也給上古陰聲韻部擬上-g、-d、-b、-r 等韻尾。

反對者中最有影響的當屬王力先生，他堅決反對陰聲韻有輔音韻尾。〔註9〕如果給陰聲字都擬成塞韻尾，那麼上古漢語所有音節就都變成閉音節了。王力先生早在 60 年代就曾指出，在現存的漢藏系語言中，我們絕對找不到一種語言像高本漢所擬測的上古漢語那樣，開口音節非常貧乏。語言中最常見、最自然的音節結構 CV 在上古漢語中如果完全不存在的話是不可思議的。李新魁先生也反對高氏等人所擬測的-b、-g、-d 輔音韻尾。〔註10〕

潘悟云先生全面總結了反對陰聲韻有輔音韻尾的學者的論據，其中潘氏提出的內部證據很有說服力。〔註11〕中原語音史上有一條語音規律：主元音的舌位有向後高方向變化的趨勢。陽聲韻由於一直帶韻尾，所以變化不大；入聲韻到中古也還帶韻尾，和陽聲韻的變化速度同步。中古以後韻尾失落，變化的速度突然加快。高本漢一派認為陰聲字在漢代還帶塞韻尾，但前漢陰聲韻的演變已與陽聲韻、入聲韻不同步了。與入聲押韻的陰聲，其韻尾應與入聲相同或相

〔註9〕王力，1957，《漢語史稿》，科學出版社。

〔註10〕李新魁，1986，《漢語音韻學》，北京出版社。

〔註11〕潘悟云，2000，《漢語歷史音韻學》，上海教育出版社。

近，但這並不意味著陰聲韻尾一定也是塞韻尾。鄭張先生認爲，在民歌中韻律要求不嚴格的情況下，《詩經》中陰聲字跟入聲字或陽聲字有通押押韻現象也不算什麼，但爲此而給陰聲韻都擬上濁塞音尾從而導致整個語言結構的改變可太不值得。〔註12〕

麥耘先生反對陰聲韻帶輔音韻尾的理由也很充分：一、部分有陰、入兩讀的韻腳字原來一般都是入聲字，後來分化爲兩個音。如把這些兩讀字辨析出來，一些原來被認爲是陰、入相押的韻段就應排除掉。二、《詩經》時代的「次入韻」具有塞音韻尾，所以可以同入聲字相押，又因其韻尾是阻塞作用不強的喉塞尾，所以也可以同元音韻尾的陰聲字相押，與之相關的韻段〔註13〕也就能夠獲得解釋了。三、《詩經》陰、入通押的韻段並不多，只達到正常押韻數的 5% 左右，可以看作是例外押韻。〔註14〕

總之，上古音中存在 -p、-t、-k 和 -b、-d、-g 對立的觀點已經遭到越來越多的質疑。在現代漢語方言中，好像還沒有找到一種存在兩者對立的方言，因此我們在構擬的時候，沒有接受李方桂先生的觀點。

小結

（1）從主要元音角度來看，以低元音 -a- 最爲常見，如：祭、月；魚、鐸；宵、藥等部；元音 -ɯ- 略少一些，如微、物；之、職等。此外還有 -i- 元音，如脂、質；-u- 元音最少。

（2）從調類的角度來看，以去入相押最爲常見。

（3）從韻尾的角度來看，雙方都具有發音相近的輔音韻尾。鄭張先生已論證過〔註15〕，上古的入聲韻尾可能是濁塞韻尾 *-b、*-d、*-g。而歌、脂、微三韻部上古收 *-l 尾。*-d 和 *-l 的聲音就非常接近，容易發生通押。再者，詩歌的韻腳都是要延聲歌唱的，字音一延長，-ag 與 -a 也就差不多了。既然 -ag 和 -a 聽起來差不多，那麼 -ad、-ab 和 -a 也是可以押韻的。不過部位收的不同，要勉強些。

〔註12〕上古音系，187 頁。

〔註13〕約 20 個。

〔註14〕麥耘，《〈詩經〉韻系》，《音韻與方言研究》，廣東人民出版社，1995，2 頁。

〔註15〕《上古音系》。

2．入聲問題

傳統的音韻學研究都把入聲當作四聲中的一類。事實上古人區別四聲，依據的並不是同一個標準，而是兩個標準：平、上、去三聲的區別主要是依據它們各自不同的音高，而入聲與其它三種聲調的區別則在於它的塞音韻尾〔註16〕。即平上去以音高變化爲標誌，入聲以清塞音收尾爲顯著特徵。由於塞聲韻尾過於突出，這就掩蓋了入聲字之間在音高上的差異，而被古人統歸爲一類，成爲了第四個調類。那古人爲什麼要把兩種差異很大的東西合併在一起呢？或許這是當時的人們在審音方面不夠精準造成的。

那麼入聲韻尾是*-p、*-t、*-k，還是*-b、*-d、*-g呢？高本漢以來，大多數學者都主張入聲韻尾是清塞音*-p、*-t、*-k，好像已成定論。高本漢、陸志韋、陳獨秀、王力、李方桂、董同龢、周法高、包擬古、白一平、雅洪托夫、斯塔羅斯金、蒲立本、李新魁等知名學者都無一例外，似乎這一問題已不值得討論。但俞敏先生依據早期梵漢對譯材料提出上古入聲韻尾是*-b、*-d、*-g的觀點。〔註17〕

鄭張先生也擬了三個濁塞尾：-b、-d、-g。其理由大致如下：俞敏先生在其《後漢三國梵漢對音譜》中提出，漢魏時期的入聲應收濁塞音，同藏文一樣是-b、-d、-g。先生找到了許多今方言的證據論證了上古應爲濁塞尾。鄭張先生對入聲韻尾的構擬，爲後來的學者解釋中古聲調不合理的搭配關係開闢了新的門路。潘悟云先生又提出了兩個不易反駁的證據：日本的上古漢語藉詞反映了入聲帶濁塞音尾；藏文的塞韻尾是-b、-d、-g，而不是-p、-t、-k。濁塞尾比清塞尾更接近鼻音尾、元音尾一些，把上古入聲尾一律擬爲濁音尾，更有利於解釋《詩經》裏陰聲字、陽聲字、入聲字的通押現象。

那麼上古的*-b、*-d、*-g到中古怎麼就整齊地變成了*-p、*-t、*-k了呢？鄭張先生的解釋是：1．中古以後濁塞輔音趨向清化，韻尾爲其先鋒。2．清濁塞尾不對立，有的方言至今尚爲濁尾，也被記成清尾。

〔註16〕當然，平上去三聲也涉及韻尾的問題。

〔註17〕俞敏，《俞敏語言學論文集》，商務印書館，1999。

3・去聲問題

3・1 去聲產生的時代

關於上古聲調中的去聲問題，大致有兩種意見，一種為古無去聲，段玉裁首次提出，相繼有黃侃、王力、周祖謨等多位先生同意其說。一種為古有四聲，分為平、上、去、入。

王力先生以周秦兩漢韻文的押韻為例，證明段玉裁的古無去聲是正確的。那麼，中古的去聲是怎麼來的呢？王力先生在《古無去聲例證》〔註 18〕裏認為：第一，上古入聲分為長入、短入兩類，長入由於元音較長，韻尾-k、-t 容易失落，於是變為去聲。第二，《切韻》的去聲字有兩個來源，一部分來自平上，另一部分來自長入。陽聲韻收音於-ŋ、-n 者，其去聲多來自平聲；收音於-m 的，其去聲多來自入聲。陰聲韻的去聲字除來自長入外，多來自上聲。

而堅持古有去聲說的學者，認為平上去入四聲的形成和來源也是不平行的。例如，在諧聲時代還沒有產生去聲，《詩經》時代去聲這一調類已經形成，只是去聲字的數量還不是很多。上古的去聲字一部分來源於入聲字，例如至部，在諧聲時代至部完全是入聲調，直至《詩經》時代才逐漸分化出去聲。又如祭部，在諧聲時代也完全是入聲，到《詩經》時代才逐漸分化出去聲。本文傾向於認為，先秦時期並沒有具備後代意義上的去聲，而且直至漢代也沒有產生去聲。段玉裁所謂的「去聲備於魏晉」，我認為他的話是正確的。

王力先生從「原屬平聲，《切韻》歸去聲」、「原屬平聲，《切韻》有平去兩讀」、「原屬上聲，《切韻》歸去聲」、「原屬上聲，《切韻》歸上去兩聲」、「原屬入聲，《切韻》歸去聲」、「原屬入聲，《切韻》歸去入兩聲」這六個方面證明了漢代並無去聲。〔註 19〕先生從上面大量的例證中得出，漢代基本上還沒有產生去聲。這個結論是令人信服的。但是，也並不排除有少數字已經變為去聲。從本文去入通押的用韻來看，西漢時的-s 尾還是活動的。而南北朝時期，祭泰夬廢還有和-t 尾相押的韻例。因此我們推測去聲的產生可能是在漢代以後。

〔註 18〕王力，《龍蟲並雕齋文集》，中華書局，1980。

〔註 19〕《漢語語音史・漢代音系》。

3・2 去聲的來源

周祖謨先生曾對去聲的成因做過周密的解釋：「去聲成為一個調類，發展比較晚。去聲所以由平上聲或入聲發展出來的原因應當是多方面的。有一部分可能是由於字義有引申而音有改變，有一部分可能是由於聲母有變易或韻尾有變化甚至失落而產生另一種聲調。甚至於還有一部分是由於原有的根詞在語義上有了新的擴展而產生了新詞，聲調也出現異同。這些都要從語詞在語義方面的發展和文字的孳衍之間的關係去推尋，同時又要聯繫到語詞在整個音節上（包括聲母、介音、元音和韻尾）的聲音轉變和變化來看。」〔註20〕

其實我們從四聲別義中也能夠看出去聲的來源。所謂四聲別義，即古人所謂的「讀破」，是指同一個詞，由於具有不同的詞彙意義和語法意義，因而造成了聲調的不同。周祖謨先生在《四聲別義釋例》〔註21〕一文中列舉了漢代經籍中的大量實例，指出：有由平聲變為上、去二聲者，有由入聲變為去聲者。其中由平變入，或由入變平者則是非常少的。由此可知，上古平、上聲與入聲截然為二，互不相關，前文的獨用四聲通押表也證明了先生的觀點。四聲別義主要是去聲別義，去聲別義的去聲有來自入聲的，更多的則來自平、上聲，因此，由平、上聲分化出去聲，這是去聲的另一個來源。

鄭張先生則通過-s尾來解釋這種演變。先生認為，上古漢語的-s尾可後置於元音、鼻音韻尾和塞音韻尾之後。到上古後期，元音和鼻音後的-s弱化為-h，-gs也變為-h，而-bs、-ds則合併為-s，這時去聲字原-s尾分化為-h、-s兩尾，發展的趨勢也分為兩種途徑：收-h的「暮、寶、豹」等小部分字都沒有出現增生-i尾的現象，而收-s的「祭、泰、至、隊」等部的「衛、未、類、蓋、內、薀」字都增生了i尾。〔註22〕這樣加-s尾就可以引起詞性、意義的變化，如名詞「衣」加-s尾則可以表示動詞。這樣，-s尾也就可以解釋古漢語中的「讀破」現象了。

斯塔羅斯金和鄭張先生的觀點也是大體一致。斯氏的結論是：在上古沒有去聲。這證實了段玉裁的判斷，段氏的依據是《詩經》裏去入相押，諧聲字又

〔註20〕周祖謨，漢代竹書和帛書中的通假字與古音的考訂，周祖謨語言學論文集，北京：
　　　　商務印書館，2001，127～128頁。

〔註21〕載《問學集》。

〔註22〕《上古音系》，216頁。

去入兩通的現象，斯氏與其不謀而合。斯氏認爲，在上古韻裏存在形式上的去聲，這些韻的字在中古有去聲，而在上古它們的韻尾是*-h 等一系列韻尾。後來，所有的*-h 消失了，並在相應的字裏引起了去聲的產生。其音變爲：*-c →*-s → -j。斯氏根據早期梵文拼音材料判斷，魏晉時期還保存著韻尾-s（大概被濁化爲 z）。而韻尾*-h，斯氏推測，可能已經脫落了，理由是在任何拼音裏都沒有找到它。因此斯氏認爲，在脫落的*-h 的位置上，去聲的最終形成正是在魏晉時期。〔註23〕

3‧3 去入相押的問題

爲了觀察去聲和不同韻尾的入聲之間的關係，觀察從上古到中古時期呈現出的逐漸疏遠的趨勢。我們把先秦至劉宋的去入相押列表如下：

去入相押表

獨用表

先秦獨用	去入	西漢獨用	去入	東漢獨用	去入	魏晉獨用	去入	劉宋獨用	去入
之		之		之		之		之	
職	2	職	24	職	5	職		哈	
蒸		蒸		蒸		德		職	
幽		幽		幽		蒸		德	
覺		覺		覺	1	登		覺	
冬		冬		冬		幽		宵	
宵		宵		宵		冬		侯	
侯		藥	3	侯		宵		屋	
屋		侯		屋		屋		東	
東		屋	1	東		沃		鍾	
魚		東		魚		東		魚	
鐸	1	魚		鐸	13	魚		鐸	
陽		鐸	19	陽		模		陽	

〔註23〕斯塔羅斯金，1989：《古代漢語音系的構擬》，莫斯科Старостин 1989——Старостин С.А. Реконструкция древнвкитайской фонологической системы.М. 1989.

錫		陽		支		鐸		支	
耕		支		錫	3	陽		庚	
脂		錫	1	耕		支		脂	
質		耕		脂		錫		質	
眞		脂		質	1	耕		眞	
微		質	1	眞		脂		先	
物		眞		微		質	1	微	
文		微		物	6	眞		文	
歌		物	4	文		物		歌	
月		文		歌		沒		月	
元		歌		月		文		薛	
談		月		元	1	歌		元	
祭		元		緝		薛		寒	
隊		緝		侵		曷		侵	
至		侵		葉		元		談	
		葉		祭		魂		祭	
		談		隊		祭		隊	
		祭		至		泰			
		至							
總計	3	總計	53	總計	30	總計	1	總計	0

合用表

先秦合用	去入	西漢合用	去入	東漢合用	去入	魏晉合用	去入	劉宋合用	去入
總計	12	總計	97	總計	125	總計	25	總計	4

根據表格，我們發現：

①先秦時期去入的例子不多，這可能是由於本文材料的限制。

②在獨用表中，西漢時期，去入相押只出現在職、藥、屋、鐸、錫、質、物這七個入聲韻部之中；而東漢時期去入相押則出現在職、覺、鐸、錫、質、物以及元部之中。

③在獨用表中，魏晉時期去聲只與收-t尾的質部合用，絕不與收-k尾合用。

④在獨用表中，劉宋時期去入無一例合用。

⑤從上文的獨用四聲表可以看出從《詩經》時代到《切韻》時代，去、入通押一直在減少。入去相押一直繼續到南北朝末期，只是魏晉以後，就局限於以-t收尾的入聲字。隨著時代的演變，去、入通押的趨勢逐漸消亡。由此可見，去、入同調是古音現象，這種現象也是《切韻》時代以前的語音現象，不能把它當作《切韻》語音特點。我們對於某些入聲韻部中的中古去聲字，在西漢詩文中的押韻情況進行了分析。發現它們在西漢更多地與其陰聲韻發生關係，這可能就說明部分字已經脫離了入聲韻的隊伍。同時，本文還發現個別入聲韻部（如物部）的中古去聲字有比較明顯的自押傾向。

⑥從西漢到東漢的去入通押突然減少，說明*-s構成的那種輔音尾已簡化。

⑦西漢時之職、魚屋、魚鐸、祭月保持去入的通押，東漢時已少見。魏晉時只是收-t尾的字與去聲字押韻。

⑧東漢合用表中的去入通押的例子這麼多，應該還有方言的因素。

3·4 關於去聲的擬測，音韻學界有四種方案

3·4·1 王力先生認爲，古無去聲。因此不存在擬測問題。

3·4·2 丁邦新、董同龢等學者把去聲歸入陰聲，並認爲所有陰聲韻字都帶有輔音韻尾，並具體擬爲-b、-d、-g，與入聲韻的-p、-t、-k 相配。這種做法有失偏頗，前文已經解釋過了。

3·4·3 李方桂先生對於聲調問題作了一個很有彈性的結論：「不過《詩經》的用韻究竟反映上古有聲調，還是上古有不同的韻尾，這個問題不容易決定。如果《詩經》用韻嚴格到只有同調類的字相押，我們或許要疑心所謂同調的字是有相同的韻尾輔音，不同調的字有不同的韻尾輔音，但是《詩經》用韻並不是如此嚴格，不同的調類的字相押的例子，也有相當的數目，如果不同調的字是有不同的韻尾輔音，這類韻似乎不易解釋，不如把不同調類的字仍認爲聲調不同。」〔註24〕他的具體做法是用-x 和-h 來標記上聲和去聲。斯氏也用-h 來標記去聲，二人是不謀而合的。

3·4·4 自奧德里古爾（Haudricourt）提出漢語去聲與漢越語銳聲和重聲的對應以來，越來越多的音韻學學者接受了漢語的去聲來自上古漢語的*-s 尾的假定。俞敏、梅祖麟也認爲，去聲上古有-s 尾。馮蒸師認爲祭泰夬廢四韻的-s

---

〔註24〕李方桂，《上古音研究》，商務印書館，1998，32－33 頁。

尾到《切韻》時期變爲-h尾。這實質上是承認上古漢語有複輔音韻尾。

鄭張先生則認爲，如果不用去聲帶-s說，那麼無法解釋異調通押的現象，祭泰夬廢的問題也是難以妥善解決的。「正因爲上古漢語的-s尾跟藏文相似，在元音後和鼻塞尾-m、-n、-ŋ、-b、-d、-g後都可出現，所以就形成了去聲字跟入聲韻、陰聲韻及陽聲韻都有關係的局面。這種現象前人無從索解，故舊時古音學者或把去聲字列入陰聲韻，或把去聲字列入入聲韻，從而取消了去聲，以致提出古無去聲說。對去聲的產生，王力以長短入來解釋。但如果帶塞音韻尾的元音分長短，那麼帶鼻音韻尾的元音也應分長短，這是通例；而王氏只在入聲韻分，顯然不妥。李方桂的陰聲韻都帶塞音韻尾，只在塞音韻尾後面加上-x、-h以表示讀上聲調和去聲調，但仍列在陰聲韻中。這樣又不能解釋既然陰聲韻平上去都有韻尾，何以舒入通諧主要在去聲，也不能解釋何以祭部沒有平、上聲相配。如果認可去聲帶-s，則這些問題就都可迎刃而解了。」〔註25〕

鄭張先生進而提出了從韻尾到聲調發展大致經過的四個階段。第一階段：只有韻尾對立，沒有聲調（有如藏文）。從上古漢語韻尾的演變和後來的方言情況看，漢語聲調的發生應是上古末期。第二階段：聲調作爲韻尾的伴隨成分出現，仍以韻尾爲主，聲調不是獨立音位。先秦韻文之有辨調相叶的傾向，主要乃是依據其韻尾相同而叶的，還不是依音高；但爲滿足古詩歌配樂的需要，伴隨的不同音高成分也是作者附帶考慮的因素。第三階段：聲調上昇爲主要成分，代償消失中的韻尾的辨義功能。部分韻尾或作爲殘餘成分存在，或仍然保持共存狀態。例如現今南方一些方言上聲的喉塞成分是殘存的不辨義成分；入聲帶塞尾的方言塞尾仍與短調共同起作用。各類韻尾不是同時消失的，去聲、上聲較快，入聲韻尾一般最遲消失。第四階段：完全是聲調，韻尾則全部消失。這是北方多數方言的情況（晉語和江淮話除外）。鄭張先生則認爲四聲都在晉至南北朝之間產生。〔註26〕而本文材料證明，在南朝劉宋時期四聲就已經基本定型。

受漢字的限制，漢語中的韻語並不能包含太多關於韻尾的有用信息，從中只能看出一些去聲和入聲的通押情況，這些去聲字或許有某種韻尾來與入聲字的塞音韻尾-p、-t、-k相押。只是憑藉韻語這個內部證據是無法證明去聲起源

〔註25〕《上古音系》，216頁。

〔註26〕《上古音系》，219頁。

於-s 尾的。或許應該承認兩漢時期的去聲存在兩種韻尾，一類是帶-s 尾，一類是不帶-s 尾的。去聲帶-s 尾的現象直至魏晉南北朝前期尚未完全消失，仍然有少數去聲字保留了-s 尾。

小結：去聲韻尾一今一古：去聲源於-s 尾，-s 後來變作-h，在漢代依然還有反映-s 的韻文材料，因而可把-s 作爲上古漢語的去聲韻尾。去聲來自-s 尾，從奧德里古提出以來，歷經蒲立本、梅祖麟、俞敏等多家研究、證明，應該說是非常成熟的理論了。

4·上聲問題

羅常培、周祖謨先生在《漢魏晉南北朝韻部演變研究》中曾指出：「家、華一類平聲字在西漢已經有和歌部押韻的例子，但是馬、下、寡、雅一類的上聲字就絕對沒有這種例子，到了東漢還是不十分多，直到魏晉以後才完全和歌部字押韻，足見上聲可能有它的特殊性，變動沒有平聲那樣快。」〔註27〕

鄭張先生則認爲：「如果上聲帶喉塞音，其元音爲緊喉受阻元音，在音變的擴散中自然會比平聲慢，這樣就可以解釋這一現象。此外還有，之部唇音平聲字『謀』跟著『不、芣』中古正常地變入尤韻，而上聲字『某、母、畝』卻滯留不變，所以後來因（m）ɯ＞u 而混同中古的侯韻系，這也應該出於喉塞音對聲韻的影響。既然漢代上聲已影響到語音變化，就表明喉塞音在上古已然存在，如果光是聲調調值跟平聲不同，是不可能影響到音變的快慢不同的。」〔註28〕可見上聲問題也是頗具爭議的。

對於上古是否有上聲，斯塔羅斯金贊成蒲立本的觀點，即在有中古上聲字裏把韻尾構擬成喉音尾。但能夠證明此觀點成立的材料並不多，梅祖麟先生運用當代方言是一個很好的嘗試，不過能夠證明上古存在喉音韻尾的拼音材料直到現在仍沒有找到。

面對這種窘境，斯氏另闢蹊徑，從上古的詩文押韻中找到了些蛛絲馬迹：即開尾字有時與舌根韻尾-k 接觸。斯氏通過比較《詩經》裏平、上、去聲調開尾字與-k 尾字的接觸頻率，認爲中古平聲開尾字在上古仍是開尾字；中古上聲

〔註27〕23 頁。

〔註28〕《上古音系》，209 頁。

開尾字在上古是帶-h 的閉尾字；中古去聲開尾字在上古是帶-h 的閉尾字。他的根據是：平聲調開尾字與-k 尾韻有聯繫的很少，《詩經》裏只有 3 次，而上聲調、去聲調裏分別有 18 次和 19 次。〔註29〕本文的材料也可證明此觀點。同時斯氏認爲上聲調產生在公元前 5 到公元前 3 世紀，去聲調產生在公元 3 世紀；鄭張先生則認爲四聲都在晉至南北朝之間產生。

鄭張先生曾在《上古韻母系統和四等、介音、聲調的發源問題》〔註 30〕一文中總結了聲調與韻尾的關係，即下表：

	平 聲	上 聲	去 聲	入 聲
後置尾	-0	-ʔ	-s → h	
鼻 尾	-m -n -ŋ	-mʔ -nʔ -ŋʔ	-ms -ns -ŋs	
塞 尾			-bs -ds -gs	-b -d -g
伴隨調	33	35	31	3

我們在上表基礎上再擴充一下，即可全面反映鄭張先生的上古韻尾和聲調的情況：

	濁 韻 尾							
	塞 韻 尾		鼻 韻 尾			非鼻化韻尾		
聲調	入聲	去聲	平聲	上聲	去聲	平聲	上聲	去聲
唇音	b	bs	m	mʔ	ms			
齒音	d	ds	n	nʔ	ns	l→j	lʔ	ls
舌根音	g	gs	ŋ	ŋʔ	ŋs		ʔ	s→h
唇化舌根音	wɢ→ug					w→u	wʔ	ws

5・陽部聲調

上古陽聲韻部有無上聲和去聲？夏燮《述韻》曾提過，《詩經》音東、耕、歌三部上去歸平者多，祭、宵兩部去、入通用者多。羅常培、周祖謨先生在《研

〔註29〕斯塔羅斯金，1989：《古代漢語音系的構擬》，莫斯科Старостин 1989——СтаростинС.А. Реконструкция древнвкитайской фонологической системы. М. 1989.

〔註30〕鄭張尚芳，1987，《上古韻母系統和四等、介音、聲調的發源問題》，《溫州師院學報》4 期（中國人民大學複印報刊資料 1988《語言文字學》1 期）。

究》中也曾指出，陽聲韻上、去聲字除元部外都不很多，到魏晉以後陽聲韻的上、去聲字就多了起來。此派學者認爲漢語的聲調是在逐漸發展的，有些韻部起初只有平聲或入聲，以後又增加了上聲和去聲，這可能正反映了整個上古漢語聲調的發展過程。

　　潘悟云先生則指出，段玉裁、王力、余迺永、蒲立本等人大致認爲上古的陽聲韻部沒有上、去聲，這種說法有失偏頗。潘先生從以下三方面做了反駁：（一）《詩經》的押韻表明，陽聲韻的上、去二調還是有一定獨立性的。（二）「量」字動詞讀平聲，名詞讀去聲，恰與藏文對應。（三）王力研究上古聲調時忽視了先秦的一字多音現象。〔註31〕

　　兩派的爭論歸結還是在於構擬。承認陽聲韻部有上、去聲的學者就會在陽聲韻的鼻韻尾-m、-n 後加上-ʔ和-s，形成-ms、-ns、-ŋs 的構擬。新起的各家都贊同這種構擬。斯塔羅斯金把-ms、-ns、-ŋs 構擬成-mh、-nh、-ŋh，-h 是-s 的發展。由於斯氏使用的材料與本文的材料異曲同工，因此本文贊同他的觀點。

6·調值問題

　　在漢語聲調演變研究中，調值是難題。古代沒有記音工具，無法客觀描寫調值，只能用文字描摹對調值的主觀感受。這就會因人而異，飄忽不定，故古人的記錄多難以琢磨，何況文獻記錄原本就少。我們去古已遠，因此在調值方面，除估計入聲可能是一個較短促的音調以外，其他就很難說了。

　　關於古音的調值，最常引用的就是唐朝和尚處忠在《元和韻譜》中的描寫：「平聲哀而安，上聲厲而舉，去聲清而遠，入聲直而促。」我們很難憑這段描述確定古代的調值。而且這類描寫所針對的主要是中古聲調，對上古聲調並無涉及。可見古代調值的研究絕非易事。就目前的研究條件，恐怕難有結論。本文只好存疑。

〔註31〕潘悟云，2000，《漢語歷史音韻學》，上海教育出版社，167頁。

第十章　前四史的方音綜述

第一節　前四史的方音劃分

　　林語堂曾指出：「素來中國研究古音的人使我們最不滿意的大概有三件：
（1）沒有精確的時代觀念，（2）沒有地理觀念，（3）不講發音學，未能推到
古時某地某韻之實在讀法。因爲沒有精確的時代地理觀念，所以每每凡講周
秦古音，並且希望把時代地理極不同的三百篇，硬要歸入同一系統，視爲同
類的材料，以爲分部之根據……上古用字不離方音，去方音亦無所謂古韻。
故非從方音下手，古韻之學永遠不會精密。」〔註1〕這也正是本章的出發點。
羅常培先生在《研究》的漢代方音一節中，置民歌於不論，料想先生認爲民
歌有經過文人加工潤色而失其天籟之嫌。但本文認爲，就算個別作品經文人
加工，其研究方音的價值亦應在作家作品之上，況且未經刪改潤色者，亦在
多數，如將其捨棄，必會錯失諸多珍貴的語音現象，因此民歌是本文研究方
音的主體之一。

　　前四史中兩漢時期的韻語材料是最爲豐富的，而先秦、三國、劉宋時期的
材料則較爲零落。因此，本章將詳細地探討兩漢時期的方音特點。由於材料的
限制，對於先秦、三國、劉宋時期的方音特點，我們只能做簡單地介紹。

〔註1〕林語堂，《前漢方音區域考》，《語言學論叢》，16 頁。

1・漢代方言區的劃分

以往的學者在劃分方言區時大體運用以下幾種方法：

1・1 根據秦漢時期方言分佈的實際情況，可以憑藉揚雄的《方言》作爲最主要的依據。

1・2 利用方言地理學的研究方法，對方言進行仔細地研究，同時參考漢代的相關著作，廣泛地使用歷史、人文、地理等多方面的材料。結合歷史文化等方面的知識，就可以瞭解當時方言大體的分佈情況。

1・3 劃分方言區時，主要依據詞彙和語音的區別。

1・4 採用「中心地區歸納法」。要注意史料中所記載的國都名、地區名。在這些地區中，古國的國都又是該地區方言的最重要代表。秦漢時期的方言都是以古國國都的語言爲中心而展開的。這些城市如果有不同的方言，那麼這些方言都會向著國都的方言而靠攏。

1・5 漢代方言分佈的格局是歷史長期發展的結果，不能只是孤立的研究漢代的方言。要考慮到民族的融合、人民的遷徙，以及各個地區的政治、經濟、文化、交通等情況。因爲人口的遷徙也就是方言的遷徙，方言跟著它的使用者流動這是顯而易見的。

2・《史記》、《漢書》中的古國名

史書中所提到的古國名稱間接地體現了作者所處時代的方音，以此可和前代學者劃分的方言區進行相互印證。本文只列舉有詳細記載的，且經濟、文化、政治皆重要的古國名。

2・1 秦

《漢書・地理志》：「秦地於《禹貢》時跨雍、梁二州。」以今天的地域來看，其大致包括陝西、四川以及甘肅東部。

2・2 魏

《漢書・地理志》：「魏國，亦姬姓也，在晉之南河曲。」即今天的山西省的芮城。

2・3 周

《漢書・地理志》：「周地，……今之河南雒陽、谷城、平陰、偃師……是

其分也。」周即是東周時的首都洛陽及其周圍的狹小地區。

2·4 燕

《史記·匈奴列傳》：「燕亦築長城，自造陽至襄平。置上谷、漁陽、右北平、遼西、遼東郡以拒胡。」今北京西南部。

2·5 朝鮮

《史記·宋微子世家》：「箕子者，紂親戚也。……武王乃封箕子於朝鮮而不臣也。」《漢書·地理志》：「殷道衰，箕子去之朝鮮，教其民以禮儀，田蠶織作。」其大致相當於今遼寧、吉林的部分地區以及朝鮮北部一帶。

2·6 鄭

《漢書·地理志》：「鄭國，今河南之新鄭，本高辛氏火正祝融之虛也。及成皋、滎陽，潁川之崇高、陽城，皆鄭分也。本周宣王弟友為周司徒，食采於宗周畿內，是為鄭。」大致包括今河南中部一帶。

2·7 魯

《史記·貨殖列傳》：「泰山之陽則魯，其陰則齊。」相當於今山東曲阜市。

2·8 宋

《漢書·地理志》：「宋地，房、心之分野也。今之沛、梁、楚、山陽、濟陰、東平及東郡之須昌、壽張，皆宋分也。周封微子於宋，今之睢陽是也，本陶唐氏火正閼伯之虛也。」大致包括今天的商丘市，以及山東省西南、江蘇省西北和安徽省北部的部分地區。

2·9 衛

《漢書·地理志》：「衛地，營室、東壁之分野也。今之東郡及魏郡黎陽，河內之野王、朝歌，皆衛分也。」在今河南省北部以及河北省南部、山東西部一帶。

2·10 楚

楚立國於殷商時期，西周初期受封於荊山。先秦時期，楚國的疆界西起武關〔註2〕，東到昭關〔註3〕，北起今河南省南陽市，南到洞庭以南。但漢代之時，

〔註2〕今陝西省商縣東。

〔註3〕今安徽省含山北。

範圍就要小很多了，它主要以郢都爲中心的江漢平原及其周圍的地區。史書中會看到「南楚」，如《史記・貨殖列傳》：「衡山、九江、江南豫章、長沙，是南楚也。」，「南楚」應當指漢代的長沙國，在今湖南省，也包括湖北以南以及廣東省和廣西省北部的部分地區。「西楚」如《史記・貨殖列傳》：「自淮北沛、陳、汝南、南郡，此西楚也。」，「西楚」應指丹陽，即今湖北省西部地區。

3・漢代方言分區的研究成果

想要根據史書準確地劃分出漢代方言區是非常困難的，因爲我們所憑藉的只有書面文獻材料。這些材料既不全面，也不十分豐富，這樣，可信的程度就會降低很多。同時語言在地域上的差異是連續的、漸變的，方言之間沒有明顯的界限，分界點較爲模糊，這也爲我們方言區的劃分增加了很多困難。因此，僅憑藉史書是無法劃分出這些方言區的，這樣我們只能參照前人研究的成果和史書的個別現象來進行互相的印證。

3・1 林語堂先生在《前漢方音區域考》[註4] 中把漢代的方言劃分爲十四系，如下：

3・1・1 秦晉方言區——秦、西秦、晉（亦稱汾唐）

3・1・2 梁及楚之西部方言區——梁（亦稱西南蜀、漢、益）

3・1・3 趙魏自河以北方言區——趙、魏

3・1・4 宋衛及魏之一部方言區——衛、宋

3・1・5 鄭韓周方言區——鄭、韓、周

3・1・6 齊魯方言區（魯亦近第四區）——齊、魯

3・1・7 燕代方言區——燕、代

3・1・8 燕代北鄙朝鮮洌水方言區——北燕、朝鮮

3・1・9 東齊海岱之間淮泗方言區（亦名青徐）——東齊、徐（雜入夷語）

3・1・10 陳汝潁江淮（楚）方言區（荊楚亦可另分爲一系）——陳、汝潁、江淮、楚

3・1・11 南楚方言區——（雜入蠻語）

〔註4〕《語言學論叢》，上海開明書店，1933。

　　3．1．12 吳揚越方言區──（揚猶近淮楚）

　　3．1．13 西秦方言區──（雜入羌語）

　　3．1．14 秦晉北鄙區──（雜入狄語）

3．2 羅常培、周祖謨先生在《研究》中把西漢的方言分為七個大區：

　　3．2．1 秦晉、隴冀、梁益

　　3．2．2 周鄭韓、趙魏、宋衛

　　3．2．3 齊魯、東齊、青徐

　　3．2．4 燕代、晉之北鄙、燕之北鄙

　　3．2．5 陳楚江淮之間

　　3．2．6 南楚

　　3．2．7 吳越

　　羅常培、周祖謨兩位先生認為：「從其中所舉的方域來看，有的一個地方單舉，有的幾個地方並舉。依理推之，凡是常常單舉的應當是一個單獨的方言區，凡是常常在一起並舉的應當是一個語言比較接近的區域。」〔註5〕先生還用東漢注疏家提到的當時漢語方言的區劃來證明自己分類的可靠性。

3．3 李恕豪先生劃分出十二個方言區，在每個方言區下面還列出次方言區〔註6〕：

　　3．3．1 秦晉方言區：秦、晉、梁益

　　3．3．2 周韓鄭方言區：周、韓、鄭

　　3．3．3 趙魏方言區：趙、魏

　　3．3．4 衛宋方言區：衛、宋

　　3．3．5 齊魯方言區：齊、魯

　　3．3．6 東齊海岱方言區：東齊、海岱

　　3．3．7 燕代方言區：燕、代

　　3．3．8 北燕朝鮮方言區：北燕、朝鮮

　　3．3．9 楚方言區：楚郢、北楚、江淮

　　3．3．10 南楚方言區：江淮、沅澧、九嶷湘潭

〔註5〕羅常培、周祖謨，《漢魏晉南北朝韻部演變研究》，72～73頁。

〔註6〕李恕豪，揚雄《方言》與方言地理學研究，成都：巴蜀書社，2003。

3・3・11 南越方言區

3・3・12 吳越方言區：吳、越、甌

3・4 美國學者司理儀所著的《〈方言〉一書中的漢代方言》〔註7〕，其第二部分第一章中討論了《方言》一書中的方言地區。作者把漢代的方言區劃分為六大方言區，即：

3・4・1 西部諸方言（包括秦和秦晉、梁益、西南、關西）

3・4・2 中部諸方言（即一般所說的關東，又分為西組和東組：西組包括周、鄭、洛、韓；東組包括宋、衡、魯，齊、魏）

3・4・3 北部及東北諸方言（包括燕、燕代北燕、朝鮮洌水、晉和趙）

3・4・4 東部諸方言（包括東齊、海岱、徐、淮）

3・4・5 東南諸方言（包括吳、揚、越、甌）

3・4・6 南部諸方言（即楚方言，又分為三組：一是北楚、陳楚、汝穎；二是淮楚、江淮；三是南楚、荊、湘沅、江沅、江澧）

3・5 丁啟陣先生：把漢代的方言劃分為八大方言區〔註8〕，即：

3・5・1 燕趙方言（北燕、朝鮮、洌水）

3・5・2 趙魏方言（趙魏）

3・5・3 海岱方言（齊、海岱）

3・5・4 周洛方言（關東、周洛）

3・5・5 吳越方言（吳越）

3・5・6 楚方言（楚鄭）

3・5・7 秦晉方言（秦晉）

3・5・8 蜀漢方言（蜀漢）

4・小 結

以上各家的研究都取得了重要的成績。分區多少的不同，主要是因為各自掌握標準時有寬嚴之別和對《方言》地名實際所指區域的理解上有廣狹之異所

〔註7〕 The Chinese Dialects of Han Time Accord-ing to Fang Yen. by Paul L-M. Serruys, C. I. C. M. University of California Publicat-ion in East Astatic Philology, Volume 2. University of California Press, 1959。

〔註8〕 《秦漢方言》，東方出版社出版發行，1991。

致。其實總體上來看，分區數量上的多少並不構成根本性的差異。

　　前面談過，僅憑藉史書是無法劃分出這些方言區的，本文主要採用了丁啓陣先生的方案及其方言區名稱。我們之所以採用丁先生的方案，一方面是因為其分區簡潔明瞭，另一方面史書研究的結論和丁先生的分區正好相吻合，可以進行相互的印證。一番權衡後，本文決定基本採用丁啓陣先生的觀點，即把漢代的方言劃分為七大方言區，比丁先生的分區少一區，即少了燕趙方言，原因是史書的詩文用韻中缺少燕趙方言區作者的作品。先秦、三國、劉宋時期包含方音的韻語數量過少，我們無法劃分出其方言區，這裡就只好存疑了。

第二節　前四史中詩文作者籍貫及其生平考

　　在《研究》中，羅、周兩位先生曾考察過兩漢詩文作者的籍貫和生卒年，但是兩位先生在考慮詩人地域分佈的時候，根據的只是史書中所記載的詩人的郡望，並沒有從詩人的一生的行狀中考察詩人的出生和成長的里居。我們都知道，郡望並不是十分的可靠，它可能是作者祖先的出生地，它對於詩人所操的方言，並不能提供什麼有力的說明。王力先生也指出：「我在寫《南北朝詩人用韻考》的時候，曾經注意到詩人們的籍貫。但是古人的籍貫是靠不住的。例如朱熹是婺源人，但他是在建州（今福建建甌）長大的。許多人都是以父親的籍貫為籍貫，甚至以地望為籍貫。因此，我們不把籍貫作為方言的主要根據。」〔註9〕

　　李露蕾先生則認為：「羅常培、周祖謨的研究中排列詩人年表時以詩人的卒年為序，帝王以即位之年為準，可以推測，他們重視詩人後期和晚年的信息，可能是因為考慮到作家的主要社會活動、創作旺盛期應在晚年，而我們則注重語音習慣的形成時期，因為決定一個人一輩子語音習慣的往往是他的早年，所以考釋他早年的里居行蹤最為重要，其次，父輩的里居常決定家庭所用的方言，而年少時家庭內部語言的薰陶，對一個人的語音形成也至關重要，作用不當低估。」〔註10〕本文贊同李露蕾先生的看法。因此在考慮詩人地

〔註 9〕《漢語語音史》，11 頁。

〔註10〕李露蕾，論南北朝語音研究的特殊性—對南北朝韻部研究的再思考，西華大學學報，2005，5，410 頁。

域分佈的時候，不能僅僅根據史書中的所記載的詩人的郡望，我們還需要進一步從詩人一生的行狀來考證他們出生和成長的里居。

如此說來，我們考察方言，就應該比較關注作者的生長地、里居以及年輕時期的行蹤，因爲這些很大程度上決定了作者的方言口音。

1·詩文作者選取的標準

眾所周知，史書的語料有如下的特點：一是反應口語的程度不高，一是口語成分往往和文言成分交織在一起。其語料成分較爲複雜。因此如何把方言成分和口語成分從官話中搜羅出來，是我們需要鑒別的一個重要問題。我認爲，把方音從史書中搜尋出的最基本方法就是：選取典型作家的作品，利用其合韻現象來研究方音。

具體挑選原則

1·1 史書中明確指出某韻語出於某人、某地的，此材料可以用來研究方言。

1·2 在明確作者的籍貫、出生地、童年的居住和生長環境之後，選取史書中所記錄的長篇的賦及其文論，以此材料來研究方言。而對於只有論，沒有賦；或賦之材料非常少的作者的作品，我們不予採用。因爲文論不一定入韻，賦過少則無法看出明顯的方言現象，其方言的性質也就無從確定。因此我們所選擇的作者，一般而言，其作品的數量都比較多，這樣才能夠反應出一定的語音現象。有些作者的作品數量過少，無法看出其方音的特點，這部分作者的材料就只好忽略不記了。個別作者的經歷、籍貫無法考釋，這些作品本文也予以捨棄。

1·3 有些方言中的某些特點與官話的整體特點是相吻合的，則此類方言材料，仍然放在整體的官話韻譜之中，不單獨拿出來，這樣我們就可以有更詳實的材料來研究此時代的官話語音系統。

2·確定作者作品所代表方音的依據

2·1 先按青少年的成長經歷。現代科學研究認爲，兒童在十二歲以前語言即可定型，因此作家的成長經歷是我們認定其方言歸屬的最重要的依據。

2·2 次按郡望、籍貫。

2‧3 妻妾按籍貫，若無籍貫，則按其夫家。

2‧4 如果史籍表明，某位作家雖然籍貫爲某一地區，但幼年生活地不是這一地區的，那我們就以這位作者的幼年生活地區爲標準。

2‧5 如果史籍表明，某位作家是在成年後離開家鄉的，那麼我們就不能認爲，這位作家所使用的方言是遷居地的方言，則這位作家使用的依然是家鄉的方音。

3‧前四史中詩文作者籍貫及其生平考

其作者的生平簡介均來源於《中國文學家大辭典‧先秦漢魏晉南北朝卷》〔註11〕

3‧1 兩漢時期

本文根據丁啓陣先生的《秦漢方言》的研究結論，將漢代方言劃分爲七個地區〔註12〕，並將史書中作家的籍貫以及其經歷，簡單地做了說明，最後區分其語料的性質。

3‧1‧1 趙魏方言區作者表：

西漢：

①董仲舒（廣川人，今河北棗強東）

東漢：

②崔駰（涿郡安平人，今屬於河北）

③崔琦（涿郡安平人，今屬於河北）

④崔寔（涿郡安平人，今屬於河北）

⑤酈炎（范陽，今河北定興南）

作者生平簡介：

董仲舒：成年後在長安爲官。他的作品多爲官話創作。

崔駰：年輕時到京城洛陽，即所謂「少游太學」。晚年回故里。

崔琦：少游京師，後隨河南尹梁翼從事。

〔註11〕曹道衡、沈玉成主編，中華書局，1996。

〔註12〕丁先生是八個方言區，我們比他少了燕趙方言，即北燕朝鮮洌水地區，因爲史書中沒有此地作者的作品，故本文未列此地。

崔寔：中年前未曾離開家鄉，後曾任五原太子。

酈炎：一直生活在家鄉，二十七歲死於獄中。

小結：董仲舒、崔駰、崔琦三人的作品多爲上書，並且從其經歷來看，其作品性質主要應爲官話，其中夾雜的合韻現象可能爲其方音的流露。崔寔、酈炎從其經歷來看，他們的作品中方音的成分應該更多一些。

3·1·2 海岱方言區作者表

西漢：

①鄒陽（齊，今山東一帶）

②東方朔（平原厭次人，今山東陵縣神頭鎮）

③韋玄成（魯國）

④韋賢（魯國）

⑤王吉（琅邪皋虞，今山東即墨縣東北）

⑥公孫弘（淄川薛人，今山東壽光南）

東漢：

⑦禰衡（平原，今山東臨邑東北）

⑧仲長統（山陽高平，山東魚臺縣北）

⑨劉梁（東平寧陽，今山東地區）

作者生平簡介：

韋賢：韋孟的後人。

鄒陽：先仕吳，後遊梁。其作品多爲諫書。

東方朔：成年後在長安朝中任職。

韋玄成：韋賢之子，長期在朝中爲官。

禰衡：死時年僅 26 歲。

韋孟：始終在朝中做官

王吉：長期在朝中爲官

仲長統：長期在朝中爲官

劉梁：長期在朝中爲官

公孫弘：文中的韻語是其六十歲以後的作品。

小結：從經歷來看，此九人中只有禰衡的作品具有較多的方音成分，但禰

衡的韻語只有一條。其餘作者的作品則應多為官話寫作而成。

3・1・3 周洛方言區作者表

西漢：

　①賈誼（洛陽）

　②晁錯（穎川，今河南禹縣）

　③息夫躬（河內河陽，今河南孟縣一帶）

東漢：

　④張衡（南陽西鄂，今河南南召）

　⑤蔡邕（陳留圉，今河南杞縣南）

　⑥邊讓（陳留濬儀，今河南開封）

　⑦蔡琰（陳留圉，今河南杞縣南）

作者生平簡介：

　賈誼：先在朝中任職，後來做長沙王太傅四年左右。〔註13〕

　張衡：成年後到朝中為官，後出任過河間相。

　邊讓：與孔融同為當時名流，除任職朝中外，出任過九江太守。後為
　　　　曹操所殺。

　蔡邕：除在朝中作官外，出任過河平長。

　晁錯：其作品皆為上書。

　息夫躬：長期在朝中為官。

　蔡琰：被匈奴掠走十二年，但應不影響其創作的官話性質。

小結：以上各家的作品應以官話為主，只是行文中間或有方音的存在。

3・1・4 吳越方言區作者表

西漢：

　①枚乘（淮陰，今江蘇人）

東漢：

　②高彪（吳郡無錫）

作者生平簡介：

〔註13〕他雖是洛陽人，但是其作品的風格卻是騷體，因此其作品反映的應該為楚方音的
　　　　特點。

枚乘：初爲吳王濞郎中，後歸淮陰。

高彪：出使幽州至死。

小結：此二家也是以官話爲主，間或有方音的存在。

3・1・5 楚方言區作者表

西漢：

①劉向（沛豐邑）

東漢：

②劉秀（南陽新蔡）

③黃香（江夏安陸）

作者生平簡介：

劉向：成年一直在朝中爲官。

劉秀：光武帝。

黃香：除在朝中爲官外，曾出任魏郡太守

小結：此三人的作品應該基本反應了官話。

3・1・6 秦晉方言區作者表

西漢：

①劉友

②李陵（隴西成紀，今甘肅秦安人）

③班倢仔（今山西朔縣人）

④李尋（平陵，今陝西咸陽西北）

⑤谷永（長安，今陝西西安）

東漢：

⑥班彪（扶風安陵，今陝西咸陽東北）

⑦馮衍（扶風杜陵，今陝西西安東）

⑧杜篤（扶風杜陵，今陝西西安東）

⑨梁鴻（扶風平陵，今陝西咸陽西北）

⑩傅毅（扶風茂陵，今陝西西安北）

⑪班固（扶風安陵，今陝西咸陽東北）

⑫班昭（扶風安陵，今陝西咸陽東北）

⑬馬融（扶風茂陵，今陝西東平東北）

⑭王符（安定臨涇，今甘肅鎮原）

作者生平簡介：

　　劉友：高帝劉邦之子。他雖是秦晉之人，但是其作品的風格卻是騷
　　　　　體，因此其作品反映的應該爲楚方音的特點。

　　李陵：居匈奴二十餘年，但語言不會有多少影響。他的作品特點同劉
　　　　　友，應反映了楚地的特點。

　　班倢伃：班固之祖姑。少年入宮至卒。

　　杜篤：曾仕京城。

　　傅毅：長期在京城居住。

　　馬融：除在京城爲官外，一度出爲南郡太守。

　　梁鴻：長期在故鄉居住。

　　李尋：長期在朝中爲官。

　　谷永：作品多爲上疏。

　　王符：隱居不仕。

　　小結：從經歷而言，只有梁鴻、馮衍、王符三人的作品可以反應更多的方音現象。其餘作者的作品更多的還是體現了官話的特點。

3・1・7 蜀漢方言區作者表

西漢：

　　①司馬相如（蜀郡・成都）

　　②王褒（蜀郡・資中）

　　③楊雄（蜀郡・成都）

東漢：

　　④趙壹（漢陽・西縣）

作者生平簡介：

　　王褒：到京城爲官前曾在益州刺史王襄處生活過。王褒的材料則反映
　　　　　了從司馬相如至揚雄的過渡階段的語音實際。

　　楊雄：西漢後期的成都人，成帝時入朝爲官至死。

　　趙壹：幾乎一直生活在家鄉。

司馬相如：他的韻文很大程度上反映了西漢早期的西蜀方言語音特點。

小結：趙壹、司馬相如的作品反應了較多的方音特點，而其他人的作品主要體現的還是官話的音系。

從上文及簡要說明來看，絕大多數作者的青少年時代都在其家鄉度過，有個別甚至到死也沒有離開過家鄉（如趙壹），他們的詩文用韻中如果有反映方音的，一定就是其故鄉的方音了。

3・2 魏晉時期

3・2・1 曹植，漢魏間詩人，沛國譙人（今安徽亳縣）。

3・2・2 郤正，三國蜀文人，河南偃師人，長期於朝中做官。

3・2・3 楊戲，三國蜀文人，犍為武陽人。年二十則為督軍從事。

3・2・4 陸凱，北朝魏官員，今存「陸凱贈范曄詩」。

3・2・5 胡綜，三國吳散文家，汝南固始人（今安徽臨泉）。十四歲時，與孫權共讀書。

3・2・6 華覈，三國吳史學家，吳郡武進人（今江蘇常州），長期於朝中為官。

4・兩漢、魏晉詩文作家籍貫生卒年表

4・1 西 漢

人　名	籍　貫	生　年	卒　年
賈誼	鄒陽	前 200	前 168
晁錯	穎川		前 154
韋孟	魯國鄒		前 152
枚乘	淮陰		前 140
公孫弘	菑川薛	前 200	前 121
司馬相如	蜀郡成都	前 179	前 118
劉勝（中山王）			前 117
董仲舒	廣川		前 116
司馬談	河內夏陽		前 110
東方朔			前 94
司馬遷		前 145	前 86
華容夫人			前 80

李陵	隴西成紀		前 74
王褒	蜀郡資中		前 50
韋玄成	魯國鄒		前 36
劉向	沛豐邑	前 79	前 8
谷永	長安		前 7
班倢伃	樓煩		前 7
息夫躬	河內河陽		前 2
揚雄	蜀郡成都	前 53	18

4·2 東　漢

人　　名	籍　　貫	生　　年	卒　　年
劉秀（光武帝）	南陽新蔡	前 6	57
班彪	扶風安陵	3	54
桓譚	沛國相		56
馮衍	京兆杜陵		76
杜篤	京兆杜陵		78
梁鴻			88
傅毅	扶風茂陵		92
班固	扶風安陵	32	92
崔駰	涿郡安平		92
黃香	江夏安陸		122
班昭	扶風安陵		125
張衡	南陽西鄂	78	139
劉梁	東平寧陽		155
馬融	扶風茂陵	79	166
高彪	吳郡無錫		靈帝時
崔寔	涿郡安平		171
酈炎	范陽	150	177
趙壹	漢陽西縣		178
王符	安定臨涇	127	189
蔡邕	陳留圉		192
邊讓	陳留濬儀		196
禰衡	平原般	173	198
蔡琰	陳留圉		206
仲長統	山陽高平	180	220

4・3 魏晉時期

人　　名	籍　　貫	生　　年	卒　　年
曹植	沛國譙	192	251
胡綜	汝南固始	183	243
楊戲	犍爲武陽		261
郤正	河南偃師	213	278
華覈	吳郡武進	219	278
陸凱			504

第三節　七大方言區的語音特點

　　能夠從韻文用韻中發現古代的方言系統是音韻學者研究的目標之一，然而上古及後漢時期的詩歌韻文以方音入韻的作品是少數，多數文人趨向於押共同語的韻部。這樣從詩歌韻文中辨別方音就變得不容易了。再者方言材料散見於史書的文學作品之中，因而我們所掌握的文獻只是零星的記載，尚不足以整理出上古漢語各個方言區的音系來。但是只要對這些文獻材料做出全面細緻的歸納，看出古代某方音的特點，這還是可以辦到的。下面依次來瞭解一下各個方言區的語音特點。

1・蜀方音

　　巴蜀原來是非漢族地區，物產豐富，文化發達，但其交通困難，這就容易形成較爲有特色的方言。研究兩漢時期的蜀地方言，主要是依據司馬相如、王褒、揚雄等人的韻文。此三人都是西漢時期的辭賦家。司馬相如和揚雄是成都人，王褒是資中人，成都和資中同屬於蜀郡。首先需要說明的是，這幾位作家的作品不一定完全是用方音創作而成的。正相反我倒是相信，他們的作品應該是在官話的基礎上寫作而成的，不然就不會有這麼長遠的生命力，以至於流傳至今。可是也必須承認，他們作品中的某些語料會流露出其方言的特點。因此本文會認眞對待他們韻語中的合韻現象，以此來探究蜀方音不同於官話的獨到之處。這三人流傳下來的作品較多，而且篇幅很長，從其押韻的情況可以看出許多蜀方音的特點。

1·1 西漢時期蜀方音的特點

1·1·1 在這幾位作家的詩文押韻中，有魚部的麻韻字跟歌部相押的例子，可見魚部的麻韻字的讀音與歌部十分接近。如：（漢書－57－2535－9）華（魚）沙（歌）等等。

1·1·2 歌部與支部、脂部多有合韻，於支部尤多。下面用統計法來看看歌部和這兩部之間的關係。

1·1·2·1 歌和脂：

184	歌	脂
歌	159	74	50
脂	25	11	7

離合指數爲 50，此時我們需要根據卡方檢驗來判斷歌和脂是分是合。下表爲卡方檢驗的表格：

	歌	脂
歌	74	22.163
脂	11	7

陰影部分爲其卡方值，即歌脂的卡方值爲 22.163。此時，無論將檢驗水平定爲 $\alpha = 0.025$、$\alpha = 0.05$ 或 $\alpha = 0.10$，卡方值都要遠遠大於這些分佈臨界值，因此歌脂應當分爲兩個韻部。歌部與脂部通押的字多半是中古支韻一類的字。由此可見歌部支韻一系的字與脂部的韻基相近。

1·1·2·2 歌和支：

212	歌	支
歌	175	74	87
支	37	27	5

離合指數爲 87，它介於 90 和 50 之間，此時我們要根據卡方檢驗來判斷歌和支是分是合。下表爲卡方檢驗的表格：

	歌	支
歌	74	1.426
支	27	5

　　陰影部分為其卡方值，即歌支的卡方值為 1.426。此時，無論將檢驗水平定為 α＝0.025、α＝0.05 或 α＝0.10，卡方值都要小於這些分佈臨界值，因此歌支應當合併為一個韻部。

　　1·1·3 侵部字和東、冬、陽、蒸等部大量地合韻，如：（漢書－57－2588－2）封（東）頌（東）三（侵）（漢書－57－2591－1）金（侵）堂（陽）等等。這說明西漢時蜀地侵部的韻尾-m，有轉向-ŋ 尾的趨勢。

　　1·1·4 在陰聲韻中，魚部與入聲的聯繫較為緊密，比如魚部和鐸、屋兩部有多次合韻。我們依然用統計法來證明其之間的關係：

　　1·1·4·1 魚和鐸：

	240	魚	鐸
魚	185	90	11
鐸	55	5	25

離合指數為 11，此二部當分。

　　1·1·4·2 魚和屋：

	212	魚	屋
魚	187	90	31
屋	25	7	9

離合指數為 31，此二部當分。

　　陰聲韻與入聲韻多次相押，可以有兩種解釋：一種是陰聲韻與入聲韻的元音相同或相近，所以通押；另一種是陰聲韻跟入聲韻不僅元音相同或相近，而且還有相近的韻尾輔音。西漢蜀方言中魚、宵、支、脂、祭各部可能都具有輔音韻尾。如果陰聲韻跟入聲一樣也具有輔音韻尾，那麼就可以解釋這種頻繁的合韻現象。「但從魚、祭兩部與入聲通押次數之多來看，魚部（除去麻韻字）有

-g，祭部有-d，似乎可以確定。祭、緝相押的兩個例子也可以說明祭部是有收尾的。」〔註14〕魚部在漢代蜀方言中未與鐸、屋合併，那麼這就意味著魚部是有輔音韻尾的，我們根據它與屋、鐸等收-k尾的韻部合韻的聯繫，將其擬爲-g。這與官話的魚部是不同的，官話的魚部並沒有-g尾。

1‧1‧5　蜀方言的「風」字和侵部大量合韻，「風」從「凡」得聲，此字在西漢蜀方言中應該屬於侵部。其例如下：（漢書－64－2826－4）風唫（侵）陰（侵）（史記－117－3029－1）蓼（侵）風音（侵）（史記－117－3038－4）音（侵）風（漢書－57－2559－6）蓼（侵）風音（侵）（漢書－57－2569－4）音（侵）風。這些例子大多出現於司馬相如的韻文中。這可以看出司馬相如的韻文中「風」字屬於侵部。

然而在揚雄的作品中，「風」字卻主要與陽部字與蒸部字通押。如下：（漢書－87－3524－3）乘（蒸）風澄（蒸）兢（蒸）（漢書－87－3558－1）楊（陽）風莽（陽）（漢書－87－3577－6）風升（蒸）閎（蒸）。但這並不意味著，在揚雄的語音裏「風」字已由-m尾變爲了-ŋ尾。我們認爲西漢晚期，「風」字尙爲-m尾，只不過是有轉變爲-ŋ尾的趨勢。「風」字屬於侵部，應該是上古音的標誌之一。「風」字先秦、西漢皆屬於侵部，東漢中後期，才轉爲-ŋ尾。「風」由-m尾轉化爲-ŋ尾，是韻尾異化的原因。鄭張先生擬音爲*-plum。〔註15〕

1‧1‧6「陰聲韻之、幽、宵、魚四部中幽、宵兩部通押的例子較多，這兩部的聲音必然相近。但還不能確定幽宵是否爲一部。」〔註16〕利用統計法來看一下宵、幽在西漢蜀方言中是否合併。

1‧1‧6‧1幽和宵：

	108	幽	宵
幽	71	28	61
宵	37	15	11

〔註14〕《研究》，87頁。

〔註15〕擬音來源於《上古音系》。

〔註16〕《研究》，86頁。

離合指數爲 61，它介於 90 和 50 之間，這時我們要根據卡方檢驗來判斷幽和宵是分是合。下表爲卡方檢驗的表格：

	幽	宵
幽	28	7.935
宵	15	11

陰影部分爲其卡方值，即幽宵的卡方值爲 7.935。此時，無論將檢驗水平定爲 $\alpha = 0.025$、$\alpha = 0.05$ 或 $\alpha = 0.10$，卡方值都要大於這些分佈臨界值，因此幽、宵應當分爲兩個韻部。

1·1·6·2 幽部字跟之部也有相押的例子，幽部字大半都是尤韻一類的字。之、幽（尤）的元音應該比較接近。看一下之幽的離合指數：

186	之	幽
之	128	63	4
幽	58	2	28

之幽遠遠不到合併的程度。

1·1·7 羅、周兩位先生認爲：「陽聲韻東冬兩部王褒和揚雄的韻文裏通押的比單獨應用的多，這兩部可能就是一部。東、冬兩部不分，可能是蜀方言的一般現象。唯有司馬相如的韻文裏不見有東、冬合用的例子。」〔註 17〕我們用統計法驗證一下先生的觀點是否正確。

54	東	冬
東	30	11	58
冬	24	8	8

離合指數爲 58，它介於 90 和 50 之間，這時我們要根據卡方檢驗來判斷東和冬是分是合。下表爲卡方檢驗的表格：

〔註 17〕《研究》，87 頁。

	東	冬
東	11	4.32
冬	8	8

陰影部分為其卡方值，即東冬的卡方值為 4.32。此時，無論將檢驗水平定為 α＝0.025、α＝0.05 或 α＝0.10，卡方值都要小於這些分佈臨界值，因此東冬應當合併為一個韻部。應該指出，這裡的計算數據並不算高，因此結論也有進一步探討的必要。

1・1・8「真部字跟元部的山韻、元韻、仙韻字在司馬相如、王褒、揚雄的文章裏常常相押，揚雄作品裏尤其多。由此可見真元兩部比較接近。」〔註18〕我們來看一看真元的離合指數：

202	真	元
真	43	13	49
元	159	17	71

離合指數為 49，應分立。

1・1・9 歌和微有多次合韻，我們看一看它們的親疏關係：

178	歌	微
歌	154	74	28
微	24	6	9

二韻尚未到達合併的程度，只是音近而已。

1・1・10 魚和侯大量合韻，需要檢驗一下它們的關係：

302	魚	侯
魚	263	120	67
侯	39	23	8

離合指數爲 67，它介於 90 和 50 之間，這時我們要根據卡方檢驗來判斷魚和侯是分是合。下表爲卡方檢驗的表格：

	魚	侯
魚	120	15.735
侯	23	8

陰影部分爲其卡方值，即魚侯的卡方值爲 15.735。此時，無論將檢驗水平定爲 α=0.025、α=0.05 或 α=0.10，卡方值都要大於這些分佈臨界值，因此魚、侯在西漢蜀方言中應當分爲兩個韻部。

1·1·11 蒸和冬：

	40	蒸	冬
蒸	21	9	29
冬	19	3	8

二韻尚未到達合併的程度，只是音近而已。

1·1·12 眞和文：

	116	眞	文
眞	56	13	102
文	60	30	15

離合指數超過了 100，這意味著眞文已經合併了。

1·1·13 陽和耕：

	196	陽	耕
陽	92	43	12
耕	104	6	49

陽耕未合併爲一個韻部，二者多次合韻是因爲有著相同的韻尾。

1・1・14 脂和微：

52	脂	微
脂 24	7	75
微 28	10	9

離合指數爲 75，它介於 90 和 50 之間，這時我們要根據卡方檢驗來判斷脂和微是分是合。下表爲卡方檢驗的表格：

	脂	微
脂	7	1.33
微	10	9

陰影部分爲其卡方值，即脂微的卡方值爲 1.33。此時，無論將檢驗水平定爲 $\alpha = 0.025$、$\alpha = 0.05$ 或 $\alpha = 0.10$，卡方值都要小於這些分佈臨界值，因此脂微應當合併爲一個韻部。但是應該指出，這個統計中的脂微獨用的數字不是很高，因此有可能影響了計算的結果。

1・1・15 月和祭：

76	月	祭
月 55	19	110
祭 21	17	2

離合指數超過了 100，這意味著月祭已經合併。

1・1・16 元和文：

186	元	文
元 149	71	23
文 37	7	15

元和文尚未到達合併的程度，可見二者的多次合韻只是韻尾相同的緣故。

1・1・17 冬和侵：

	36	冬	侵
冬	23	8	81
侵	13	7	3

　　離合指數爲 81，它介於 90 和 50 之間，這時我們要根據卡方檢驗來判斷侵和冬是分是合。下表爲卡方檢驗的表格：

	冬	侵
冬	8	0.445
侵	7	3

　　陰影部分爲其卡方值，即冬侵的卡方值爲 0.445。此時，無論將檢驗水平定爲 α＝0.025、α＝0.05 或 α＝0.10，卡方值都要遠遠小於這些分佈臨界值，因此侵冬應當合併爲一個韻部。但是此項統計的數值也比較少，因此這個結論也不能完全肯定。

1・1・18 月和物：

	48	月	物
月	42	19	74
物	6	4	1

　　離合指數爲 60，它介於 90 和 50 之間，這時我們要根據卡方檢驗來判斷錫和質是分是合。下表爲卡方檢驗的表格：

	月	物
月	19	1.361
物	4	1

　　陰影部分爲其卡方值，即月物的卡方值爲 1.361。此時，無論將檢驗水平定爲 α＝0.025、α＝0.05 或 α＝0.10，卡方值都要遠遠小於這些分佈臨界值，因此

月物應當合併爲一個韻部。但是此項統計的數值比較少，因此這個結論不能完全肯定。

1·1·19 月和質：

	64	月	質
月	46	19	60
質	18	8	5

離合指數爲 60，它介於 90 和 50 之間，這時我們要根據卡方檢驗來判斷月和質是分是合。下表爲卡方檢驗的表格：

	月	質
月	19	4.661
質	8	5

陰影部分爲其卡方值，即月質的卡方值爲 4.661。此時，將檢驗水平定爲 $\alpha = 0.025$、$\alpha = 0.05$ 時，兩韻合併；而當 $\alpha = 0.10$，月質應當分爲兩個韻部。我們這裡採用了 $\alpha = 0.10$，認爲月質當分。此項數值並不大，這樣把二部分開，就不會忽略一些語音差別，這麼做會更謹慎一些。

小結

概而言之，西漢時蜀方言的特點是：

（1）幽、宵兩部音近，之、幽兩部音近，但未合併。

（2）魚部除麻韻字外可能有 -g 尾。

（3）歌、脂音近，但未合併；歌支卻合爲一個韻部。

（4）東、多兩部合用不分。

（5）司馬相如作品的「風」字應歸屬侵部。

（6）侵部字和多、陽、耕等陽聲韻部字有較多合韻，可見其韻尾的接近。

（7）入聲韻質、月兩部音近；眞、元兩部音近；魚、侯兩部音近；元、文音近，但這幾個韻部尚未合併。

（8）眞文合併、月物合併、月祭合併、多侵合併、脂微合併。

1・2 東漢蜀方音特點

東漢蜀地的合韻韻例非常少，我們只能粗略地得出：質之音近、覺屋音近、魚侯音近、歌魚音近、元眞音近、歌微音近的結論。

1・3 三國蜀方音特點

1・3・1 庚清青尚未分立，如：（三國－42－1038－3）形（青）聲（清）荊（庚）名（清）清（清）寧（青）；（三國－45－1090－2）生（庚）精（清）呈（清），可見庚清青皆在一起混押。

1・3・2 祭已經獨立爲一部，如：（三國－42－1038－1）藝（祭）制（祭）逝（祭）裔（祭）世（祭）滯（祭）誓（祭）。

1・3・3 魚虞模尚未分立，例：（三國－42－1037－8）諏（虞）諸（魚）無（虞）；（三國－42－1037－2）野（魚）矩（虞）；（三國－42－1035－9）塗（模）徂（模）憮（虞）圖（模）與（語），皆混押。

1・3・4 物質、歌質有合韻例，可見其音近。

1・3・5 魚侯亦如前代混押，有三次合韻。如：（三國－42－1035－15）初（魚）符（侯）書（魚）；（三國－42－1036－6）慮（魚）舉（魚）譽（魚）務（侯）；（三國－42－1036－1）扶（魚）區（侯）。

1・3・6 月部和諸多韻部合韻，如月脂、祭月、德月、月藥、月葉皆有合韻。

1・3・7 眞、文有多次合韻，本文認爲此期應該如同漢代一樣合併兩部，與其相對應的脂微兩部，亦同樣合併，如：（三國－42－1037－2）倫、仁；（三國－42－1036－12）春、陳；（三國－42－1036－9）民、春、典、文、醇、眞；（三國－45－1080－12）綏、威、夷；（三國－45－1081－5）衰、諮、機。

1・3・8 耕部和陽、冬、蒸、東皆有合韻，但這未必體現了方音的特點，應該是幾者的韻尾相同而互押之故。

1・3・9 侵部和蒸、冬、文、眞皆有合韻，這應該體現了方音的特點，因爲這幾個韻部的韻尾不盡相同。

1・3・10 職、德有幾處合韻，可見二者分立後，卻仍藕斷絲連。

1・3・11 楊戲的韻文中「風」字仍和侵部字押韻：（三國－45－1080－11）風心（侵）。

2 · 秦晉方音

以首都長安爲中心的秦晉方言是漢代最重要的方言，它是當時共同語的基礎。周祖謨先生在《方言校箋‧自序》〔註19〕中也指出：「夏言應當是以晉語爲主的。因爲晉國立國在夏的舊邑，而且是一時的霸主；晉語在政治和文化上自然是佔優勢的。等到後來秦人強大起來，統一中夏以後，秦語和晉語又互相交融，到了西漢建都長安的時候，所承接下來的官話應當就是秦晉之間的語言了。」據李恕豪先生統計，在《方言》中「秦」出現了 109 次，「晉」在《方言》中出現了 107 次，可以看出數字比例之高，因此秦晉作爲一個大的方言區的理由是充分的。〔註20〕因此秦方言是秦晉方言的核心，晉方言和梁益方言都受到了秦方言很大程度的影響。

張維佳先生在《演化與競爭：關中方言音韻結構的變遷》一書中也指出：「西漢仍建都關中，這一帶的社會經濟又有了長足進步。路政建設發展迅速，當時有潼關、武關、蕭關、隴關、陳倉、褒斜、倘駱、子午、直道、蒲津等10 條主要幹道，形成以長安城爲中心通往全國各大都市的交通網。……西漢時期在今陝西境內設有 83 個縣，其中多數在關中地區，人口達 82 萬餘戶，315 萬人。僅長安城就居住著 80800 戶，246200 人，占當時關中人口的 1／10。漢代，秦方言也有很大發展，隨著政治經濟勢力的北上，秦晉這兩個有一定差異的方言到此時已融合成一個方言，作爲當時『通語』的基礎方言。……東漢以後，社會大動亂給秦晉方言帶來較大衝擊。一方面，隨著政治、經濟、文化中心的東移（或南遷），秦晉方言作爲「通語」的基礎方言的地位也漸漸爲汴洛中州方言所代替。」〔註21〕從這段話中可以看出，關中是周民族的故土，是周文化的發源地，從周、秦到漢，一直是重要的政治中心，有古老的文化和發達的農業和工商業。由於關中是漢王朝的政治中心，因此秦方言必然是當時最重要的方言，是通語的基礎。由此可見秦晉方言的崛起是必然的。

秦代小篆的通行，消滅了文字的各種異形現象，使得書同文的主張得以實行，這也推動了秦方言在秦代和西漢時期佔據統治的地位。秦晉在語言上有聯

〔註19〕《方言校箋及通檢》，科學出版社，1956。

〔註20〕揚雄《方言》與方言地理學研究，成都：巴蜀書社，2003。

〔註21〕西安：陝西人民出版社，2005，4 頁。

繫，而不是不同的方言。在幾百年的密切交往中，特別是商鞅提出招三晉之民到秦地和秦有計劃地向晉地移民，這種交往加強了。促進了秦晉這兩個方言的匯合。秦的中心地區在渭水流域，晉的中心地區在今山西省西南部。秦晉隴冀梁益在漢代可以看作一個方言區。據《史記·廉頗藺相如列傳》記載「藺相如前曰：『趙王竊聞秦王善爲秦聲，請奏盆缻秦王，以相娛樂。』」由此可見「秦聲」的特點：擊缶、鼓盆。據《漢書·禮樂志》的記載，在漢樂府中有「秦、楚之謳」的「秦謳」。《藝文志》所記載的《左馮翊秦歌詩》和《京兆尹秦歌詩》也是「秦聲」的詩，只是我們看不到原文，無法揣測其用韻的特點。

2·1 先秦時期秦晉方言特點

先秦時期只有一例。而且是之部獨用，這個特點應該與官話的特點一致，因此這個例子無法揭露出此地不同於官話的方音特點。

2·2 西漢時期秦晉方言特點

西漢秦晉方言的韻例也不多，只能進行簡單地描述：

2·2·1 侵部既和眞部、文部的-n 合韻，也和耕部、東部的-ŋ 尾合韻。

2·2·2 之幽音近。

2·2·3 魚侯音近。

2·2·4 陽和耕有多次合韻。

2·2·5 東冬音近。並且東部和陽、蒸、耕、侵部多有合韻。

2·2·6 幽宵音近。

2·2·7 元月合韻。

2·3 東漢時期秦晉方言特點

東漢有許多作家都是陝西人。班彪、班固是扶風安陵人，傅毅、馬融是扶風茂陵人，馮衍、杜篤是京兆杜陵人。他們的作品數量很多，我們可以據此研究他們的作品有哪些方音特點。

2·3·1 東漢時侵部依然繼承了西漢的特點，既和-n 尾合韻，也和-ŋ 尾合韻。

2·3·2 西漢魚部包括麻韻字，東漢時期轉入歌部，但是班固的韻文中，麻韻仍然與魚部的字通押。如：奢（歌）、華（魚）（後漢書－28－994－8）；華（魚）、野（歌）（後漢書－40－1325－11）；武（歌）、雅（魚）（後漢書－

40－1363－6）。

2·3·3《研究》認爲：「陰聲韻之、幽、宵、魚四部元音比較接近。之、幽兩部各家都有通押的例子，但幽部字主要是尤韻字。」[註22]

我們來看一下之幽的離合指數：

	96	之	幽
之	47	21	20
幽	49	5	22

二者尚未合併。

本文未發現宵和幽或宵和魚的合韻例證，因此無法用統計法判斷它們的親疏關係。

2·3·4《研究》指出：「脂部與之部很少通押。脂部的去聲字則跟祭部通押。這些跟祭部通押的例子基本上都是屬於《詩經》音微部的字。脂部去聲和祭部又都有跟入聲月部押韻的例子，班固、馬融是其代表。惟想脂部去聲跟祭部元音相近。」[註23]本文沒有找到之脂合韻或者脂祭合韻的例子，因此無法證明先生的觀點。但是脂部卻和微部有數次合韻，可見二者關係非淺。但由於脂獨用、微獨用的數字過少[註24]，無法利用統計法檢驗其關係。

2·3·5《研究》認爲：「侵部『風』字，大部分的例子都跟收-ŋ尾的冬、東、蒸三部字押韻，而與侵部本部字相押的很少。……由此可知『風』字韻尾收-ng，已轉入冬部。」[註25]本文發現三處韻語，如下：風、窮（後漢書－28－968－10）；風、崩（後漢書－28－987－3）；鍾、龍、瓏、從、容、雍、風（後漢書－40－1363－8）。確如先生所言，「風」未和侵部字通押。由此可見，秦晉方言中「風」字應爲-ŋ尾。

2·3·6《研究》指出：「『行京明』一類的字在西漢屬陽部，到東漢時一般都跟耕部字在一起押韻，可是有時還跟陽部字在一起押韻。馮衍、杜篤、

〔註22〕《研究》，97頁。

〔註23〕《研究》，98頁。

〔註24〕脂獨用1次，微獨用7次。

〔註25〕《研究》，100頁。

班固、馬融都如此。『行、京』兩個字幾乎游離於陽耕兩部之間，有時跟陽部字押，有時跟耕部字押，這正表示語音在轉變過程中所呈現的不穩定的現象。耕部字也有一些跟陽部通押的例子，足見陽、耕兩部音近。」〔註26〕

陽耕合韻在本文方音部分尚未發現，但是在通語中卻十分常見，與先生所言吻合。其實陽耕具有相同的韻尾，在一起通押是很稀鬆平常的事情，不一定都要認為屬於方音的現象。

2・3・7 真部與耕部相押者絕少，僅一見。而真部與元韻合韻者多一些，真文尤多，由此可見真文兩部音近。我們看一下真、元和真、文的離合指數：

2・3・7・1 真和元：

98	真	元
真	30	13	19
元	68	4	32

真元尚未合併。

2・3・7・2 真和文：

104	真	文
真	44	13	70
文	60	18	21

離合指數為 70，它介於 90 和 50 之間，這時我們要根據卡方檢驗來判斷真和文是分是合。下表為卡方檢驗的表格：

	真	文
真	13	4.401
文	18	21

陰影部分為其卡方值，即真文的卡方值為 4.401。此時，無論將檢驗水平定為 $\alpha = 0.025$、$\alpha = 0.05$ 或 $\alpha = 0.10$，卡方值都要小於這些分佈臨界值，因此真文

〔註26〕《研究》，100 頁。

應當合併爲一個韻部。

2・3・8《研究》：「入聲韻收-k 的幾部職、沃、屋、藥、鐸都互相通押，這是一個特點……質、月兩部收-t 的入聲韻，有時通押，但沒有跟收-k 的入聲韻相押的例子，足見-k、-t 兩類的分辨很嚴。」 〔註27〕本文的材料亦是如此。

2・3・9 魚和侯：

	72	魚	侯
魚	58	25	69
侯	14	8	3

離合指數爲 69，它介於 90 和 50 之間，這時我們要根據卡方檢驗來判斷魚和侯是分是合。下表爲卡方檢驗的表格：

	魚	侯
魚	25	3.041
侯	8	3

魚侯的卡方值爲 3.041。此時，無論將檢驗水平定爲 $\alpha = 0.025$、$\alpha = 0.05$ 或 $\alpha = 0.10$，卡方值都要小於這些分佈臨界值，魚侯應當合併爲一個韻部。

2・3・10 祭和月：

	50	祭	月
祭	12	1	107
月	38	10	14

很明顯，二部應該合併。

小結

（1）魚、歌兩部相押較多。

（2）侵部「風」字韻尾爲-ŋ，侵部其它字跟眞部音近。

（3）收-k 的字可以相互通押，收-p 的字也可以跟收-k 的字相押，但收-k

〔註27〕《研究》，100 頁。

和收-p 的字不跟收-t 的通押。

（4）之幽尚未合併。

（5）脂微音值十分接近。

（6）眞元分立，眞文卻合併。

（7）魚侯合併。

（8）祭月合併。

2‧4 秦蜀方言的相同之處

2‧4‧1 之幽音近，卻未合併。

2‧4‧2 脂微的關係非淺。

2‧4‧3 眞文合併、月祭合併。

2‧5 秦蜀方言的不同之處

2‧5‧1 蜀方言中，侵部爲-m 尾；而在秦方言，除了「風」字外，可能以-ŋ 收尾。

2‧5‧2 蜀方言中的魚部和侯部未合併，而在秦方言中已經合併。

2‧5‧3 蜀方言中幽宵音近，而在秦方言中未見。

2‧5‧4 蜀方言中月物、冬侵各自合併；而在秦方言中未見。

3‧周洛方音

3‧1 先秦周洛方音特點

先秦的穎川方音只有二例，且爲獨用，此應與官話的特點一致，因此這兩個例子無法揭露出此地不同於官話的方音特點。

3‧2 西漢周洛方音特點

西漢周洛的韻段數量也很少，因此這裡只能簡單地描述韻部之間的親疏關係。

3‧2‧1 侯冬音近。

3‧2‧2 眞文音近。

3‧2‧3 耕蒸音近。

3‧2‧4 之微音近。

3‧2‧5 東耕合韻兩次。

3‧2‧6 屋鐸音近。

3‧2‧7 脂微合韻兩次。

3‧2‧8 魚侯音近。

3‧2‧9 物覺音近。

3‧2‧10 質職合韻兩次。

3‧3 東漢周洛方音特點

考察後漢的南陽方音主要是依據張衡、蔡邕的韻文。張衡和蔡邕是東漢時的兩個重要作家，張衡是南陽西鄂人，蔡邕是陳留薪人。這兩個人的作品在押韻方面都相當的整齊謹嚴，而張衡尤其精密。

3‧3‧1《研究》認爲:「陰聲韻之、支、脂三部張衡分辨甚嚴，絕不通押，這是值得我們注意的一項。其次，之幽兩部通押和之魚兩部通押在班彪、班固、馮衍的作品裏都有這種例子，可是在張衡的作品裏絕不通押」〔註28〕本文的材料也證明了先生的觀點。

3‧3‧2「魚部在西漢時代包括麻韻字，在東漢時代魚部麻韻字則轉入歌部。張衡押韻，麻韻字平聲都與歌部相押，而上聲字則與魚部字相押，蔡邕則麻韻字一律跟歌部相押。」〔註29〕歌魚、魚宵通押的例子，在本文的方音中沒有發現，因此無法證明先生的觀點。

3‧3‧3 幽部的尤韻字轉入之部，如:是（之）之（之）思（之）尤（幽）（60-1986-4）。之幽有多次合韻，下面看一下之幽的親疏關係:

128	之	幽
之	62	29	12
幽	66	4	31

二者尚未達到合併的程度。

3‧3‧4 魚和侯:

〔註28〕《研究》，103 頁。

〔註29〕《研究》，103 頁

	106	魚	侯
魚	90	40	72
侯	16	10	3

離合指數爲 72，它介於 90 和 50 之間，這時我們要根據卡方檢驗來判斷魚和侯是分是合。下表爲卡方檢驗的表格：

	魚	侯
魚	40	3.691
侯	10	3

魚侯的卡方值爲 3.691。此時，無論將檢驗水平定爲 $\alpha=0.025$、$\alpha=0.05$ 或 $\alpha=0.10$，卡方值都要小於這些分佈臨界值，因此魚侯應當合併爲一個韻部。

3・3・5 眞和文：

	46	眞	文
眞	21	9	25
文	25	3	11

二者尚未合併。

3・3・6 月和祭：

	80	月	祭
月	62	30	77
祭	18	8	2

離合指數爲 77，它介於 90 和 50 之間，這時我們要根據卡方檢驗來判斷祭和月是分是合。下表爲卡方檢驗的表格：

	月	祭
月	30	1.861
祭	8	2

祭月的卡方值爲 1.861。此時，無論將檢驗水平定爲 α ＝ 0.025、α ＝ 0.05 或 α ＝ 0.10，卡方值都要小於這些分佈臨界值，因此祭月應當合併爲一個韻部。

3・3・7 眞和元：

	94	眞	元
眞	20	9	12
元	74	2	36

二者尚未合併。

3・3・8 幽和宵：

	80	幽	宵
幽	65	31	24
宵	15	3	6

二者尚未合併。

3・3・9 「風」字與-ŋ 字合韻，如：終（冬）徵（蒸）風（冬）（後漢書－80－2642－9）

小結

①之支脂分用不混。②幽部尤韻字轉入之部。③魚侯合併。④祭月合併。⑤眞文、眞元音近。⑥幽宵音近。

3・4 三國周洛方音特點

本期的韻例很少，我們只能做簡單地描述：

3・4・1 幽宵有兩次合韻；

3・4・2 德部和錫部、職部皆有合韻；

3・4・3 之質合韻；

3・4・4 魚部和歌部、屋部皆有合韻；

3・4・5 物質合韻。

3・5 小　結

3・5・1 周洛、蜀、秦晉方音三者的共同點是：眞部和元部的音值都非常

接近。

3‧5‧2 周洛與蜀、秦晉方音的不同之處在於：周洛眞文尙未合併，而蜀、秦晉已經合併。

4‧海岱方音

漢初，潁川人晁錯跟濟南人伏生學習儒家經典，齊人的語言，十之二三他都聽不懂。〔註30〕由此可見，齊語當時有其特殊的語音。《索隱》也道：「謂其語音及名物異於楚魏。」可見齊語與中原一帶的語言歧異很大，互相之間很難通話。齊語在今山東半島，據《史記》的有關材料，甚至可以劃定齊語的邊界線。《史記‧齊悼惠王世家》：「高祖六年，立肥爲齊王，食七十城，諸民能齊言者皆予齊王。」此七十城，即漢初臨淄、濟北、博陽、城陽、膠東、膠西、琅邪七郡之地。相當於今山東巨野以東即墨一帶。這七郡之地就是齊語的分佈區。

4‧1 先秦齊方音的特點

只有兩例獨用，由此二例看來，前四史中先秦的齊地方音與官話的特點一致，因此這兩個例子無法揭露出此地不同於官話的方音特點。

4‧2 西漢齊方音的特點

4‧2‧1《禮記‧中庸》鄭玄有注曰：「齊人言殷聲如衣。」這就說明了陽聲韻文部中的某些字，在齊魯青徐之間和微部字讀一個音，即文部字沒有韻尾輔音-n。本文例子如下：（漢書－65－2858－3）刃（文）文（文）帷（微）準（文）。由此也可推斷出齊方言的顯著特點：眞、文、元、耕等部的字和之、脂、支、微等部的字存在著顯著的陰陽對轉關係。

4‧2‧2《研究》認爲「兄、羹、彭、行」等字在東漢時期一般皆讀入耕部。〔註31〕本文發現了「兄」和「行」的例子，如：（漢書－73－3111－4）兄、兄、形（耕）聲（耕）京（陽）（漢書－58－2617－7）行、聽（耕）；「羹」的例證卻沒有發現；「彭」卻只有和東部、陽部合韻的例證，如：（漢書－73－3101－3）荒（陽）、邦（東）、商（陽）、彭、光（陽）、同（東）、邦（東）。

〔註30〕《漢書》卷八十九

〔註31〕《研究》，112 頁。

4・2・3　眞元兩部的元音非常接近。但由於眞部獨用只有一次，無法利用統計法來判斷其是否合併，這裡只能存疑了。

4・2・4　陽和耕：

	74	陽	耕
陽	36	15	32
耕	38	6	16

二者音近，卻尚未合併。

4・2・5　魚和侯：

	72	魚	侯
魚	58	24	87
侯	14	10	2

離合指數爲 87，它介於 90 和 50 之間，這時我們要根據卡方檢驗來判斷魚和侯是分是合。下表爲卡方檢驗的表格：

	魚	侯
魚	24	0.462
侯	10	2

陰影部分爲其卡方值，即魚侯的卡方值爲 0.462。此時，無論將檢驗水平定爲 $\alpha = 0.025$、$\alpha = 0.05$ 或 $\alpha = 0.10$，卡方值都要小於這些分佈臨界值，因此魚侯應當合併爲一個韻部。需要指出，本統計的侯部獨用數字過小，有可能會影響結果。

4・2・6　魚和鐸：

	84	魚	鐸
魚	60	24	69
鐸	24	12	6

離合指數為 69，它介於 90 和 50 之間，這時我們要根據卡方檢驗來判斷魚和鐸是分是合。下表為卡方檢驗的表格：

	魚	鐸
魚	24	3.78
鐸	12	6

陰影部分為其卡方值，即魚鐸的卡方值為 3.78。此時，無論將檢驗水平定為 α = 0.025、α = 0.05 或 α = 0.10，卡方值都要小於這些分佈臨界值，因此魚鐸應當合併為一個韻部。陰聲韻和入聲韻合併，這種情況很是罕見。本文發現，和魚部合韻的鐸部字，多為中古的暮韻字，可能暮韻字在西漢齊方音中已經和魚部字混同，而除去中古暮韻字的鐸部字，依然獨立。

4·2·7 在王吉的韻文中發現一例「風」字用韻：（漢書－72－3060－1）盛（耕）風，可見與-ŋ 近。

4·3 東漢齊方音的特點

東漢時期的合韻韻例不多，因此無法清晰地反映出東漢時期魯地方音的特點，我們只對其進行簡單地描述。

4·3·1 之部和月部、微部有合韻。

4·3·2 真部和元部有多次合韻，這繼承了前代的特點。此外真部還和文部、耕部合韻。

4·3·3 元部和宵部的主元音接近甚至相同。

4·3·4 魚侯有 2 次合韻，這點傳承了西漢齊方音的特點。

4·3·5 微歌音近。

4·3·6 錫耕音近。

4·3·7 幽覺音近。

4·3·8 「風」字與-ŋ 近，如：風、鴻（後漢書－49－1644－10）。此亦傳承西漢齊方音的特點。

5·楚方音

詩經時代的「楚」的地域應該是漢水和長江中游地區，《楚辭》所使用的

就很可能是當時當地的一種混合的語言。那西漢時代的「楚」指的是哪些地區呢？

　　張正明先生在《楚文化史》〔註32〕中指出，關於楚，需要做一個很重要的區分。那就是區分作爲西漢方言區的楚和作爲周代國名的楚。作爲國名，楚的範圍很大，極盛時期，「其境北接汝穎，南接衡湘，西連巴，東並吳。方城帶其內，長江梗其中，漢水、淮水、沅、湘之屬，迄其上下」。〔註33〕其「跨地十二省，占縣四百三十餘。東臨海，南界越、揚越、西南夷，西界夷、秦，北界韓、魏、宋、齊。於此楚地之廣幾同餘國，實爲當時無與倫比之第一大國，此亦即爲其全盛時代」〔註34〕而作爲漢代方言的「楚」的範圍，至少要減去楚國南邊的南楚地區、東南的吳越地區以及東北的的海岱地區。因此西漢時期的楚方言，就其面積而言要大大地小於戰國時期的楚的疆域。史書中所見的「楚」，多指漢代的楚方言。楚的中心地區在今湖北省的中部，江漢平原一帶。

　　楚方言的影響勢力無疑是僅次於秦晉方言，這不僅與戰國時代楚國的強國地位有關，更重要的則是因爲漢代文化的主流實際上是楚文化。西漢建都長安，雖然其主導語言的基礎音系必定會承襲周秦的雅言，但楚人的文化處於上昇的趨勢，這樣它一定會佔據一席之地。《說文解字》的方言材料中提到次數最多的是「楚」，其次才是「秦」，再次是「齊」。

　　「楚聲」在漢代音樂中的特殊地位，是與漢代統治階級重視與偏愛「楚聲」分不開的，從楚漢相爭時期的《霸王別姬》、《四面楚歌》到劉邦建立漢王朝時的《大風歌》；從漢武帝劉徹的《匏子歌》、《秋風辭》到東漢末年劉辯的《弘農王悲歌》，都受到楚聲歌體的直接影響，這些作品的形式大都屬於楚辭體。《史記・項羽本紀》載：「項王軍壁垓下，兵少食盡，漢軍及諸侯圍之數重。夜聞漢軍四面皆楚歌，項王乃大驚曰：『漢已皆得楚乎？是何楚人之多也』！」東漢應劭注曰：「楚歌者，謂『雞鳴歌』也。」這段記載說明了「楚歌」即楚地流傳的山歌。這裡所說的「楚」，是指「項羽自立爲西楚霸王，王

〔註32〕上海人民出版社，1987。

〔註33〕姜亮夫，《楚辭學論文集》，上海古籍出版社，1984，第205頁。

〔註34〕姜亮夫，《楚辭學論文集》，上海古籍出版社，1984，第207頁。

九郡，都彭城」的楚，其中心則是項羽、劉邦的故鄉。因此，項羽聞聽的「四面楚歌」是指楚地的民歌，只有這種歌，才能對蓋世英雄產生震懾魂魄的作用，使項羽大軍潰敗，英雄自刎烏江，成為驚天地、泣鬼神的歷史事件。漢高祖劉邦的幾個夫人更是通楚聲、善楚舞。如唐山夫人所作的《漢安世房中樂》「十六章皆楚聲」〔註35〕。慎夫人善鼓瑟，而「瑟」正是楚國的樂器。高祖曾對戚夫人曰：「汝且為我作楚舞，我為汝作楚歌。」戚姬飄揚翠袖，輕盈回舞。高祖唱道：「鴻鵠高飛，一舉千里。羽翼已就，橫絕四海。橫絕四海，當可奈何抬雖有繒繳，尚安所施抬歌罷復歌，迴環數四，音調悽愴」。而這種載歌載舞的表現形式也正是楚風的原始風貌。

《世說新語·輕詆篇》〔註36〕：「人問：『見諸王何如？』答曰：『見一群白領鳥，但聞喚啞啞聲。』」因為聽不懂楚語，所以中原人譏諷楚語為鳥叫。由此也可以看出，楚語在當時的語音和中原地區的語音差異非常大，因此我們有必要考究其特點。

5·1 判斷楚方言的方法

5·1·1 楚國有幾個常用的方言虛字，幾乎成了楚辭語言形式上的重要標誌。如「兮」、「猗」字，讀起來常有一種悲楚淒厲之感，形成楚辭特有的韻調，可說成了楚辭外部形式的標誌。「兮」字意為「啊」，卻讀如「侯」。《史記·樂書》中記載：「高祖過沛，詩三侯之章」。《史記·索隱》稱：「沛詩有三兮，故云三侯也。」其實這種現象在《詩經》中就已經體現出來了，《周南》中的《葛覃》、《螽斯》、《麟之趾》三詩中經常使用「兮」字。不僅《詩經》中有「兮」字，即使是楚地哲學著作——老子的《道德經》中也多次使用「兮」字。今史書存之楚歌如「大風起兮雲飛揚」等等。由此我們可以發現，「兮」代表了語音的稽留和遲緩、停頓。因此，楚辭有多用「兮」字的特點。從音樂上看，這主要反映了節奏舒緩，多用襯腔與應和之聲。

因此，我們便得知楚民歌多使用「兮」、「猗」等語助詞。「兮」的運用具有楚地民歌的語言特色，對後來楚辭的創作，顯然有著直接的影響。這個特點對於我們尋找楚歌的韻例也有直接的指導作用，例如：《史記》所載的項羽

〔註35〕 《禮樂志》。

〔註36〕 劉義慶，世說新語箋疏，余嘉錫撰，周祖謨、余淑宜整理，中華書局，1983。

垓下歌、劉邦大風歌、趙王友歌，《漢書》所載李陵歌、燕王劉旦歌、華容夫
人歌、廣陵王劉胥歌皆爲騷體歌。

5‧1‧2 句句用韻是楚歌的特徵。但此規律並不可絕對。

5‧1‧3 一般而言，楚歌的結構包括：正歌、少歌、倡、亂相結合的結構，
來源於器樂與人聲的結合。

5‧1‧4 楚歌一般有和聲伴唱。劉邦《大風歌》曾用一百二十名童子伴和
〔註37〕。西漢廣川王爲姬陶望卿所作歌，亦用「美人相和歌之」〔註38〕。這種
唱和的形式，是發祥於楚地而流行於中原地區的。

5‧1‧5 魏晉時期的楚歌謠大部分也是產生於吳楚地區。魏晉歌謠的特點
是清新短小，多三言、五言或三、七言結合的形式。例如《三國志‧吳書‧
陸凱傳》和《諸葛恪傳》所載的兩首謠歌辭：「寧飲建業水，不食武昌魚。寧
還建業死，不止武昌居。」「諸葛恪，何若若。蘆葦單衣篾勾落，於何相求成
子閣。」〔註39〕這就是「三三七」體。

5‧1‧6 楚歌的聲調特點

蕭統在解釋左思《吳都賦》時曾說道：「羅金石與絲竹，若鈞天之下陳。
登東歌，操南音，胤《陽阿》，詠《躰》《任》。荊豔楚舞，吳愉越吟，翕習容
裔，靡靡愔愔。」〔註40〕李善在給《文選》作注的時候，曾對「南音，徵引也，
南國之音也。」進行了解釋：「南音，徵引也，南國之音也。《左氏傳》曰：『鍾
儀在晉，使與之琴，操南音。』商、角、徵、羽各有引，鍾儀楚人，思在楚，
故操南音。《呂氏春秋》曰：『禹行水，見塗山之女，未之遇而南省南土，塗
山之女乃令其妾往候禹於塗山之陽，女乃作歌曰：候人猗兮！實始作爲南
音』。」〔註41〕可見，「南音」即楚音，所以「徵調」就是楚音的特點。然而「徵
調」到底指的是什麼呢？它和楚音有什麼樣的關係呢？可見弄清「徵調」的
性質對於瞭解楚音的特點有直接的幫助。

〔註37〕《史記‧高祖本紀》。

〔註38〕《漢書‧廣川惠王越轉》。

〔註39〕「何若若」三字原本無，這是根據《晉書》所補出的，這使得其能完整的合轍押
　　　　韻。

〔註40〕梁‧蕭統，《文選‧卷五》，北京：中華書局 1977，93 頁。

〔註41〕梁‧蕭統，《文選‧卷五》，北京：中華書局 1977，93 頁。

在四聲被發現之前，古人已經有「五聲」的說法了。其名稱就是「宮商角徵羽」。這原本是古樂中的名詞術語，以此五字代表五個音階。齊梁以前音韻學上所謂的「五聲」是指什麼呢？古人已經不能十分瞭解了。

一種意見是認為五聲就是四聲。北齊李季節道：「竊謂宮商角徵羽，即四聲也。」〔註42〕他是根據《周禮·春宮·大司樂》中的一段話推導出來的。他認為「商」和「宮」同聲，代表平聲；「徵」代表上聲；「羽」讀「王遇切」，代表去聲；「角」代表入聲。陳澧在《切韻考》卷六中認為：「古無平上去入之名，借宮商角徵羽以名之。」陳澧的說法，影響很大，後人多從之。

另一種意見是認為「五聲」是指五個聲調。何九盈先生認為五聲也是指五個聲調。在漢魏六朝時期，可能某個方言中有五個聲調。宮表陰平，商表陽平，角表入聲，徵表上聲，羽表去聲。〔註43〕葛毅卿先生在《隋唐音研究》中也認為：「可知平聲的音高確是宮聲，入聲的音高確是角聲……可以說上聲相當於徵聲，去聲相當於羽聲，但不能說徵聲等於上聲，羽聲等於去聲。」〔註44〕

第三種意見是五音和四聲無法準確對應。張世祿先生在《中國音韻學史》〔註45〕中認為：「四聲和五音原來並非名異實同。不過，最初借用五音來區分字調，以及對於字調的觀察，並不認為是單純的音調變化的關係；或且把韻部的分析也包含在五音的理論當中。」可見，張先生認為，五音的涵義比四聲要廣泛許多。崔樞華先生在《中古漢語聲調四分法解析》中認為「五音和四聲是兩個既關聯又相區別的概念：兩者雖然都具有分析相對音高的性質，但是五音適用於分析音樂，四聲適用於分析語音；五音的相對音高都是單一的，既經確定之後不允許再有高低的變化，聲調中某些調類本身就要求音高有所變化（例如現代漢語普通話中的第二、三、四聲）……這兩者之間並沒有也不可能有嚴格的對應關係，那種所謂「宮商為平聲，徵為上聲，羽為去聲，角為入聲」的說法實際上是一種很生硬的比附。聲調雖可以用五音來比況，卻不能利用五音作具體的描寫。」

關於五音的問題實際上較為複雜，原因在於《聲類》、《韻集》均已散逸，

〔註42〕《文鏡秘府論》，13頁。

〔註43〕何九盈，中國古代語言學史，廣東教育出版社，2005。

〔註44〕葛毅卿，《隋唐音研究》，南師大出版社，2003，409頁。

〔註45〕張世祿，中國音韻學史，商務印書館，1938。

這樣就無法考證五音的具體內容。但是本文傾向於認同「徵爲上聲」的觀點。「徵調」爲上聲。「上聲高呼猛烈強」，這很符合楚歌的形式特點。由此楚音能夠傳達迂緩舒長、哀婉淒清、悲怨明切的感情特色，並且氣勢磅礴，能夠觸動人們的情緒。如：（漢書－48－2228－2）我可（漢書－29－1682－8）滿緩（史記－55－2047－6）裏海（史記－24－1178－4）下赭（史記－84－2487－5）鄙改（史記－84－2487－5）下舞，等等。

此規律應該只可作爲佐證。

5·2 考察楚方言的材料

5·2·1 楚歌

楚歌，即楚地傳唱的歌詩。《史記·留侯世家》載：「爲我楚舞，我爲若楚歌。」〔註46〕用宋人黃伯思《東觀餘論》〔註47〕的話說就是「書楚語，作楚聲，名楚物，記楚事」均可稱之爲楚歌，其形式並不固定。在先秦，楚歌的最典型代表非《楚辭》莫屬。由此也可看出楚歌的形式特點，即句式比較自由，多用「兮」字等等。

漢代立國之後，社會由戰亂轉爲安定，農業獲得了穩定發展，國力不斷增強。與此伴隨的是文化事業的再度繁榮。這種形式到了漢代達到了顛峰，因爲項羽、劉邦均爲楚人，二人均喜歡楚樂。劉邦的家鄉話沛方言就屬於楚方言。劉邦對沛父兄說：「其以沛爲朕湯沐邑。」〔註48〕裴駰《集解》引《風俗通義》說：「沛人語初發聲皆言『其』。其者，楚言也。」從劉邦的兒子趙王劉友，到雄才大略的漢武帝，無不唱楚歌。不僅帝王皇室好作楚歌，武將大臣也熟悉楚調。李陵與蘇武身陷匈奴，漢朝請求放還，匈奴准許蘇武歸漢。蘇武將行，李陵置酒送別：「異域之人，一別長絕」〔註49〕，起舞而楚歌。他們將自己的喜怒哀樂和各種審美感受付諸於文字之時，便自覺不自覺地採用了《楚辭》所代表的文學樣式，從而創造出漢代文壇獨具風貌的特點。考察楚方言的材料，差不多都是出於楚國統治階級之手，楚方言反映的基本上就是楚國貴族的語言。

〔註46〕鴻鵠歌。

〔註47〕黃伯思，東觀餘論，天津：百花文藝出版社，1996。

〔註48〕《史記·高祖本紀》卷八。

〔註49〕《漢書·蘇武傳》。

5·2·2 騷體詩賦

張松如先生在《中國詩歌史－先秦兩漢部分》〔註50〕中指出：漢賦是源於楚騷的。這就意味著漢賦是由楚賦演變而來的。而西漢時期，特別是前期的作者中，楚人的數量居多，如陸賈、枚乘、嚴助、朱買臣及劉氏宗室劉安、劉德、劉向等，皆爲舊時楚地之人。其餘有些人的籍貫雖非楚地，創作亦模仿楚體。這除了朝廷之尚楚聲外，也由於戰國之賦唯楚地獨盛。由此也可以看出漢賦的繁榮與楚聲之盛行有著密切的關係。以漢代作家而論，他們賦的特點是，大多採用楚辭的形式，作品的抒情主人公也多爲屈原，並且模仿屈原的語氣。這就使得賦自然而然地帶有楚音的特點。

漢初詩壇，繼承著楚辭傳統的騷體詩成爲主體是極其自然的。騷體詩就是專門指漢代及其以後詩人仿照先秦的騷體的作品。漢代剛剛建立，其去楚未遠，屈原、宋玉的影響仍然很深，當時的詩人們多以楚辭作爲臨摹的範本，以此抒發自己的情懷和主張，由此產生了一批騷體詩，如賈誼的《弔屈原賦》、《鵬鳥賦》，嚴忌的《哀時命》，淮南小山的《招隱士》，漢武帝之後，又有司馬相如的《長門賦》、《哀二時賦》，東方朔的《七諫》，王褒的《九懷》，劉向的《九歎》等等。這樣看來，騷體詩在體制上與漢賦是不同的，騷體詩和楚辭的關係更近一些，騷體詩的體制和辭藻、句式多從楚辭中取材。基本句式多取材於楚辭的成例，缺少變化。六言爲主，奇句句末用「兮」字；五言、六言爲主，則每句中用「兮」字；四言爲主，則偶句句末用「兮」字。因此這部分騷體的賦和詩中的韻語，也是我們研究楚方言的重要語料。

騷體詩的主要特點就是抒情。表達方式是不借助問答而直接陳述，通篇用韻。而且多有亂辭。按照時代的發展來看，可以將騷體詩分爲三個階段：

第一個階段由西漢建立至漢武帝即位前；第二個階段由漢武帝即位至西漢末；第三個階段爲東漢時期。第一個階段，去楚未遠，楚騷的影響相當濃重，因此在詩壇上形成了騷體詩一枝獨秀的局面。其主要作者有賈誼、嚴忌以及化名爲「淮南小山」的淮南王的一批門客。在形式上是全面繼承楚辭傳統，主要內容是以「弔」、「哀」、「招」屈原爲名，藉以闡發自己的遭遇，如賈誼的《弔屈原賦》。這一階段的楚騷作品皆可用來研究楚地方音。第二個階段去楚漸遠。司馬相如的《長門賦》、《哀二時賦》，東方朔的《七諫》，王褒

〔註50〕吉林大學出版社，1988，7。

的《九懷》、《洞簫賦》，劉向的《九歎》，揚雄的《反離騷》、《太玄賦》，董仲舒的《士不遇賦》，司馬遷的《悲士不遇賦》，漢武帝的《悼李夫人賦》等等依然保持著楚騷的形貌。因此第二階段的詩賦，我們可以甄選部分作品用來研究楚地方言。第三個階段，去楚已遠。這個時候的騷體詩是否再沿用楚地之韻，就不好判斷了。代表作家有班固的《北征賦》，班昭的《東征賦》，張衡的《思玄賦》，蔡邕的《述行賦》等等。因此這部分材料我們應該慎用或基本不用。

史書中的騷體詩賦作品如下：李陵《別歌》，劉邦《大風歌》，劉友《幽歌》，劉徹《瓠子歌》、《秋風辭》、《天馬歌》、《西極天馬歌》、《思奉車子侯歌》，淮南王劉安《八公操》，梁鴻《五噫》，張衡《四愁》，漢武帝《秋風辭》，劉弗陵《黃鵠歌》，燕王劉旦《歸空城》，烏孫公主細君《悲愁歌》，靈帝劉宏《招商歌》，劉辨《悲歌》，唐姬《起舞歌》，枚乘《七發》，司馬相如《美人賦》，東方朔《嗟伯夷》，李陵《別歌》，梁鴻《適吳詩》、《思友詩》，班固《東都賦》的《寶鼎詩》、《白稚詩》和《漢頌》的《論功歌詩》，崔駰《安封侯詩》，傅毅《七激》等等。

5‧3 楚方音的特點

5‧3‧1 先秦楚方音的特點

先秦楚地的韻例不多，只能對其進行簡單地描述。

①魚陽有合韻例。

②物部和月部、質部有合韻例。

③之部和質部、月部分別合韻。

④鐸部的暮韻字只和魚部字合韻，如：（史記－84－2488－3）故（魚暮）慕（鐸暮）；（史記－84－2489－2）暮（鐸暮）故（魚暮）；（史記－84－2490－2）錯（鐸暮）懼（魚遇）。

⑤東冬有合韻例。

⑥質職有合韻例。

5‧3‧2 西漢楚方音的特點

5‧3‧2‧1《研究》認為東冬合為一部，在西漢韻文中是一個特點。〔註51〕

〔註51〕《研究》，79頁。

這一點董同龢先生也曾經討論過。〔註52〕本文東獨用 5 次，冬獨用 1 次，東冬合韻 2 次，數字太少，無法利用統計法證明，但本文還是贊同先生的觀點。

5‧3‧2‧2《研究》指出：「脂微，眞文，質術，各分為二，也是一個特點。質部字與術部字沒有相押的例子，界限很分明；眞文兩部雖有通押的例子，可是眞部字很少與元部字通押，文部字絕不與耕部字通押，而眞與耕通押者有二十七八處之多，文與元通押者有七處，這就是眞文兩部很大的分野。至於脂、微兩部，平聲字雖有少數通押的例子，可是上去聲分別很清楚，根據材料也應當分為兩部。這樣陰陽入三聲恰好是相應的。」〔註53〕

用本文的材料來證明一下先生的觀點：①本文尚未發現脂部的獨用例，只發現微獨用 4 例，脂微合韻 1 例，因此無法利用統計法證明其關係。②眞部在西漢獨用 5 次，文部獨用 2 次，眞文合韻 3 次，其次數過少，也無法使用統計法，但僅憑數字，我們也可以看出其關係之密。③未發現質、術合韻的例子。④我們倒是發現了眞、元合韻的例子，與先生所言相同，次數不多。⑤文部確實不和耕部合韻。眞部和耕部合韻 3 次，眞文合韻 3 次，文侵也有合韻，但未發現文元合韻。楚方言耕、眞音近，董同龢先生、羅常培、周祖謨先生都曾討論過這個問題。

5‧3‧2‧3 陽、東兩部的主要元音應該相近，耕、眞兩部的元音也一定很相近。

5‧3‧2‧4「風」字和東部字押韻，如：（漢書－36－1933－2）風（冬東合三平）訟（東用合三去），由此可以看出二者語音的接近。因此在楚方音中「風」字應該接近-ŋ 尾。

5‧3‧2‧5 冬部獨立傾向很明顯。未發現冬、侵合韻的例子，可見當時冬侵分得很清楚。

5‧3‧2‧6 傳承了前代的特點，魚鐸仍有多次合韻，但由於鐸部獨用只有 1 例，無法用統計法證明其關係。

5‧3‧2‧7 月祭合韻三次。

5‧3‧2‧8 之幽有多次合韻，我們用統計法看看它們的關係：

〔註52〕董同龢，與高本漢先生商榷「自由押韻」說兼論上古楚方音特色，國立中央研究院歷史語言研究所集刊，商務印書館，中華民國二十四年十月初版第十三本。

〔註53〕《研究》，79 頁。

	64	之	幽
之	33	13	43
幽	31	7	12

二部當分

5.3.2.9 魚侯合韻 13 次，由於侯部獨用只有 1 次，這樣就無法使用統計法，但是從合韻數字的比例來說，魚侯是應該合併的。李玉先生的研究也表明漢代魚、侯兩部在楚方言裏趨於合流。〔註54〕

5.3.2.10 之和職：

	144	之	職
之	29	13	12
職	115	3	56

二者尚未合併。

5.3.2.11 關於歌、支的分合問題，虞萬里先生有一種看法：「在研究上古音歌支兩個韻部時，可將地域分爲周鄭音系和楚辭音系。周秦之時，周鄭音系歌部音和支部音絕然分讀，而楚地則將歌部音讀成支部音。西漢之際，歌支音讀雖然大致如周秦，但楚地文人輩出和文化勃興，爲以後歌部中的一部分字流入支部創造了條件。到了東漢，由於政治、經濟、文化等多方面的因素，歌部中的一部分字受了楚音的支配，流向支部，而這時反切的產生，也促進了這個音變的過程。晉朝的建立，政治中心和文化中心又回覆轉移到周鄭音系區域，它使得餘下的一些歌部字的向支部同化受到遏止。」〔註55〕虞萬里先生還認爲：「西漢時期的歌支合用只局限於司馬相如、揚雄、王褒、劉向、東方朔、枚乘、劉勝等人的詩文中。司馬、揚、王三人都是蜀郡人。從他們整個用韻情況來看，多與《楚辭》相同。因此可知，蜀郡的音系與楚辭音系大致是相近的，至少在歌支音讀上是一樣的。」〔註56〕但是根據我們的研究，兩漢時期楚方音的歌支兩部應該是分立的，而蜀方音則截然相反，歌支合併，與虞萬里先生的觀點相左。

〔註54〕李玉，秦漢簡牘帛書音韻研究，當代中國出版社，1994。

〔註55〕虞萬里，從古方音看歌支的關係及其演變，275 頁。

〔註56〕虞萬里，從古方音看歌支的關係及其演變，276 頁。

5・3・2・12 覺、藥、屋、鐸這幾部也有多次合韻。本來東冬兩部已經合併，那麼其對應的入聲韻，也應該合併。但本文的例證不足以得出該結論，此處只好存疑了。

5・3・3 東漢楚方音的特點

東漢時期的楚地韻例過少，只有一例真文合韻：頓（文）恩（真）（後漢書－80－2614－10）。

這也就無需多說什麼了。

5・3・4 三國楚方音的特點

研究三國楚方音的主要是曹植的作品，但他的作品用韻十分的工整，出韻的韻例很少，由此判斷他的作品可能無法反映楚地的方音。這裡僅把幾個合韻例拿出來大體介紹一下：

①質部和月部、錫部有合韻。
②微部和脂部、物部有合韻。
③錫質合韻一例。
④真文合韻一例。
⑤魚屋合韻一例。
⑥東侵合韻一例。
⑦侯月合韻一例。

6・吳越方音

6・1 西漢吳越方音的特點

西漢時期的吳越方音的韻例過少，我們只能看出魚侯、文元、歌支、職物音近，但官話中也存在這種語音現象。古人的押韻不一定都非常嚴謹，我們只能從多數的例證來看當時語音的情況，有些特殊的例子，很難做出判斷。

6・2 東漢吳越方音的特點

6・2・1 東漢的例證更加少，根本無法看出其方音特點。但是我發現，枚乘和高彪都有文部和元部合韻的例子，可見此二部在吳越中的音應該是十分接近的。

6・2・2 真元、質脂的音值接近。但這種現象在吳地以外詩人作品中也能

見到。

6・3 三國吳越方音的特點

本期的合韻例依然非常少。

6・3・1 虞韻獨用。

6・3・2 東冬二部已混。二者皆具-ŋ 尾，音值較爲接近。如：（三國－65－1469－9）庸（東鐘合三平）隆（冬東合三平）中（冬東合三平）憑（蒸蒸開三平）風（冬東合三平）崇（冬東合三平）重（東鐘合三平）融（冬東合三平）。

6・3・3「尤」韻已經獨立，如：（三國－65－1469－12）尤、留。

7・趙魏方音

7・1 西漢趙魏方音特點

7・1・1 魚屋合韻兩次，可見其音值的接近。

7・1・2 侵部和眞部、耕部、緝部的關係較近，有數次合韻。而且「今」字出現的頻率非常高，例證如下：（漢書－56－2520－2）集（緝）今（侵）（漢書－56－2513－9）人（眞）今（侵）（漢書－56－2515－1）人（眞）今（侵）（漢書－56－2515－6）情（耕）今（侵）

7・1・3 幽部和宵部、侯部、歌部的關係較近，有數次合韻。

7・1・4 其它的如陽耕合韻、元文合韻、東冬合韻、侯屋合韻各爲一次。

7・2 東漢趙魏方音特點

7・2・1 東漢的趙魏方音，沿襲了西漢時期的特點，仍然發現了魚屋的合韻例，共有 5 韻次，足見其音之近似，但由於數值不大，無法利用統計法來判斷是否合併爲一個韻部，這裡只好存疑了。

7・2・2 脂微合韻僅一例，即：摧（微）微（微）遲（脂）違（微）機（微）（後漢書－80－2622－1）。「遲」字有可能在趙魏方音中從「脂」部轉移到了「微」部。

7・2・3 祭部和月部的合韻例增多，這在西漢是未曾見到的。如：制（祭）設（薛）滅（薛）（後漢書－52－1710－2）；制（祭）設（薛）（後漢書－52－1726－3）。

7・2・4 魚侯、之幽、眞文、眞元合韻亦如月祭兩部，如：許（魚）處

（魚）府（侯）武（魚）宇（魚）舞（魚）舉（魚）（後漢書－52－1706－4）；緒（魚）數（侯）（後漢書－52－1710－1）；軌（幽）齒（之）子（之）（後漢書－52－1706－8）；己（之）時（之）友（幽）（後漢書－52－1715－2）；門（文）人（眞）（後漢書－52－1709－3）；眞（眞）群（文）（後漢書－52－1709－4）；淵（眞）幹（元）源（元）（後漢書－52－1709－3）；官（元）賢（眞）（後漢書－52－1709－6）。

但官話中，魚侯、之幽、眞文、眞元的合韻也經常見到，所以這幾例未必可以反映趙魏的方音特點。

8・小　結

兩漢時期五大方言（齊、楚、周洛、秦晉、蜀）的對比表格 〔註57〕

韻部的特點	齊方言	楚方言	周洛方言	秦晉方言	蜀方言
1、幽和宵	分立	分立	音近	分立	音近
2、東和冬	分立	合併	分立	分立	合併
3、脂和微	分立	音近	分立	音近	合併
4、眞和文	分立	音近	音近	合併	合併
5、眞和元	音近	音近	音近	音近	音近
6、眞和耕	音近	音近	分立	分立	分立
7、「風」字的歸屬	多部	多部	多部	多部	侵部
8、月和祭	無例	音近	合併	合併	合併
9、之和幽	分立	音近	「尤」韻轉入之部	音近	音近
10、魚和鐸	合併	音近	分立	分立	分立
11、魚和侯	合併	合併	合併	合併	音近
12、冬和侵	分立	分立	分立	音近	合併
13、文和微	音近	分立	分立	分立	分立
14、陽和耕	音近	分立	分立	分立	分立
15、魚和歌	分立	分立	分立	音近	分立
16、歌和支	分立	分立	分立	分立	合併
17、歌和脂	分立	分立	分立	分立	音近
18、月和物	分立	分立	分立	分立	合併

〔註57〕趙魏、吳越的特點結論過少，這裡就忽略不計了。

第十一章　前四史的音系構擬

　　當我們回顧了傳統古音學在聲、韻、調三方面所取得的成果後，從中我們不難發現，清代古音學的學者們，多精於考證，但卻缺少審音的功力，顧炎武以直音來標注古音，至今受人非議；段玉裁雖分出支、脂、之三部，但卻無法瞭解其區別到底在何處。他們的成果皆以劃分聲類、韻部、調類為主，極少涉及音值。即使像戴震、章太炎等學者略有談及，但由於當時還沒有一套能用來準確標音的符號體系，因此很難構擬出準確的音值來。而我們今人卻可以憑藉一系列方法來構擬出古音音值，以此來彌補段玉裁至死也不知三部區別為何的遺憾了。

第一節　先秦音系的構擬

1・音位構擬的總原則

　　黃笑山先生在《語音史研究中的音位原則》[註1]中提出了五點音位構擬的原則：

　　①音近對補，有音位對立、變體音近、條件互補三個方面的內容。②符號可逆，所忽略的音值應是可據語音條件預知的，使音位的抽象得到更自然的語

〔註1〕音韻論叢，中國音韻學研究會，石家莊師範專科學校編，濟南：齊魯書社，2004。

音解釋。③經濟簡明，運用更少的規則，脈絡更清晰地解釋更多的音系表現和歷史音變。④類型普遍，在相當程度上符合語言音位系統的普遍類型和歷史演變的普遍規律。⑤總原則是，構擬的音位系統要具有比音值構擬更強的解釋力、更清晰的表述力。

在黃先生的基礎之上，結合本文的具體情況，我們提出自己的音系構擬原則：

1·1 經濟簡明。經濟簡明的關鍵是可以運用很少的符號和規則去解釋很多的文獻所反應出的語音特點，闡釋更多的歷史音變，它是科學中的簡單性原則。對於構擬而言，音系的元音、介音、韻尾等符號數量少，但能夠更清晰地反映出音系內部各音位的相互關係，能夠清晰簡明地說明歷史的演變，這是非常重要的。鄭張先生的上古音系只有六個元音，且無復元音，卻解釋了非常多的語音現象，因此本文的上古音系借鑒於此。

1·2 語感和諧是押韻的重要因素。元音方面，低元音比高元音的聽感區別力強，所以一些方言 in、iŋ 不能分而 an、aŋ 卻分得很清楚，因此上古眞、耕往往相通而元、陽極少相通。韻尾方面，舌根音比舌前音的聽覺區別力要強，所以中古的登 əŋ、冬 oŋ、東 uŋ 不能押韻。這意味著構擬音值時，必須考慮語感的和諧。

1·3 在音系構擬時要注重音位各個變體的歷史來源。任何一個音系都是前代音系歷史發展的結果，又是另一個音系演變的起點，所以構擬出的音，理論上應該是上下可以聯繫在一起，應該能夠說明它的來源以及怎樣過渡到下一個音系，要能解釋出上下音系之間的對應關係。對古代音系的音位分析與構擬，其目的就在於揭示歷史音系的面貌及其發展演變，弄清音系的源流，只有在構擬的時候充分考慮到音系的來源，這樣在表現歷史音系面貌時才有其合理性，在闡述歷史音變現象時才有足夠的解釋力。而前四史的語料歷經了先秦、西漢、東漢、三國、劉宋諸多時代，可以充分地看出音系各個要素的歷史來源。

1·4 要符合音變的規律：相同的語音在相同的條件下，不可能有不同的變化。或者說，相同的語音產生不同的變化，必然有不同的條件。

1·5 音近互補的原則。押韻可以顯示韻部的親疏關係，反映著語音的相似程度。所以用韻考察得到的韻部分立，可以證明其語音上的分立；韻部高頻的

合韻現象，也提供了語音相近的旁證。王力先生在《南北朝詩人用韻考》中也認爲：「我們不敢斷定凡相叶韻的字的主要元音必相同，但我們可以說，相叶韻的字比不相叶韻的字的主要元音一定近似些。例如支脂之三韻，依南北朝的韻文來看，脂之是一類，支獨成一類；當脂之同用的時候，支還是獨用的。因此，我們可斷定當時脂與之的元音必相同或甚相近，而支與之的距離必比脂與之的距離遠了許多……又如魚虞模三韻，依南北朝的韻文看來，虞模是一類，魚獨成一類；當虞模同用的時候，魚還是獨用的。因此，我們可斷定當時虞與模的元音必相同或甚相近，而魚與模的距離必比虞與模的距離遠了許多。」〔註2〕

　　1·6 構擬的音系是否符合一般語言的普遍類型，相當程度上決定了這個構擬的可信程度。比如，元音應該大致均勻而廣泛地分佈在元音幾何圖上，並且大多數是靠邊分佈的。多數元音系統的分佈模式是「三角形」的，這是語言增強區別性自然調節的結果。假如構擬的音系是一個極不平衡的系統，那就不符合普遍分佈的原則，不符合類型學的原理，這就值得懷疑了。下面看一下王力先生、李方桂先生和鄭張先生的元音分佈情況：

李方桂

王力

鄭張尚芳

〔註2〕 王力，《南北朝詩人用韻考》，王力語言學論文集，商務印書館，2001，第2頁。

2‧諸家上古音的構擬情況

2‧1 高本漢。其構擬見於《中上古漢語音韻綱要》。〔註3〕

高氏構擬的元音數量眾多，其短元音就有 14 個，且無主元音 i，重紐問題也尚無反應。陰聲韻部除了歌、魚、侯之外幾乎皆帶有濁塞音尾，脂、微以及少數歌部字有-r 尾。後代學者對高氏的體系修正頗多。

2‧2 董同龢。其構擬見於《上古音韻表稿》。〔註4〕

董先生構擬的元音數量最豐，有 20 個之多。他繼承了高本漢的介音系統，而且其符號錯綜複雜，讓人難以分辨，使得上古音接近於絕學。

2‧3 陸志韋。其構擬見於《古音說略》。〔註5〕

陸先生的系統有 13 個主元音，仍然十分繁瑣。但是陸志韋先生利用數理統計法計算了諧聲聲符的相遇次數，這種做法是客觀科學的，非常值得後人借鑒。

2‧4 王力

王力先生從《漢語史稿》開始就提出了自己的七元音主張，後經過《漢語音韻》、《同源字論》、《漢語語音史》的幾經修改，最後擬定為六元音：魚 a、歌 ai、幽 u、宵 o、侯 ɔ、之 ə。此外王力先生認為古無去聲，入聲元音分長短，去聲是由長入變來的。

2‧5 嚴學宭。其構擬見於《周秦古音結構體系（稿）》。〔註6〕

嚴先生構擬了七個主元音 ə、e、i、a、u、ɔ、o，各個元音又分鬆緊，陰聲韻帶有高本漢的 b、d、g。無元音性介音，一、二、四等無介音，合口用-w；三等有-j、-jw 介音。認為原始漢語並無聲調，後來由元音的鬆緊產生高低調，其作為一種伴隨現象而形成聲調。

〔註3〕《中上古漢語音韻綱要》Compendium of Phonetics in Ancient and Archaic Chinese, BMFEA 1954。

〔註4〕董同龢，上古音韻表稿，中央研究院史語所集刊，1948。

〔註5〕陸志韋，《古音說略》，陸志韋語言學著作集（一），中華書局，1985。

〔註6〕嚴學宭，周秦古音結構體系（稿），音韻學研究第一輯，中國音韻學研究會編，中華書局出版，1984，3。

2・6 李新魁。其構擬見於《漢語音韻學》。〔註7〕

李先生分了 36 個韻部。其分「歌、曷、祭、寒」及「戈、月、廢、桓」爲二。以去聲的「祭、廢、至、隊」爲獨立的韻部。本文也借鑒了此觀點，將「祭、至、隊」獨立。其構擬的元音數量有 14 個之多。

2・7 何九盈。其構擬見於《古韻通曉》。〔註8〕

何先生的韻部劃分爲三十部，可分爲陰陽入三大類。陽聲韻以-m、-n、-ŋ收尾，入聲韻以-p、-t、-k 收尾，陰聲韻沒有輔音韻尾。一個韻部只有一個主要元音。上古無四等之名，但有四等之實。其觀點多爲依從王力先生的觀點。同爲六個主元音：ə、　　、ʌ、ɔ、a、æ。二等介音爲-ɪ，三等爲-j，四等爲-i，合口介音爲-w。

2・8 李方桂。其構擬見於《上古音研究》。〔註9〕

李先生的單元音有 ə、a、i、u，複元音有 iə、ia、ua。共分爲 22 部。其陰聲韻除歌部及少數微部字外，皆帶有濁塞尾，是其詬病。陰陽入有圓唇舌根音。二等有-r 介音，三等有-j 介音，四等有-i 介音。以-x、-h 分別爲上、去聲的標記。

2・9 白一平（美國）。其構擬見於《漢語上古音手冊》。〔註10〕

白一平的《漢語上古音手冊》是一本 922 頁的長篇巨著，總括其 1977 年以來系列論文的成果。本書分「緒論」、「中古音系」、「古韻分部證據」、「傳統古韻研究」、「上古音節概貌」、「輔音聲母」、「介音與主元音」等十章。白氏除吸取其師包擬古的學說外又有獨創發展，並吸取其他多家新成果。其重紐三等帶-rj-介音的新見，受到包括其師包擬古在內的許多學者的肯定和引用。「但白氏未能很好地處理漢語原生的-j-與次生的-j-，因此有些音類相同而演變異常的字音，只好用大、小寫字母作形式上的區別。

〔註7〕 李新魁，漢語音韻學，北京出版社，1986。

〔註8〕 陳復華、何九盈，古韻通曉，中國社會科學出版社，1987。

〔註9〕 李方桂，上古音研究，商務印書館，2001。

〔註10〕 白一平，《漢語上古音手冊》，A Handbook of old Chinese Phonology, Trends in Linguistics-s. & m.64, Mouton de Gruyter, Berlin /New York

2・10 斯塔羅斯金（俄羅斯）。其構擬見於《古代漢語音系的構擬》。
〔註11〕

其巨著達 728 頁，分緒言以「中古音系的構擬」、「上古晚期聲母系統的構擬」、「上古起首輔音系統的構擬」、「上古韻母系統的構擬」、「上古漢語史語音演變的分期」共五章內容。本書包括前上古、上古早期、西漢、東漢、上古晚期和中古的擬音。斯氏除吸取其老師雅洪托夫學說的精華之外，又有獨創發展，他從庫克欽語（盧舍依語等）比較中獨立得出的三等上古為短元音，一、二、四等上古為長元音，與鄭張先生不謀而合，被柯蔚南評論為國際學界殊途同歸的妙例。斯塔羅斯金構擬上古韻母系統的基本材料是上古詩韻，這與本文的材料在某種程度上是不謀而合的。後文還有較為系統地介紹。

2・11 鄭張尚芳。其構擬見於《上古音系》。〔註12〕

先生的系統綜合了李方桂等諸位學者的研究新成果，異於王力先生的觀點達 20 餘處。丁邦新先生曾指出：「鄭張和 Baxter 各自的結果有許多相同的地方，尤其是在離析韻部方面看法非常一致，而兩人的論據卻不相同，很值得重視。」〔註13〕

小結：新起三家的構擬體系（鄭張尚芳、斯塔羅斯金、白一平）〔註14〕是近十年的最新成果，已經引起海內外同行的廣泛關注。與舊體系相比，三家之間有許多相同的構擬，例如：皆採用-s 或-h 表示去聲，用-ʔ表示上聲，沒有音

〔註11〕 斯・阿・斯塔羅斯金，古代漢語音系的構擬，莫斯科科學出版社東方文獻編輯室，1989。

〔註12〕 鄭張尚芳，《上古音系》，上海教育出版社，2003。

〔註13〕 丁邦新，漢語上古音的元音問題，中國境內語言暨語言學（二）歷史語言學，臺北：中研院歷史語言研究所，1994。

〔註14〕 白一平，1992，《漢語上古音手冊》A Handbook of Old Chinese Phonology, Trends in Linguistics-s. & m.64, Mouton de Gruyter, Berlin / New York
鄭張尚芳，2003，《上古音系》，上海教育出版社。
斯塔羅斯金，1989：《古代漢語音系的構擬》，莫斯科，Старостин 1989——Старостин С. А. Реконструкция древнвкитаиской фонологической системы.М. 1989.

位性的聲調。-r-表示二等，以 r-表示來母等等。而且各家使用的材料均不相同，這是值得我們重視的。

現把各家擬測的主元音列表如下：

學　　者	數　量	主　元　音
董同龢	20	e ĕ ə ə̆ ə̂ ə̂̆ u û o ô ŏ a ă ɑ æ ʌ ɐ ɔ ɔ̆
高本漢	14	e ĕ ə ɛ u û o ô ǫ ǒ a ă â å
李新魁	14	ɪ e ø ɛ æ ə ɐ ɜ ʌ ʊ o ɔ ɒ ɑ
嚴學宭	7	ɔ c u i a ɪ e
何九盈	6	æ ə ɣ ʌ ʋ e
王力	5	ə o ɑ a e
	4	ə o a e
	6	ə o a e ɔ u
斯氏	6 對	i u a e o ə
鄭張尚芳	6 對	i u a e o ɯ
白一平	6	i u a e o ɨ
李方桂（丁邦新、龔煌城）	4	i u ə a

3·前四史的先秦音系構擬

綜合以上各家說法，並結合前四史語料實際情況，下面談一下前四史先秦音系構擬的具體方法：

3·1綜　述

「韻部是韻母系統在詩歌韻腳上的粗略反映，對於研究韻母輪廓有好處，但絕不能以此代替韻母研究」[註15]。如果不構擬音值，僅憑藉文字介紹，那麼韻系的明晰度、力度都會大大下降。但是，我們給史書的韻母構擬的音值很可能只是顯示了音類的差別，而不能準確的顯示實際的音素差異。對古代的某個語音系統的音值構擬，無論是通語還是方言，恐怕都只能達到這樣的要求，這是本文材料的限制。而鄭張先生的系統具有很高的音變解釋力，他的上古擬音系統對歷史文獻、語言文字、漢語方言、親疏語言同源詞、古代譯音均有很強的解釋力。因此本文給史書韻母的擬音，就在鄭張先生擬音的基礎上進行了，

〔註15〕《上古音系》，56 頁。

先生在《上古音系》中爲上古的通語構擬了一套完整的韻母，非常值得我們借鑒。因此本文的構擬的原則如下：如果史書的韻語材料沒有顯示出與先生的通語語音有牴觸的話，那我們就依照鄭張先生的通語語音音值構擬；反之，如果史書的韻語材料與通語語音不同，那我們就會另外給這個韻母構擬一個音值，就不再採用先生的通語音值了。不同之處我們會說明自己的理由。

3．2 韻部的內涵

史書中的韻語所歸納出來的只是韻部或稱爲韻轍（ryme），而不是韻母（final）。與韻部不同，韻母系統是語音系統中的重要部分，包括元音、介音、韻尾的種類，以及它們的組合結構方式、配合關係。而韻部只是相近的韻母在詩歌中合用相協的一種表現。上古時期，沒有韻書，詩歌的押韻就大多憑藉聽覺來判斷，那麼往往要求主要元音相同或相近，這樣才能構成語音和諧。由此可知，從詩文押韻歸納出的韻部只是依韻母條件分的大類，並不能反映更細緻的韻母差別，所歸納出的韻部並不等於韻母，不能把一個韻部看成一個韻母。但是一部內的韻母究竟有哪些區別，在這個問題上有兩種互相對立的觀點。

一種觀點認爲，同韻部的字都具有共同的韻腹和韻尾〔註16〕，這樣韻部裏的韻母差別只在於韻頭，只要把韻頭區別開，韻母的類別就辨析清楚了。另一種觀點則認爲，一個韻部內的韻母不只是限於同一種主要元音，而是可以有兩個或更多的主要元音。簡而言之，爭論的焦點在於，上古音的一個韻部內究竟是只有一個主要元音還是有幾個主要元音。這個問題的爭論主要集中在先秦古音的研究中，由於兩漢去古未遠，因此弄清這個問題對於漢代的音系構擬也是十分必要的。

高本漢先生、陸志韋先生、鄭張先生的擬音系統中差不多每個韻部都有兩個及兩個以上韻腹，俞敏先生等從理論上也主張一部多元音。而李方桂先生、王力先生等屬於「單元音派」，他們的擬音系統中每個韻部都只有一個韻腹。按照王力先生的構擬原則，音系將會大大簡化，這無疑是古音學史上的一個重大進步。王先生擬音的做法是，同一韻部各韻的主要元音完全相同，其區別在於介音、有無韻尾或有何種韻尾。王力先生的這種做法有助於解釋上古同一韻部中不同韻的互相通押，有助於解釋上古同類韻部之間的對轉關係。

〔註16〕二者合爲一個單位就是「韻基」。

但是這種擬測，也存在一些無法迴避的問題：

（1）既然主要元音相同可以互相通轉，那麼為什麼主元音ə能夠和ək、əŋ押韻，卻不和ət、əp押。（2）中國韻文的慣例是單元音可以跟後響複元音押韻，而不和前響複元音押韻，如a可以和ia、ua押韻，而不跟ai、au押韻。（3）無法解決重韻問題。

鄭張先生則認為，上古三十個韻部中「一部一元音」的規則只是適用於收喉音的韻部（含開尾韻）。收舌、收唇的韻部則含有兩個或三個元音。具體如下：

收喉各部陰、陽、入三類韻尾共18部，陰聲韻韻尾-ɟ也列入收喉部分，因為元音起首舊稱深喉音，而舌根音稱淺喉音。陽聲韻收-ŋ，入聲韻收-g。它們都是一部一元音，元音比較分明。形成這種局面的理由很簡單，各部由於以喉音收尾，抑制了元音的發展演變，「元音多能保持本值，不像收唇各部元音容易出現央化位移，所以收喉各部因元音一致而異尾互叶的，比與非收喉各部相叶要多」。〔註17〕如下表：

		i	ɯ	u	o	a	e
收喉	-	脂（豕）	之	幽（流）	侯	魚	支
	-g	質（節）	職	覺	屋	鐸	錫
	-ŋ	眞（甸）	蒸	終	東	陽	耕

收唇、收舌各部的分佈：與收喉各部相比，鄭張先生所擬的收唇、收舌各部的元音分佈沒有限制，即6個元音都可以和收唇韻尾、收舌韻尾結合，空檔較王力、李方桂先生少很多。鄭張先生分析他們的系統空檔較多的原因是，收唇、收舌各部由於受韻尾的影響，元音發音空間變窄，不如收喉各部那樣界限分明，結果導致合韻現象的產生。古音學者把合韻多的韻類合併為同部，就人為地減少了韻類，相應地就使韻尾結合出現了空檔。鄭張先生為把許多混為一部的韻類恢復原狀，這樣就出現了一部又分為二至三個小類的局面，收唇、收舌各部都無一例外，每一韻部都分為二、三個小類。這樣，鄭張先生的體系中，上古共有58個基本韻類，若把上聲-ʔ尾35韻、去聲-s尾58韻加上則韻數達151韻。

〔註17〕《上古音系》，162頁。

潘悟云先生對此類現象也做過分析。先生認爲問題的關鍵是怎樣理解「韻部」：如認爲韻部就是《詩經》韻腳繫聯的結果，一個韻部就不只一個主元音；相反，若一個韻部只擬一個主元音，那麼韻部的劃分就需要採用其他更可靠的辦法了。〔註18〕雖然兩派學者對上古韻部所含主元音的數量有分歧，但他們得出的韻部數卻沒太大差別，皆爲三十部左右。

3・3 主要元音

高本漢以來，學者們對上古主元音的擬測可謂千差萬別，多則如董同龢先生，擬了 20 個主元音；少則如蒲立本，只擬了兩個元音，讓人難以相信。下文將詳盡地介紹前四史先秦時期各韻部的主元音構擬情況。

3・3・1 魚　部

高本漢曾擬魚部爲 o，汪榮寶的《歌戈魚虞模古讀考》發表後，魚部主元音爲 a 的觀點已深入人心。因爲魚部古今音變化最大，它的音值的確定，爲整個上古元音系統的構擬建立了基礎。鄭張尚芳、潘悟云等學者從漢藏親屬語言的比較中進一步證實了魚部擬 a 的正確性。高本漢把魚部擬爲 o，實際上這個音應該是東漢以後的音值。

李方桂先生把魚部擬爲帶-k 尾的-ak，鄭張先生認爲此有偏頗。因爲在語音演變中有韻尾和介音的 cVc 的 V 比單純的 V 慢，例如「魚、鐸、陽」相對轉，上古都是 a 元音，現在則分別是 y、o、a 元音。「陽」因一直有鼻尾，故三千年未變，曾帶塞尾的「鐸」慢了一步，「魚」則變得跟 a 非常懸殊了。如果陰聲韻的「魚」也有塞尾，無法變得這麼快。〔註19〕

斯塔羅斯金將魚部的演變列爲下表〔註20〕：

上　古	中　　古			
	齒音聲母	軟顎聲母和*v	唇音聲母	唇化聲母和*w
ā, āʔ, āh		o, ó, ò		
rā, rāʔ, rāh	a̧, á̧, à̧	a̧, á̧, à̧	a, á, à	wa̧, wá̧, wà̧

〔註18〕潘悟云，1988，《高本漢以後漢語音韻學的進展》，《溫州師院學報》2 期。

〔註19〕《上古音系》，35 頁。

〔註20〕斯塔羅斯金，1989，《古代漢語音系的構擬》，莫斯科，366 頁。

a, aʔ, ah	ö/jö, õ/jõ, ŏ/jŏ	ö, õ, ŏ	ü, ü̃, ŭ	ü, ü̃, ŭ
ia, iaʔ, iah	a, á, à//ja, já, jà（韻母ja,jö在中古的嗓音和j-後）			
ra, raʔ, rah	ö, õ, ŏ		ü, ü̃, ŭ	

因此，本文將先秦魚部構擬為 a。

3・3・2 幽　部

新起三家（鄭、白、斯）都把幽部擬作 u。而李方桂、周法高等學者則擬為ə。董同龢則擬成 o，高本漢擬成ʊ，陸志韋擬作ɤ。「俞敏的梵漢對音材料很有說服力地證明：『u 是幽的領域』。至少可以肯定後漢三國時的幽部讀 u。幽部字在藏文中的同源詞大體上是 u。」〔註21〕而且將幽部擬為 u，也可以很好地解釋後代的音變：

一等 uu＞əu＞ɐu＞ɑu 豪；二等 ruu＞ɣəu＞ɣɐu＞ɯɑu 肴

斯塔羅斯金將幽部的演變列表於下〔註22〕（只列主元音為 u 的表格）：

（幽 A）	
上　　古	中　　古
ū, ūʔ, ūh	âw, áw, áw
rū, rūʔ, rūh	aw, áw, àw
u, uʔ, uh	əw/jəw, áw/jàw, áw/jàw（在其它的例子裏，是嗓音和 j-,əw 後的 jəw）
ru, ruʔ, ruh	əw, áw, àw

因此，本文將先秦幽部構擬為 u。

3・3・3 之　部

高本漢、王力、李方桂、陸志韋、周法高、董同龢等眾多學者都擬成ə，新起三家中斯塔羅斯金也擬成ə；白一平、沙加爾則擬成ɨ，鄭張尚芳和黃典誠都擬成ɯ。金理新先生則認為，之部和魚部在《詩經》裏的押韻關係非常密切，《詩經》中魚部和之部的通押次數最多。此外，金文中之部、魚部廣泛通ʔ也是有力的證據。上古漢語中除了魚部外，充當語氣詞最多的就是之部字。這

〔註21〕潘悟云，1988，《高本漢以後漢語音韻學的進展》，《溫州師院學報》，2 期。

〔註22〕斯塔羅斯金，1989，《古代漢語音系的構擬》，莫斯科，352～353 頁。

說明之部字和魚部字都具備充當語氣詞的特性，即「表達人們因某種感情激發而產生的一種自然聲音」。〔註23〕這正能說明兩者的主元音接近。金理新據此推測，之部的主元音應該是一個和 a 讀音相近又可以和 a 交替的主元音。由此將之部主元音定爲 e。之部擬音至今爭議較大，新起三家 6 個元音的擬測，分歧也是在之部。漢藏同源詞的比較也不能提供有力的證據。從本文來看，之部所擬的元音，既要可以解釋之、幽通押現象，又要有利於解釋之部開口字後來向脂部靠攏的事實。

　　學者們擬之部主元音爲ə的原因，也許正如王力先生所說的，之蒸對轉就好解釋了。但是鄭張先生將之部定爲ɯ，理由更加充分：一是之部和幽部押韻；二是根據武鳴壯語的材料：「伺」suɯ⁵、「拭」suɯk⁷、「升」suɯŋ¹。先生認爲擬之部爲ɯ同樣能解之、職、蒸對轉，而更有方言、民族語的根據，如閩方言用ɯ而不用ə、ɨ；三是用ə、ɨ都不易解釋之部何以中古變出-u、-i 兩個韻尾，而用ɯ則容易說明這一演變過程，如下：

三等（短元音）

　　開口 -ɯ＞-iɯ＞-ɨ「之」；-wɯ＞wu＞iu「尤」

　　合口 -wɯ＞-wu＞-iu＞əu「尤」

一等（長元音）

　　開口 -ɯɯ＞-əɯ＞-əɨ＞-ʌi「咍」

　　合口 -wuɯɯ＞- wəɨ＞-wʌi「灰」

二等

　　開口 -rɯɯ＞rəɯ＞-iəɯ＞ɣɛi「皆」

　　合口 -wɯɯ＞wrəɯ＞iəɣɣ＞ɣuɛi「皆」

由於鄭張先生的論據充分，因此本文採用了之部構擬爲ɯ的觀點。相應的蒸、職兩部分別擬爲ɯŋ、ɯg。

3・3・4 脂　部

　　高本漢、董同龢、周法高等諸多學者都將其擬成 e，在他們的擬測中，主元音沒有元音三角中所必備的 i。王力先生擬脂部爲雙元音 ei，主元音也是 e。斯塔羅斯金的脂部一分爲四，有 i、e、ə、u 四個主元音。李方桂、包擬古、白

〔註23〕金理新，2002，《上古漢語音系》，黃山書社，353 頁。

一平、鄭張尚芳等學者都擬作 i。潘悟云先生認爲，古代外語的對音材料，藏文中的同源詞，以及脂部字在許多方言中的發展形式，都指明它的主元音是 i。〔註24〕「高本漢、王力、方孝岳等幾位先生不用 i 作主元音，這是幾位擬音的一個缺憾。因爲偏重韻部的歸納而忽視韻母元音分別，上古擬音在很長一段時間裏出現了把 i、u 只看作介音而不作主元音的偏向。這在音系研究上又是一項重大的偏差」。〔註25〕鄭張先生不同於以往的上古音研究者，先生認爲元音三角中的 i、u 是主元音中所不可缺少的。從全世界六千種語言的元音系統看來，元音三角 i、u、a 是必不可少的，一種語言中沒有這三個元音是不可思議的。而且無法解釋上古-k 尾字如何變成了-t 尾字。對這一現象的解釋，他運用了頻譜分析聲學的理論，引進銳音和鈍音的概念。發生轉化的條件是：由於前高銳元音 i 的影響使韻尾由鈍音變成了銳音-t。因此，鄭張先生擬脂、質、眞三部上古都爲 i 元音，但分爲收喉*i、*ig、*iŋ和收舌*il、*id、*in 兩類。我們深信其說。再者，脂部的主元音構擬爲 i，也可解釋後代的音變，例如：一等 ii＞ei 齊；二等 rii＞ɣei＞ɯei 皆。

斯塔羅斯金將脂部的演變列爲下表（只列主元音爲 i 的表格）〔註26〕：

（脂 B）		
上　　古	中　　古	
	齒音、軟顎和唇音聲母	唇化聲母和 w-
íj，ijʔ	iej，iej	wiej，wíej
rij，ríjʔ	äj，ăj	
ij，ijʔ	i/ji, í/jí（在軟顎、唇音和嗓音聲母和 j-後是 ji，在其他情況下是 i）	jwi，jwí
rij，rijʔ	i，í	

因此，本文的脂部的主元音構擬爲 i，〔註27〕相應的眞、質皆爲元音 i。

〔註24〕潘悟云，1988，《高本漢以後漢語音韻學的進展》，《溫州師院學報》，2 期。

〔註25〕《上古音系》，159 頁。

〔註26〕斯塔羅斯金，1989，《古代漢語音系的構擬》，莫斯科，387 頁。

〔註27〕脂部還有韻尾問題，在下文我們還會討論。

3·3·5 侯　部

高本漢、李方桂、董同龢等先生擬侯部作 u，周法高擬作 e，陸志韋、蒲立本、俞敏、王力、方孝岳、鄭張尚芳、李新魁等諸位學者都擬作 o。潘悟云先生則認爲，俞敏的梵漢對音例子中，侯部有對音作 u 跟幽部混同的，但是跟 o 對譯的大體上是侯部字，沒有幽部字。侯部字在藏文中的同源詞有的是 u，也有的是 o。〔註28〕李新魁先生也指出，侯部擬爲 o 比較恰當，這樣可以解釋幽侯合韻。〔註29〕

斯塔羅斯金詳盡地列出了侯部的發展。〔註30〕侯類韻母發展的全圖如下：

上　　古	中　　古
ō, ōʔ, ōh	ʌw, ʌ́w, ʌ̀w
rō, rōʔ, rōh	ʌw, ʌ́w, ʌ̀w
o, oʔ, oh	ü/jü, ǘ/jǘ, ǜ/jǜ（在噝音和 j- 後是 jü，在其它例子裏是 ü）
ro, roʔ, roh	ü, ǘ, ǜ

先秦音侯部跟東部、屋部皆有對轉關係，其主元音應該是 o。因此，本文將侯部構擬爲 o。

3·3·6 支　部

高本漢、王力、鄭張尚芳、董同龢、周法高、李新魁、陸志韋、斯氏、白一平等學者都擬作 e，何九盈先生擬作 æ，李方桂先生的元音系統中無 e 和 o，故擬作 i。

斯塔羅斯金的侯類韻母發展的全圖如下〔註31〕：

上　　古	中　　古	
	非 唇 化 聲 母	唇 化 聲 母 和 w
ē，ēʔ，ēh	iej，íej，ìej	wiej，（wíej），wìej
rē，rēʔ，rēh	ä，ä́，ä̀	wä̰，wä̰́，wä̰̀
e，eʔ，eh	e/je，é/jé，è/jè（在軟顎、唇音和噝音聲母后是 je，在其他情況下是 ʔ- 和 j-，e-）	jwe，jwé，jwè
re，reʔ，reh	e，é，è	we，wé，（wè）

<hr>

〔註28〕潘悟云，1988，《高本漢以後漢語音韻學的進展》，《溫州師院學報》2 期。

〔註29〕李新魁，1986，《漢語音韻學》，北京出版社。

〔註30〕斯塔羅斯金，1989，362 頁。

〔註31〕斯塔羅斯金，1989，370 頁。

切韻昔　　　例字：石液 jaag

陽部

切韻唐　　　例字：岡郎光黃 aaŋ、waaŋ

切韻陽　　　例字：強長狂方 aŋ、waŋ

切韻庚二　　例字：行亨礦獷 raaŋ、wraaŋ

支部

切韻佳　　　例字：佳柴蛙 ree、wree

切韻支　　　例字：知卑危規 e、we

切韻齊　　　例字：溪攜 ee、wee

切韻支　　　例字：離儀爲隨 e、we（來自西漢的歌部，原爲 ej、aj、oj）

錫部

切韻麥　　　例字：策畫 reeg、wreeg

切韻昔　　　例字：益適役 eg、weg

切韻錫　　　例字：歷擊 eeg、weeg

耕部

切韻耕　　　例字：耕爭 reeŋ、wreeŋ

切韻清　　　例字：城鳴傾營 eŋ、weŋ

切韻青　　　例字：形庭瑩 eeŋ、weeŋ

切韻庚　　　例字：迎 reŋ、wreŋ

切韻庚三　　例字：兵明兄永 reŋ、wreŋ（來自西漢陽部，原爲 raŋ、wraŋ）

脂部

切韻皆　　　例字：階齋 rii、riii（西漢爲 riij）

切韻脂　　　例字：師饑葵 i、ii（西漢爲 ij）

切韻齊　　　例字：妻泥 ii、iii（西漢爲 iij）

質部

切韻櫛　　　例字：瑟櫛 rid、rig

切韻黠　　　例字：黠八 riid、riig、wiid、wiig

切韻質　　　例字：日室 id、ig、wid、wig

切韻術　　　例字：恤 wriid、wriig

切韻屑　　　例字：結節血穴 iid、iig、wiid、wiig

真部

切韻臻　　　例字：臻 rin

切韻眞　　　例字：人辰 in、iŋ

切韻諄　　　例字：均旬 win、wiŋ

切韻先　　　例字：天賢淵玄 iin、iiŋ

微部

切韻咍　　　例字：哀 ɯɯi（西漢爲 ɯɯj）

切韻灰　　　例字：回雷 uui（西漢爲 uuj）、ɯɯi（西漢爲 ɯɯj）

切韻皆　　　例字：排懷淮 rɯɯi（西漢爲 rɯɯj）、ruui（西漢爲 ruuj）

切韻微　　　例字：衣飛歸 ɯi（西漢爲 ɯj）、ui（西漢爲 uj）

切韻脂　　　例字：衰追 ɯi（西漢爲 ɯj）、ui（西漢爲 uj）

物部

切韻沒　　　例字：紇骨 ɯɯd、uud

切韻迄　　　例字：乞 ɯd

切韻物　　　例字：忽佛 ɯd、ud

切韻術　　　例字：卒 ud

文部

切韻痕　　　例字：恩根 ɯɯn

切韻魂　　　例字：門存 uun

切韻欣　　　例字：勤斤 ɯn

切韻文　　　例字：雲聞 ɯn、un

切韻諄　　　例字：春倫 un

歌部

切韻歌　　　例字：河羅 ei（西漢爲 ej）、ai（西漢爲 aj）、oi（西漢爲 oj）

切韻戈　　　例字：和波 aai（西漢爲 aaj）、ooi（西漢爲 ooj）、waai

（西漢爲 waaj）

切韻麻　　例字：沙嘉瓦蛇 raai（西漢爲 raaj）、waai（西漢爲 waaj）、
　　　　　　jaai（西漢爲 jaaj）

切韻麻二　例字：馬家華瓜 raai、waai、jaai（來自西漢的魚部，原爲
　　　　　　raa、wraa）

月部

切韻曷　　例字：達 ood、aad、waad

切韻末　　例字：闊奪 aad、waad、ood

切韻黠　　例字：殺察 reed、wreed

切韻鎋　　例字：轄刮 raad、rood

切韻薛　　例字：列折絕說 ed、ad、od

切韻月　　例字：竭越伐 ad、od

切韻屑　　例字：決 eed、weed

元部

切韻寒　　例字：安餐 aan

切韻桓　　例字：冠盤 waan、oon

切韻刪　　例字：奸蠻關還 wraan、raan

切韻山　　例字：山間 reen、wreen

切韻仙　　例字：然宣傳 en、on、an

切韻元　　例字：言軒原繁 an、on、wan

切韻先　　例字：前肩懸涓 een、ween

緝部

切韻合　　例字：雜納 uɯb、uub

切韻洽　　例字：洽 ruɯb、ruub、riib

切韻緝　　例字：集入 ub、ib、ub

侵部

切韻覃　　例字：南潭 uɯm、uum

切韻咸　　例字：咸 ruɯm、ruum、riim

切韻侵　　例字：音心 um、im、um

切韻添　　例字：念 ɯɯm、iim

盍部

切韻盍　　例字：榻 aab

切韻狎　　例字：甲 raab

切韻葉　　例字：接 eb、ab、ob

切韻業　　例字：脅 ab

切韻乏　　例字：法乏 ob、ab

切韻帖　　例字：協 eeb

切韻合　　例字：合 oob

談部

切韻談　　例字：甘藍 aam

切韻銜　　例字：監 raam

切韻鹽　　例字：廉 em、am、om

切韻嚴　　例字：嚴 am

切韻凡　　例字：犯 om、am

切韻添　　例字：謙兼 eem

隊部

切韻隊　　例字：內退 wuɯh、uuh

至部

切韻至　　例字：位醉 ih、wih

祭部

切韻祭　　例字：世穢 eh、ah、oh

切韻泰　　例字：帶蓋 aah、ooh

切韻夬　　例字：汏 raah、rooh

切韻廢　　例字：廢 ah、oh

切韻怪　　例字：怪 rɯɯh、ruuh

切韻霽　　例字：霽 ɯɯh

東漢與西漢相比，具體的變化表現在：

（1）韻尾-j 變爲-i。

（2）之、職、歌、幽、魚、陽等韻部的韻字轉移。

3・上古音小結

先秦、西漢、東漢三個階段同屬於上古階段，上古區別於中古，必有其自身獨特的特點及其標誌。其標誌如下：

（1）上古魚部爲低元音 a，中古歌部爲 a。

上古韻系所構擬的魚部應當佔據 a 元音位置，《切韻》韻系所構擬的則是經過元音遷移後，歌韻占 a 元音位置，而魚部（模韻）占 o 元音位置。「上古音的演變就以說明這兩部發音位置轉移的規律爲中心，其大勢是低元音的向後高化，長元音的複化分裂。」〔註65〕

（2）「盜」和「道」，「高」和「皐」不同音，分別屬於「宵」部和「幽」部。

（3）「風」、「熊」二字讀爲侵部，與「豐」、「封」不同音。

（4）三等韻的齶介音尚未產生。

（5）作爲音高特徵的聲調尚未取代 -ʔ、-s 尾的音位功能。

凡是材料反映有這類現象的皆可判斷爲上古音。

第四節　三國音系的構擬

「上古音至中古音最明顯的變化是上古只有單元音，至中古大都複化了。複化的方式即依元音長短而不同：長元音中除了 a 及閉尾 ɯ 不復化外，前元音、後元音大都加過渡音而複化。多數是開尾韻過渡音在前，使原元音變爲韻尾；帶尾韻過渡音在後，使原元音變爲韻頭。」〔註66〕

1・魏晉、劉宋時期音系的構擬原則

1・1 斯塔羅斯金對《切韻》韻母系統的構擬堅持下列原則：《切韻》裏同一個韻的所有字，都具有同一個元音和同一個韻尾（在介音、元音的緊音性和卷舌性方面，韻的內部可能有所不同）。相反，不同韻的字則含有不同的元音和

〔註65〕《上古音系》，224 頁。

〔註66〕鄭張尚芳，漢語史上展唇後央高元音 ɯ、i 的分佈，語言研究，1998 增刊。

韻尾。這與潘悟云先生的原則不謀而合〔註67〕，而高本漢以來的大部分學者都沒有遵循這一原則。斯氏還指出，這一原則的唯一例外是含有元音 e 的四等韻，因爲元音 e 也出現在三等韻裏（與先韻對立的仙韻等等）。斯氏的根據是：在現代方言、漢日系統、漢越系統和漢韓系統以及中古時期的詩韻中，都清楚地指出了四等韻與三等韻的 A、B 類裏存在音質相同的同一個元音。鄭張先生則更爲徹底地貫徹了這一原則，即讓含元音 e 的四等韻也與相應的三等韻主元音有別，如先韻 en，仙韻 ɛn，但這種區別不是音位性的，ɛ是 e 的變體。這種構擬方法對本文有借鑒作用。

1．2 馮蒸師也爲構擬《切韻》音系設立了一套標準，這套標準也同樣適用於本文的三國和劉宋時期的音系構擬。具體如下：①在四等俱足的攝裏，一等韻的主要元音偏低偏後，二、三、四等韻依次偏高偏前。比如：一等豪ɑ，二等肴 a，三等宵æ，四等蕭ɛ（或 e）。②在只具備一等和三等的攝裏，一、三等的主要元音可以相同，區別由介音表示。如：一等唐爲ɑŋ，三等陽爲 iaŋ；歌一開口爲ɑ，歌三開口爲 iɑ。③韻部只是韻腹和韻尾，沒有介音。④等的本質是介音問題。⑤韻尾的不同可以導致分韻。〔註68〕

1．3 俞敏先生在《後漢三國梵漢對音譜》中指出，三國時期的入聲仍然收濁塞音，同藏文一樣是-b、-d、-g。本文遵從此觀點。

需要指明的是，由於材料的限制，本文所構擬的三國以及劉宋時期的音系，並不能完全涵蓋當時的整個音系，因此本節只是構擬前四史材料能夠反映出的韻母類別，前四史無法反映出的韻母類別，本文就不涉及了，這一點前文也說明過。

2．具體韻部的擬測

斯塔羅斯金的魏晉音系是根據嵇康（223～262）和阮籍（210～263）的用韻來確定的，這與本文可以互相參證。

2．1 之部、哈部

〔註67〕 潘悟云，2000，《漢語歷史音韻學》，上海教育出版社，62 頁。

〔註68〕 馮蒸，論《切韻》的分韻原則：按主要元音和韻尾分韻，不按介音分韻——《切韻》有十二個主要元音說，中古漢語研究（二）／朱慶之編，北京：商務印書館，2005。

　　斯氏認爲，之韻（東漢的*ə̌）於魏晉之時可分爲兩類，並且在第一個小韻裏都含有*ə̌的字，而在第二個小韻裏則含有*ə̌的字。此時韻母*wə̌將演變成幽韻。〔註69〕由此，本文三國時期的之部可構擬爲ə，它是由ɯ演變而來的。

　　咍部構擬爲əɯ，其音變爲：ɯ‧＞ʾɯ‧＞əɯ‧（魏晉）＞əi（劉宋）。

2‧2 魚部、模部

　　①漢魏時期魚部仍讀 a，這是依據俞敏先生之說。〔註70〕這在上文東漢的擬音中也談到過。可見，三國時期魚部尚未脫離低元音範圍。後漢三國時期魚、歌兩部同樣讀a的現象正是上古後期向中古音過渡的準備。斯氏則認爲，魚部（東漢*ā̌）原則上保存了與東漢類似的結構。但是在韻裏幾乎沒有含有東漢韻母*wā的字。此外，還需要指出，含有東漢﹡ā的字和東漢﹡ǎ的字極少互相押韻，而經常形成獨韻。〔註71〕

　　②羅常培先生認爲，魏晉南北朝時期只有以建康爲中心的江東地區才能夠區分魚、虞（模），大多數的北方方言都不能區分魚、虞（模）。〔註72〕而潘悟云先生則認爲，中古漢語魚、虞（模）不分的方言主要在今河南及其周圍，能夠區分魚、虞（模）的方言除了江東以外，還包括西北方言，幽燕方言也有區分魚、虞（模）的可能。〔註73〕其實兩位先生的虞韻皆包括模韻。本文將模韻擬爲o，其音變爲：a＞ɑ＞ɔ＞o。

2‧3 宵部

　　斯氏認爲，宵部（東漢*ā̌w）分成兩類：第一類是含有東漢韻母*āw，*rāw的字，第二類是含有韻母*iāw，*jǎw，*ǎw，*rǎw 的字。〔註74〕本文依從其說，將宵部擬爲au。

2‧4 祭部、泰部

〔註69〕斯塔羅斯金，《古代漢語音系的構擬》，莫斯科，1989，478 頁。

〔註70〕俞敏，後漢三國梵漢對音譜，俞敏語言學論文集，商務印書館，1999。

〔註71〕斯塔羅斯金，《古代漢語音系的構擬》，莫斯科，1989，478 頁。

〔註72〕羅常培，《切韻》魚虞的音值及其所據方音考，《羅常培語言學論文選集》，中華書局，1963。

〔註73〕潘悟云，中古漢語方言中的魚和虞，語文論叢，上海教育出版社，1983。

〔註74〕斯塔羅斯金，1989，《古代漢語音系的構擬》，莫斯科，479 頁。

魏晉通語中的祭部大部分來自上古兩漢的祭部，還有少數字來自上古的質部。同時，上古兩漢的祭部到了魏晉分化爲祭、泰二部，魏晉通語中的祭、泰二部仍有較多接觸，互相通押次數很多。但祭部和入聲月部通押較多，而泰部和入聲曷部通押較多，這是祭、泰二部的區別性特點，因此將其分爲兩部。泰部包含《切韻》音系的泰韻、夬韻的全部和怪韻的小部分字。斯氏認爲，祭部（東漢*ăś）在舌根和唇音聲母后是韻母*ăś。〔註75〕由此可知大部分祭部字直至三國時期仍然未變。由於本文東漢祭部擬測的韻尾爲-h尾，因此本期的祭部依然擬爲ah。祭部字直至劉宋時期才失去-h尾。

泰部本文構擬爲 ɑh。泰部主元音的音變爲：a（閉尾）＞ɑ。

2・5 支　部

魏晉通語音的支部有三個來源，其一是上古和兩漢的支部；其二是上古歌部的一部分字，這一部分字在西漢時就向支部轉移，到東漢時就完全轉到了支部；其三是上古微部的少數字，這些字在西漢時轉入了歌部，然後又隨同歌部一起轉到了支部，這樣魏晉通語音的支部，包含《切韻》音系中的支韻系、佳韻系的全部和齊韻系的部分字。

本文擬爲：支開三 ei；支合三 uei。

2・6 歌　部

斯氏認爲，歌部（東漢*ă）的成分沒有改變。〔註76〕由於成分未變，本期的歌部同東漢時期相同，擬爲 ai。歌部的音變爲：al＞aj＞ai＞a（劉宋）。

2・7 幽　部

在朝鮮語和日語藉詞裏，幽韻的韻母對應的是 iu。而漢越語中，幽韻對應的是 ʌu，斯氏認爲這反映出幽韻應爲 iw。鄭張先生構擬的中古幽部爲 iu，那麼三國時期本文將幽部構擬爲 iu。

2・8 侯　部

侯部同幽部一樣，元音發生複化：o＞ou。

2・9 脂　部

〔註75〕斯塔羅斯金，1989，《古代漢語音系的構擬》，莫斯科，479 頁。

〔註76〕斯塔羅斯金，1989，《古代漢語音系的構擬》，莫斯科，480 頁。

東漢時期的脂微兩部，在本期合爲脂一部。本文將其構擬爲：əi、uəi。

2‧10 蒸部、登部

上古的蒸部至西漢時分化出一部分字到多部，到魏晉之時則分化爲蒸、登二部。蒸部和登部在押韻上未見接觸，蒸部字和陽部字、侵部字有通押，而登部和東部字有合韻，二者分用不混，所以蒸、登應分析爲二部。蒸韻到中古也保持未變，因此本文將其擬爲 ɯŋ。登部主元音的音變爲：ɯ＞ə，本文將其構擬爲 əŋ。

2‧11 仙部、寒部

斯氏認爲，元部（東漢*ăn）劃分爲兩類：第一類的字含有東漢的韻母*ān、*rān 和*ăn（最後的韻母在舌根和脣音聲母后）；第二類的字含有東漢的韻母*iān，*jăn，*riān，*răn，*ăn（最後的韻母在脣音聲母后）。〔註77〕斯氏劃分的兩類即本文的仙部和寒部。

上古兩漢的元部在魏晉通語中分化爲仙和寒兩個韻部。寒部包括《切韻》的寒韻系、桓韻系和刪韻系字；仙部包括《切韻》元韻系、山韻系、仙韻系和先韻系字。

本文將仙部擬爲：仙開三 ian、仙合三 uan；寒部擬爲：寒開一 ɑn、桓合一 uɑn。

寒部主元音的音變爲：a（閉尾）＞ɑ。

2‧12 真 部

斯氏認爲，眞部（東漢*ə̆n）分爲以下 3 類：第一類是含有東漢的*ə̄n，*wə̄n 的字；第二類是含有東漢的舌根和脣音聲母后的*ə̆n，*wə̆n 的字；第三類是含有東漢的齒音聲母后的*ə̆n，*wə̆n 字，以及*jə̆n，*jwə̆n，*rə̆n，*rwə̆n。〔註78〕

本期眞文合二爲一，眞部擬爲：眞開三 jiən、諄合三 jiuən、欣開三 jən、文合三 juən。

2‧13 侵部、覃部

侵部來自上古兩漢的侵部，本文侵部韻例非常少，覃部無例。本期將侵部分爲了侵、覃兩部，主要是參考了前人的觀點。

〔註77〕斯塔羅斯金，1989，479 頁。

〔註78〕斯塔羅斯金，1989，478 頁。

本文將侵部擬為 ɯm；覃部為 əm。

覃部的音變為 ɯm＞əm 覃；um＞uəm 覃；om＞oʌm 覃。

2・14 談部、鹽部

魏晉通語音的談部來自於上古和兩漢的談部，含有《切韻》的談、咸、添、凡等韻系。

本文將談部擬為：ɑm；將鹽部擬為：am。

談部主元音的音變為：a（閉尾）＞ɑ。

2・15 陽部、東部、耕部

斯氏認為，陽部（東漢*ăŋ）、東部（東漢*ŏŋ）、耕部（東漢*iĕŋ）的成分基本沒有改變。〔註79〕

從上古、兩漢直至魏晉陽聲韻中的東部變化很小，這一部包括《切韻》的東韻一等、江韻和鐘韻字。此部無開合口的對立。本文將東一擬為：uŋ。其音變為：oŋ＞uŋ。

《切韻》陽韻系僅唇牙喉音有合口，唐韻系字僅牙喉音有合口。本文將陽擬為：aŋ。

耕部字在上古沒有開合口的對立，《切韻》音系的庚、耕、清、青四韻系除了唇牙喉之外，也無合口。本文將耕擬為：eŋ。

2・16 冬　部

魏晉通語的冬部繼承了兩漢的冬部。兩漢的冬部包括上古冬部的全部字和蒸部的部分唇牙喉音字。魏晉通語的冬部含有《切韻》冬韻系的全部、東韻系的三等字和江韻系的「降」字，即包含冬部有一等冬韻，二等江韻，三等東韻。本文擬為：冬一 uoŋ。其音變為：uŋ＞uʌŋ＞uoŋ。

2・17 職部、德部

斯氏認為，職韻（東漢*ə̆k）、沃韻（東漢*ə̆uk）、緝韻（東漢*ə̆p）魏晉分為兩類，並且在第一個小韻裏都含有*ɔ的字，而在第二個小韻裏則含有*ɜ的字。〔註80〕

魏晉通語的職部和德部都源自上古兩漢的職部。職部包括《切韻》職韻全

〔註79〕斯塔羅斯金，1989，480 頁。

〔註80〕斯塔羅斯金，1989，478 頁。

部字和屋韻的部分字，德部含有《切韻》德韻全部字和麥韻的「麥」、「革」等字。魏晉通語韻譜中職部和德部，雖仍有多次通押，但各自仍是以獨用爲主，因此各家還是將其分離。

《切韻》的德韻只有牙喉音才有合口，麥韻等字在《切韻》中是開口，職韻也只有喉音才有合口。因此，魏晉職、德二部沒有合口。

本文將德構擬爲 əg；將職構擬爲 ɯg。

2·18 屋　部

魏晉的屋部包括《切韻》的屋韻一等和燭韻的全部，以及覺韻的一部分。本文將屋部構擬爲 ug。

2·19 沃　部

魏晉通語沃部的大部分來自上古和兩漢的覺部，少數字來自上古和兩漢的職部，即它包含《切韻》音系的沃韻和屋韻三等，以及少數覺韻字和錫韻字。本文將沃部構擬爲 og。

2·20 錫　部

魏晉通語的錫部來自上古和兩漢的錫部，包含《切韻》麥、昔、錫三韻的主要部分。《切韻》的麥、昔、錫三韻除了牙喉音外沒有合口，上古的錫部也沒有合口，因此魏晉通語音的錫部也沒有合口。本文將錫部擬爲 eg。

2·21 鐸　部

上古和兩漢的鐸部包含《切韻》音系鐸韻、藥韻、昔韻、麥韻的部分字以及陌韻的全部字。本文將鐸部構擬爲 ag。

2·22 質　部

魏晉時期的質部包括《切韻》的質、櫛、術、物、迄、沒等韻。本文將其構擬爲 əd。

2·23 薛部、曷部

上古兩漢的月部在魏晉通語音中分化爲月、曷兩合。月部含有《切韻》黠、月、薛、屑四韻全部字。上古質部和物部的少數字也在魏晉時期轉入到月部，它們主要進入了黠韻和屑韻之中。本文將月部擬爲 ad。曷部含有《切韻》曷、末、鎋三韻全部字。本文將曷部擬爲 ɑd。

3・三國時期韻母表

陰聲韻：之ə；咍əɯ；幽iu；宵au；魚a；模o；侯ou；歌ai；支ei、uei；

脂əi、uəi；祭ah；泰ɑh

陽聲韻：蒸ɯŋ；登əŋ；東uŋ；冬uoŋ；耕eŋ；陽aŋ；眞ən、uən；寒ɑn、

uɑn；仙ian、uan；侵ɯm；覃əm；談ɑm；鹽am

入聲韻：職ɯg；德əg；沃og；屋ug；鐸ag；錫eg；質əd；薛ad；曷ɑd；

緝əb；盍ab；葉ab；合ɯb。

第五節　劉宋音系的構擬

1・斯塔羅斯金的觀點

斯塔羅斯金對4世紀的音系進行了構擬，他研究這一時期韻母的材料是陶淵明和謝靈運、鮑照的詩歌文獻。斯氏從中觀察到了南方方言和北方方言的對立。謝靈運韻裏的*ɔn（中古ʌn）和*ăn（中古ən）互押；陶淵明的*ɔn獨立，但*ăn和*ĕn（中古en）互押。這兩類漢語方言的基本對立皆起於4世紀。本文的材料能證明劉宋時期的南方音特點，可與斯氏互證。

斯氏認爲劉宋時期發生了如下演變（以謝靈運的方言爲主）：

①-ɔ̄w→-āw　②-（i）ɔ̄w→-ā̰w　③-iḛ̄w→-ā̰w　④-ăuk→-ăk　⑤ɔ̰→iɔ̰

⑥-ōw→-ɔ̄w　⑦-ĭw→-ɔ̃w//不在-j-後　⑧-iɔ̰-→-iḛ̄-　⑨-ś（=-ź）→-j〔註81〕

對於最後一點，斯氏分析到，早期只是帶韻尾*-ś特徵的去聲調，中期在語音上已經開始消失了，中古的聲調系統最終形成於4世紀左右。本文也認爲劉宋時期的去聲、上聲韻尾已經逐漸消失。

鮑照的詩韻與謝靈運的用韻又有幾點區別：

①*ɔ̄、*iɔ→脂部的長的小韻，於是之部的長的小韻消失了，即-ɔ̄j、-iɔ̄j消失。②-iē̄j→-iɔ̄j，所以*iē̄j不與韻母*iē̄j相押，但與韻母*ɔ̄j相押了。③*ĭj→i〔註82〕。這些觀點，對於本文都有借鑒作用。

2・鄭張尙芳的觀點

〔註81〕493頁。

〔註82〕497頁。

鄭張先生在《上古音系》中明確提出了上古的長短元音至中古劉宋時期的變化〔註83〕，大體如下：

2・1 上古的短元音至劉宋時期的變化

短元音至中古只增生了 i 介音而形成三等。各個元音本身除了 a 以外基本未變或者變化比較少。

①收　喉

　　三等元音的變化最小：脂、眞 i＞ɨ；之、蒸 ɯ＞ɨ

三類的變化中古基本同於上古：尤、東三 u；支、清 ɛ；虞、鐘 o

陽韻由於帶有韻尾因此變化緩慢：iɐŋ；庚韻由於有 r 墊介音，因此保留 a 不變。

②收唇、收舌

臻、眞 i；殷、文、微 ɯ＞ɨ

低元音 a 趨於高化，鈍音聲母后變爲 ɐ（嚴、凡、元、廢），銳音聲母后變 ɛ（鹽、仙、祭、支）。

2・2 上古的長元音至劉宋時期的變化

長元音至中古的變化非常大，尤其是無韻尾及介音的開元音。

①中元音先高化後複化：

　　一等：侯 oo＞u＞əu 侯；支 ee＞i＞ei 齊

　　二等：侯 roo＞ru＞rəu＞ɣau 肴；支 ree＞ri＞rei＞ɣɛi＞ɣɛ 佳

佳韻的 i 韻尾後來和歌麻韻的 i 尾一樣脫落了。

②低元音 a 尚未複化，僅向後高化：a＞ɔ＞o＞uo。但有 r、j 墊介音的則不變：ra＞ɣa 麻二；ja＞ia 麻三。

③帶尾的各韻當中，元音舌位較高的 i、e 合併了，u、o 都出現了複化：i、e＞e＞ie 青、添、先、齊、蕭；u＞uə 魂、灰；u＞uo 冬；o＞oʌ＞uɑ 桓、戈（條件是在-n、-i 尾前）；收唇 o＞ʌ 覃；o＞ɑ 談由於異化而失去合口；收喉 o＞u，僅僅高化。

④低化如下：ɯ＞ə 登、痕；ɯ＞ʌ 覃、哈

---

⑤其它：a 唐、談、寒、泰、豪，這些韻的變化甚小，因爲始終作爲受制元音保留在閉音節的結構中。a 麻、庚、刪、銜、夬、肴等韻「是漢語語音史上元音變化最小的韻」。〔註84〕僅麻、庚韻略高化近æ。ja＞iɛ清、昔，這是由於 j 的高化作用。

⑥墊介音 r 還有低化作用。o（收喉）＞ɣɔ江；ro（收舌）＞ɣua 刪、麻合口；re＞ɣɛ 耕、咸、山、皆。支部，前元音 e 複化，上古短的 e 通常變化爲三等的 iɛ：e＞ie＞iɛ；長的 e 變化爲四等，在後期由 e＞ie，齊韻在複化爲 ei 後，還有再變化爲 iei。

3・具體韻部音值構擬

3・1 哈　韻

先來看各家對此韻的擬音〔註85〕：

	高	董	李	王	邵	陸	蒲	周	潘	鄭張	斯氏
哈	âi	ᴀi	êi	ɒi	ɒi	ɒi	əi	əi	əi	ʌi	ʌj

哈韻，王、邵、陸皆擬爲ɒ；蒲、周、潘氏擬爲ə；鄭張先生和斯氏一致擬爲ʌ。〔註86〕而斯氏擬成ʌ的理由是：在朝鮮譯音中，哈譯爲ă。從ʌn-ɨn，ʌŋ-ɨŋ

〔註84〕《上古音系》，222 頁。

〔註85〕需要說明的是，以下各家構擬的，多爲《切韻》時期的音值，由於各家對《切韻》的性質認識不同，因此音值所處的時代也不盡相同。本文遵從鄭張先生的觀點，認爲《切韻》屬於南北讀書音的折中音系，而劉宋音正處於此階段中。

〔註86〕構擬來源：

（1）高：高本漢，1940，《中國音韻學研究》，趙元任、羅常培、李方桂合譯，商務印書館，2003。

（2）董：董同龢，1944，《上古音韻表稿》，中央研究院史語所石印，李莊〔1948重刊於《史語所集刊》18 冊〕。

（3）李：李榮，1956，《切韻音系》，科學出版社。

（4）王：王力，1985，《漢語語音史》，中國社會科學出版社，1998。

（5）邵：邵榮芬，1982，《切韻研究》，中國社會科學出版社。

（6）陸：陸志韋，1947，《古音說略》，收入《陸志韋語言學著作集（一）》，中華書局，1985。

（7）蒲：蒲立本，1962，《上古漢語的輔音系統》The Consonant System Of Chinese,

可以推知（痕韻、登韻在朝語裏是ɨ，在越南語裏是ʌ），在朝鮮語裏存在過ɨi。但ɨ可能在ɨn韻中，ɨŋ沒有直接演變成中古的ʌ。不過在朝鮮基礎方言裏發展起來的央元音ə來自中古的ʌ。因此斯氏設想，在這個方言的哈韻里保留了ʌ，ʌ直接演變成朝語的â。之所以會有這樣特殊的發展，是因爲ʌ位於韻尾j前，在兩方面作用下它向低移動：ʌ→â。陸先生擬哈爲ɒ，是因爲覺得哈的中古音一定比泰更具合唇勢，ɒ是後元音，是唇化的。潘先生擬爲ə是根據哈韻的上古來源：上古微部向中古哈韻的演變是這樣的：ɯl＞ɯi＞əi；上古之部向中古哈韻的演變如下：ɯ·＞ˤɯ·＞əɯ·＞əi。

　　本文的材料無法證實鄭張先生和斯氏構擬爲ʌ的觀點，因此本文更傾向於潘悟云先生從上古來源的考證。本文三國時期將哈構擬成əɯ，因此本階段劉宋時期將其擬爲əi。

3・2 刪　韻

各家擬音如下：

	高	董	李	王	邵	陸	蒲	周	潘	鄭張	斯氏
刪	an	an	an	an	ɑi	ɑi	an	an	an	an	ạn

　　刪韻除邵、陸兩位先生外，各家一致擬爲a（斯氏的a下加點表卷舌性）。二等的主元音應是前元音，擬成ɑ似乎不合適。朝鮮譯音、漢越語中刪韻主元音都是a。

3・3 夬韻和佳韻

先看各家擬音：

Asia Major 9，有潘悟云徐文堪譯本，中華書局1999。

（8）周：周法高，1970，《論上古音和切韻音》，香港中文大學《中國文化研究所學報》第三卷，第二期。

（9）潘：潘悟云，2000，《漢語歷史音韻學》，上海教育出版社。

（10）鄭張：鄭張尚芳，2003，《上古音系》，上海教育出版社。

（11）斯氏：斯塔羅斯金，1989：《古代漢語音系的構擬》，莫斯科 Старос тин 1989——Старостин С. А. Реконструкция древнвкитайской фонологической сис темы. М. 1989.

	高	董	李	王	邵	陸	蒲	周	潘	鄭張	斯氏
佳	ai	æi	ä	ai	æi	æi	ae	æi	ɯæ	ɣɛ	ä̠
夬	ai	ai	ai	æi	ai	ai （ɐi）	ai	ai	ɯai	ɣai	ɐj

　　各家擬音最一致的是夬韻，除王力先生外皆擬作 a。在朝鮮語和越南語的藉詞裏，夬韻的主元音都是 a。斯氏又參考了鮑照的詩歌用韻，把麻韻、肴韻和夬韻的主元音都定爲a。潘氏考訂了夬韻的上古來源，上古夬韻和鎋韻相配，來自上古的*-ats。中古的鎋韻是-at，夬韻就應是*-ai。

　　至於佳韻的構擬，難度較大，各家音值是五花八門。而鄭張先生和斯氏卻不謀而合地都把佳韻的主元音擬作ɛ（ä）。斯氏認爲佳韻和支韻屬於一類，支韻應擬成 ä̠。鄭張先生的擬測也表明，佳、支共屬一類（鄭張先生把支韻主元音定爲ɛ）。本文遵從斯氏和鄭張先生的觀點。

3·4 祭　韻

　　鄭張先生把祭韻主元音定爲ɛ，ɛ是ɛ的音位變體，ɛ在三等較近於[e]。斯氏則將其定爲e。斯氏的理由是：在中古皆類字或者和廢類字合爲一韻（中古 əj），或者和咍類字合爲一韻（中古 ʌj）。其實二者擬音無太大的差別，本文贊成鄭張先生的觀點。

3·5 銜　韻

　　下圖是各家擬音：

	高	董	李	王	邵	陸	蒲	周	潘	鄭張	斯氏
銜	am	am	am	am	am	am	am	am	ɯam	ɣam	a̠m

　　銜韻各家的構擬高度一致，都擬作 a。

3·6 庚　韻

　　來看各家擬音：

	高	董	李	王	邵	陸	蒲	周	潘	鄭張	斯氏
庚	ɐŋ	ɐŋ	ɐŋ	ɐŋ	aŋ	aŋ	aŋ	aŋ	ɯaŋ	ɣæŋ	ä̠jŋ

　　高、董、李、王諸位先生把庚韻主元音擬爲央元音。邵、蒲、周、潘等先生一致擬爲前 a，鄭張先生和斯氏的擬音與衆不同，他們的æ和 ä（ɛ）十分接

近（鄭張先生的庚韻後期才變æ）。斯氏給此韻擬了雙元音，他根據的是朝鮮語藉詞。在朝鮮語中，庚、耕對應的元音是 ăi，如果簡單擬成 a 或 ä，無法解釋這一現象。並且在古越語裏，此二韻的韻尾不是ŋ，而是ń，因此斯氏採取了一個與各家均不同的構擬。

本文在三國時期將庚構擬爲了æŋ，因此本階段遵從潘悟云先生的觀點，將庚擬爲aŋ。

3·7 支、脂、之、微韻

下圖是各家擬音：

		高	董	李	王	邵	陸	蒲	周	潘	鄭張	斯氏
止攝	支A	(j)iě	je	ie	ĭe	jɛ	iei	je	iɪ	iᵉ	iE	je
	支B	(j)iě	jě	ie	ĭe	iɛ	ɪei	ɨe	ie	ɯie	ɣiE	e
	脂A	(j)i	jei	i	i	jɪ	iě	ji	iii	i	iɪ	ji
	脂B	(j)i	jěi	i	i	iɪ	ɪěi（ɹɪ）	ɨi	iei	ɯi	ɣiɪ	i
	之	(j)i	(j)i	iə	ĭə	ie	i（ę̃）i（ɹi）	ɨə	i	ɨ	ɨ	ɨ
	微	(j)ěi	jəi	iəi	ĭəi	iəi	ɪəi	ɨəi	iəi	ɨi	ɨi	ɨj

①止攝中之韻的音値分歧最大。鄭張先生、斯氏和潘悟云幾位先生把之韻擬爲ɨ，潘先生依據的是梵漢對音材料，之韻字對譯梵文的 i，之韻擬作ɨ與 i 的聲音更近，也更容易解釋它的來源：*-ŭ＞-ɨ。斯氏則是參考了上古日語材料，他看到之韻字在古日語裏對應是的 o（通常拼成 ö）。同時之韻很早就與脂韻合流了，無論哪個方言二者都無區別。因此斯氏認爲把之韻擬成ɨ（而不是ə）較好，因爲這能很好地解釋在所有的方言裏早就完成了的 ɨ向i的演變。蒲立本、李榮、王力擬ə的不合理性邵榮芬先生已經指出過〔註87〕，不過邵氏擬作 ie 又無法解釋之韻從上古之部ə到中古的演變。

②斯氏發現支韻和脂韻，除福州方言外，皆無區別。故斯氏據福州方言擬支韻的主元音爲 e，脂韻爲 i。蒲立本、陸志韋、董同龢、李榮、王力等先生同斯氏一樣。潘悟云先生則認爲支韻與脂韻 i、之韻ɨ、微韻ɨi 前後相隨，主元音一定很接近，都是 i 類音。潘先生引用了周隋時代的佛經譯文，認爲支韻字大部分對譯 i。但譯文中支韻字也對譯 e，如按潘先生所擬，支韻和脂韻的主元音

就都是 i，這就破壞了他的原則。鄭張先生擬的 E 實際音值更接近 e 一些。

③微韻高本漢主元音擬作 e，陸志韋、蒲立本、周法高、董同龢、李榮、王力、邵榮芬等先生都一致擬作ə。而鄭張先生、斯氏和潘悟云則擬作ɨ。高氏所擬已被眾家否定，ə和ɨ應選哪個更合理？潘氏已指出，中古音系中ə與ɨ為一個音位的兩個變體，一等為ə，三等為ɨ，三等的齶介音使ə高化，ə則使齶介音央化。看來 iəi 中的ə是很難持久的，易高化為ɨ。〔註88〕本文的之韻已經擬為ɨ，因此微韻擬為ə。

④脂韻的主元音各家意見較一致，大多擬為 i。

3·8 流攝：侯、幽、尤韻

先看各家擬音：

		高	董	李	王	邵	陸	蒲	周	潘	鄭張	斯氏
流攝	侯	ə̆u	u	u	əu	əu	əu	u	əu	əu	əu	ʌw
	幽 A	ɨə̆u	jəu	iěu	iəu	ieu	iěu	jiu	iiu	ɨu	iiu	jiw
	幽 B	iěu						(ɨiu)	ieu			
	尤	ɨə̆u	ju	iu	ĭəu	iəu	ɪəu	ɨu̯	iəu	iu	iu	əw

①各家對尤韻的擬測分兩派：一派仍贊同高本漢，只是略有改動，如王力、邵榮芬、陸志韋、周法高等先生；另一派支持李榮，包括蒲立本、董同龢、潘悟云、鄭張尚芳等先生。李榮先生改動的依據是隋唐之交的梵文 u、o 對音的變化，隋之前尤韻主元音是 u，唐以後模韻主元音是 u，證據確鑿，不容懷疑。

②本文的材料證明幽侯此期合為一個韻部，因此就不必再討論了。

③一等侯韻的音值可分三派：王力、邵榮芬、陸志韋、周法高、鄭張尚芳、潘悟云等學者基本支持高本漢的構擬，認為侯韻在《切韻》時代已經由 u 變成了əu。李榮、董同龢、蒲立本等學者則把侯韻擬成 u。

據潘悟云考證，隋以前與梵文 u 對音的都是尤韻字，沒有侯韻字。斯氏根據漢越語裏侯韻對應的 uu 而擬訂為ʌw，與鄭張先生等人的擬測相近。在朝鮮語和日語藉詞裏，侯韻對應的是 u。

3·9 遇攝：模、虞、魚

〔註88〕潘悟云，2000，《漢語歷史音韻學》，上海教育出版社。

先看各家擬音：

		高	董	李	王	邵	陸	蒲	周	潘	鄭張	斯氏
遇攝	模	uo	uo	o	u	o	wo	ou	ou	uo	uo	o
	虞	ɨu	juo	io	ĭu	io	ɪwo	ɨou	iuo	iʊ	io	ü
	魚	ɨwo	jo	iɑ	ĭo	iɔ	io	ɨo	io	iɔ	iʌ	ö

①對於模韻的構擬大多數學者同意高本漢擬測的 uo（ow），但李榮、邵榮芬、斯氏三位學者則擬的是單元音 o。在朝鮮音和越南音中，模韻都是 o；在日本音中，模韻是 u。我們由此想到了漢語元音的後高化規則：a＞ɒ＞ɑ＞ɔ＞o＞ʊ＞u。〔註89〕模韻在後漢三國的梵漢對音材料中，既用來對譯-o，又用來對譯-a，潘先生認爲這是模韻字分屬不同的歷史層次。那麼在朝鮮音和越南音中模韻是 o，與日本音中的 u 也應屬於不同的歷史層次，模韻經歷了從 a→o→u 的後高化音變。本文認爲模韻在劉宋時期還沒有高化到 u，應爲 o。

②虞韻的主元音是什麼，各家意見不一。高本漢、董同龢、王力、陸志韋、周法高、斯氏等學者認爲是 u；李榮、邵榮芬、蒲立本、鄭張先生認爲是 o；潘悟云則擬了個 u、o 之間的音ʊ。潘先生根據的是梵漢中的對音材料，他發現虞韻在舌根音後面接近於 o，在舌尖音後面則接近於 u，所以在當時可能是 u、o 之間的音ʊ，在不同的聲母后面音色稍有變化。本文沒有接受這種構擬。潘先生的中古音擬測，只有虞韻的主元音是ʊ，在別的韻中再看不見ʊ的影子。語音應是成系統的，這樣的構擬不太容易讓人接受。在朝鮮音和越南音中，虞韻主元音都是 u，在日本音中有的是 o，有的是 u，斯氏據此擬虞韻爲 ü（兩點表示緊音）。可能這時虞韻的多數字已高化爲 u，少數字還停留在 o。

③魚韻的開合口問題曾引起爭論。高本漢認爲魚韻是合口字，曾遭到羅常培先生的反對。周法高、平山久雄等學者進一步論證了魚韻的開口性質，理由充分，很難反駁。〔註90〕對魚韻主元音的擬測大致分兩派：董、王、陸、蒲、周、斯等學者認爲是 o，李、邵、潘則認爲是比 o 開的ɔ。鄭張先生依開口性及朝鮮對音擬的是不圓唇的ʌ。潘先生指出，魚、虞的聲音比較接近，若按鄭張先生所擬，虞韻是 io，魚韻就應是 iɔ之類的音，擬作 iʌ就與麻三 ia 或歌三 iɑ

〔註89〕潘悟云，2000，《漢語歷史音韻學》，上海教育出版社。

〔註90〕潘悟云，2000，《漢語歷史音韻學》，上海教育出版社。

近了。魚韻和虞韻通押的現象十分普遍，從東漢時它們就大量押韻了。這說明魚韻中應該有圓唇元音。斯氏也這樣認爲，並進一步指出，魚韻主元音應是 ö（兩點表示緊音），他的依據是在很多方言裏 o 韻與 u 韻一致，現代大多數方言把魚韻反映成虞韻（u）。在某些方言裏，o 的唇化消失並演變成ə，如朝鮮的漢字音中魚韻是ə。在梵漢對音材料中，少數的魚韻字對譯 o；在日本漢音中，魚韻是 o。本文遵從斯氏的觀點，依舊把魚韻構擬爲 o。

4・劉宋時期韻母表

①劉宋時期的陰聲韻部構擬如下：

之ɨ；支ɛ；脂i；微ə；魚o；咍iə i；隊uə i；祭iɛ i、iuɛ i；宵au；歌a；侯əu。

②劉宋時期的陽聲韻部構擬如下：

東uŋ、əuŋ、iuŋ；鐘ioŋ；眞in；文iun；元ɨɐn、ʉɐn；寒ɑn；先en、wen；陽iɐŋ；庚aŋ；蒸iŋ；登əŋ、wəŋ；侵im；談am。

③劉宋時期的入聲韻部構擬如下：

屋uk；覺auk；質jit；月ɨɐt、ʉɐt；薛iɛt、iuɛt；鐸ak；錫ek、iek；職ɨk、ik；德ək、wək；緝ip。

第十二章　與前人研究成果的比較

第一節　與施向東《〈史記〉韻語研究》結論的比對

1・與《〈史記〉韻語研究》的分歧之處

1（史記－1－3－5）谷木

施先生認爲「玉目」入韻，從韻腳的位置和句意來看「玉目」應是非韻。

2（史記－1－11－1）謀事

施先生認爲「祀」和「謀、事」一起押韻，本文認爲從韻腳的位置來看，「祀」不應入韻。

3（史記－64－2185－1）士、弓；（史記－64－2185－1）路、夏魯語；（史記
－64－2185－2）貢宮、愚、中

原文爲「……皆異能之士也。德行：顏淵，閔子騫，冉伯牛，仲弓。政事：冉有，季路。言語：宰我，子貢。文學：子游，子夏。師也辟，參也魯，柴也愚，由也喭，回也屢空。賜不受命而貨殖焉，億則屢中。」此三處不符合韻例的規律，皆非韻。

4（史記－1－13－4）微威

施先生認爲「微、威」二字入韻，但此二字分別處於大停頓和小停頓處，

從情理上不應入韻。下文的「身、信」也是同理。

5（史記－1－15－1）**勳天神雲**

　　「勳」字不應入韻。

6（史記－1－15－2）**德國**

　　「德、國」的距離甚為遙遠，不是有意為韻，本文認為此處當是非韻。

7（史記－2－51－2）**人勤親信**

　　「人」字當不入韻。

8（史記－4－126－1）**德之**

　　本為「德、祀」協韻，施誤「祀」為「之」。

9（史記－5－194－1）**嘩汝番過**

　　從句子的結構及其文意來看，此處當不入韻。

10（史記－23－1159－2）**說決**

　　原文為「出見紛華盛麗而說，入聞夫子之道而樂，二者心戰，未能自決」，本文認為應是非韻。

11（史記－24－1229－1）**居汝**

　　原文是「居，吾語汝」，施先生認為此為用韻，但是從文意上來看，此處不應入韻。

12（史記－24－1222－2）**廣簧相**

　　原文為「子夏答曰：今夫古樂，進旅而退旅，和正以廣，弦匏笙簧合守拊鼓，始奏以文，止亂以武，治亂以相，訊疾以雅。」施先生認為「廣、簧、相」入韻，本文認為此三字不符合韻例規律，當不入韻。

13（史記－24－1223－3）**正定定聲**

　　從句子的結構及其文意來看，此處當非韻。

14（史記－24－1229－1）**商疆**；（史記－24－1229－1）**右子、國**；（史記－24－1229－2）**濟、至**

　　施先生認為此三段為韻語，從句子的結構及其文意來看，本文認為非韻。

15（史記－27－1320－4）**贏成、縮戚復**

　　施先生認為「贏成」、「縮戚復」入韻，從句子的結構及其文意來看，本文

認爲非韻。

16（史記－27－1321－1）喪王

　　施先生認爲「喪、王」入韻，從句子的結構及其文意來看，本文認爲非韻。

17（史記－27－1339－3）霧濡趨

　　施先生認爲「霧濡趨」用韻，但從句子的結構及其文意來看，本文認爲非韻。

18（史記－30－1442－1）肆利、羊雨

　　「肆利」和「羊雨」施先生認爲入韻，從句子的結構及其文意來看，本文認爲非韻。

19 施先生認爲「螭罷」（齊世家）爲韻語，但本人並沒有找到此字。

20（史記－33－1516－3）天身神神；（史記－33－1516－3）畏歸歸、龜、圭

　　施先生認爲「天身神神」和「畏歸歸、龜、圭」入韻，從句子的結構及其文意來看，本文認爲非韻。

21（史記－38－1611－3）居序

　　施先生認爲「居序」入韻，但從句子的結構及其文意來看，本文認爲非韻。

22（史記－38－1617－1）從同

　　施先生認爲「從同」入韻，但從句子的結構及其文意來看，本文認爲非韻。

23（史記－43－1814－2）死愧

　　原文爲「死者復生，生者不愧」，本文認爲第一字和最後一字，無法構成押韻關係。

24（史記－47－1924－7）涅、淄

　　施先生誤以「涅、淄」入韻，應爲「白、淄」入韻。

25（史記－47－1933－1）己殆

　　施先生先生認爲「己殆」入韻，但從句子的結構及其文意來看，本文認爲非韻。

26（史記－60－2112－3）獸寇巧

　　這幾個字施先生認爲是韻語，本文認爲此三字在句子中的位置分佈奇特，不成規律，應視爲非韻。下文中，施先生還認爲「牽」和「罪師綏」一起合韻，

本文認爲「率」字不應入韻，理由同上。

27（史記－60－2113－5）**則福**

全文是：「……，維法維則。書云：臣不作威，不作福。」後者「威、福」應獨立爲先秦時代的韻語，從語料的性質和情理角度，都不應該把它當作韻語。

28（史記－62－2133－3）**取、寶**

施先生認爲「取、寶」入韻，但從句子的結構及其文意來看，本文認爲非韻。

29（史記－63－2145－2）**牛時得**

「牛」字本文認爲當非韻，它距離「時、得」過遠，理應非韻。

30（史記－63－2145－3）**我羈**

此二字無論韻字所在位置，還是情理上均不應認爲是韻語。

31（史記－69－2256－1）**何、柯**

原文爲「周書曰：綿綿不絕，蔓蔓奈何？豪氂不伐，將用斧柯。」施先生只承認「何、柯」入韻，本文認爲「絕、伐」也入韻。

32 **歸視（《韓信盧綰列傳》）**

本文未找到此韻字。

33（史記－84－2487－1）**墨鞠抑**

施先生認爲此處非韻，本文認爲當入韻，因爲它們處於賈誼的《弔屈原賦》句子的大停頓之處，而且前幾句都入韻，這裡也理應入韻。

34（史記－84－2487－1）**鄙改**

施先生認爲「鄙、改」爲韻腳，本文認爲應爲「替、鄙」入韻。「鄙」是一個大停頓的韻腳，它應該和前一個小停頓處的韻腳相押或者和後一個大停頓處的韻腳相押，而不應該和後一個小停頓處的韻腳相協，因此「改」字不應入韻。

35（史記－114－3003－3）**人臣人年、無睹者、然言**

從文意角度和韻腳在句子中的位置來看，本文認爲此處應當是非韻。

36（史記－114－3003－8）**澤餘者**

從句子的結構及其文意來看，本文認爲「者」非韻。

37（史記－114－3004－1）**龜蘭**

但從句子的結構及其文意來看，本文認爲此二字不應入韻。

38（史記－117－3015－3）**楚邪諸**

此三字分別在不同的句子中，距離差別很大，而且從文意看來，也不應當算作韻語。

39（史記－117－3016－3）**論損**

此二字也不應認爲是韻語，理由同上。

40（史記－117－3025－1）**端崖**

本文認爲此二字當入韻，施先生認爲前面的小停頓處的「泫忽」是韻語，那麼大停頓處的「端崖」也理所應當是入韻的。

41（史記－117－3028－2）**園原**

本文認爲此二字不入韻，「園」在大停頓處，「原」在小停頓處，顯然這不符合押韻的規律。

42（史記－117－3041－4）**仍窮**

此處應非入韻，理由同上。

43（史記－117－3041－1）**嗟侈**

原文爲：「嗟乎，此泰奢侈！」，本文認爲應非韻。

44（史記－117－3049－4）**夫徙造**

應非韻，此處不合韻例的規律。

45（史記－117－3049－4）**已茲士**

此處應非韻，距離遙遠，無法構成韻對，不合韻例的規律。

46（史記－117－3049－4）**夷累**

本文認爲非韻，兩字皆處於小停頓處，屬於可韻可不韻的，其大停頓處無韻，所以小停頓處也應無韻，況且從文意來看，也不應入韻。

47（史記－117－3049－4）**多可**

非韻，距離遙遠，無法構成韻對。

48（史記－117－3050－3）**事異**

非韻，距離遙遠，無法構成韻對。

49（史記－130－3317－4）國職

從文意角度看，此二字當非韻。

50（史記－117－3050－5）懼如

非韻，從文意上看，不應入韻。

51（史記－117－3050－5）出水

非韻，距離遙遠，無法構成韻對。

52（史記－117－3050－5）薔海哉

非韻，從文意上看，不應入韻。

53（史記－117－3051－1）齒俗說

從文意上看，不應入韻。

54（史記－117－3051－2）遺微位

非韻，距離遙遠，無法構成韻對。而且「位」字處於小停頓處，不應入韻。

55（史記－117－3051－8）涕己

非韻，從文意上看，不應入韻。

56（史記－117－3051－9）越計

非韻，距離遙遠，無法構成韻對。

57（史記－117－3051－12）溺務

非韻，距離遙遠，無法構成韻對。

58（史記－117－3052－1）三音

本文認爲非韻，「三」字在大停頓處，「音」字在小停頓處，顯然這不符合押韻的格式。此處應該是「三」和「封頌」押韻。

59（史記－117－3053－1）聞先、徙避

從文意角度來看，此處應是非韻。

60（史記－117－3064－1）前傳觀

從文意角度來看，「前」字不應入韻。

61（史記－117－3067－4）惡辭

非韻，距離遙遠，無法構成韻對。

62（史記－117－3067－5）**幾屈**

「幾」在大停頓處，「屈」在小停頓處，不符合押韻的格式。

63（史記－117－3068－1）**觀全**

非韻，距離遙遠，無法構成韻對。

64（史記－117－3072－2）**祗遺謂**

「謂」字從文意角度來看，不應入韻。

65（史記－126－3206－1）**位術**

前一個韻字處於大停頓處，後一個韻字處於小停頓處，這不符合韻例的規律。

66（史記－126－3206－3）**智帝**

此處非韻，理由同上。

67（史記－126－3206－9）**戶故**

此處非韻，理由同上。

68（史記－126－3206－5）**備時時哉**

從文意上考慮，此處應是非韻。

69（史記－126－3206－11）**身天身年**

韻字距離遙遠，無法構成韻例。

70（史記－126－3207－1）**說絕**

從上下文意來看，此處非韻。

71（史記－126－3207－2）**孜止**

從上下文意來看，此處非韻。

72（史記－126－3208－1）**營蠅**

施先生無此韻段。

73（史記－126－3210－7）**材能等**

三字皆處於小停頓，大停頓處不入韻，小停頓處也無需入韻。

74（史記－127－3218－1）**調適**

施先生無此韻字，此二字在大停頓處，施先生認為其小停頓處皆入韻，那麼大停頓處的字也應該入韻。

75（史記－127－3221－5）賢人

原文爲「可謂賢人」，施先生認爲第三字和第四字入韻，這不符合韻例的標準。

76（史記－128－3330－3）得龜在龜之

這幾字分別在不同的對話當中，不符合韻例習慣，因此本文認爲應是非韻。

77（史記－128－3233－1）寶憂

從文意上看，本文認爲非韻。

78（史記－128－3235－12）龜使

不符合韻例習慣，應爲非韻。

79（史記－128－3236－3）喜戒

不符合韻例習慣，本文認爲非韻。

80（史記－128－3237－7）陳天

從文意上看，本文認爲非韻。

81（史記－130－3288－3）墨德治耳

不合韻例習慣，且從文意角度，也不應認爲其入韻。

82（史記－130－3289－5）眞實

二字處於小停頓處，大停頓處無韻，小停頓處也就不必入韻。

83（史記－130－3289－8）術竭敝

不合韻例習慣，「術」不應入韻

84（史記－130－3290－7）刮衣死哀禮率

「刮、衣」二字與其它韻字距離遙遠，應不入韻。

85（史記－130－3295－2）史事史

非韻，原文爲「余先周室之太史也。自上世嘗顯功名於虞夏，典天官事。後世中衰，絕於予乎？汝復爲太史，則續吾祖矣。」明顯不符合押韻的條件。

86（史記－130－3304－11）務道

此二字處於小停頓處，大停頓處無韻，因此此處也應非韻。

87‧有些韻語是屬於先秦時代的，施先生未區分語料的時代性質，其中先秦的韻語有如下 112 條：

（史記－130－3288－3）慮塗（史記－2－81－3）喜起熙（史記－2－82
－1）明良康（史記－2－82－2）胅惰墮（史記－4－141－6）樱天民極（史記
－4－147－7）服國（史記－6－261－1）長方莊明章常強行兵方殃亡疆清名情
貞誠程清經平傾銘令（史記－7－300－3）戶楚（史記－10－428－1）子母（史
記－12－465－6）基牛嘉休（史記－24－1223－3）明邦王（史記－24－1223
－3）悔祉子（史記－24－1224－5）鳴聽（史記－28－1355－5）衡政（史記－
33－1540－1）巢、侯（史記－33－1540－1）處野（史記－36－1578－4）鏘姜
昌卿京（史記－38－1617－1）疑土、筮（史記－38－1618－1）序廉（史記－
38－1618－4）歲月、日（史記－38－1618－5）明章康（史記－38－1618－5）
成寧星（史記－38－1618－6）雨夏雨（史記－38－1621－1）油好（史記－39
－1646－5）茸公從（史記－39－1649－5）磨為（史記－39－1651－8）葬昌兄
（史記－40－1700－3）天人（史記－41－1746－5）藏烹（史記－43－1804－6）
熒榮贏（史記－43－1810－7）情、變（史記－43－1832－4）號笑毛（史記－
46－1880－6）鏘姜昌卿京（史記－47－1908－1）僂傴俯走侮口（史記－47－
1918－7）口走（史記－47－1918－7）謁敗（史記－47－1918－7）優游（史記
－47－1918－7）維、歲（史記－47－1929－3）勤分（史記－47－1931－1）虎
野（史記－47－1933－1）衰追（史記－47－1932－4）哉子財宰（史記－47－
1944－4）壞摧萎（史記－47－1947－6）仰行（史記－49－1983－5）文、姓（史
記－60－2108－2）仰向（史記－60－2117－7）直、黑（史記－60－2119－7）
芷、服（史記－61－2123－6）薇非歸衰（史記－61－2124－1）親人（史記－
61－2127－1）名生（史記－61－2127－2）照、求（史記－61－2127－2）虎覷
（史記－62－2132－8）實節（史記－62－2132－8）足辱（史記－62－2132－8）
度、固（史記－62－2132－7）張亡（史記－63－2140－2）虛、愚（史記－63
－2145－1）利、位（史記－63－2145－2）時得（史記－63－2145－2）繡廟（史
記－63－2145－3）仕志（史記－64－2181－10）卿享（史記－64－2193－2）
敬正靜（史記－64－2193－2）勇、眾（史記－64－2202－3）倩盼絢（史記－
68－2234－14）體禮禮死（史記－68－2235－1）興崩（史記－68－2235－3）
昌亡（史記－69－2253－3）口後（史記－69－2256－1）絕何伐柯（史記－78
－2389－3）水尾（史記－78－2390－3）獲度（史記－78－2399－2）斷亂（史
記－79－2422－4）移虧（史記－79－2422－4）天人（史記－79－2423－14）

容凶（史記－79－2423－15）下處（史記－79－2424－3）足欲（史記－79－2424－3）止有（史記－79－2425－6）舞賈（史記－79－2433－3）聲名（史記－86－2534－2）寒還（史記－102－2761－4）黨蕩（史記－102－2761－4）偏、便（史記－104－2708－7）使子友（史記－106－2823－6）魚、祥（史記－106－2836－11）狄、屬（史記－110－2882－2）彭方（史記－117－3051－3）下土濱臣（史記－117－3064－2）明良（史記－46－1883－4）芑子（史記－46－1903－3）柏客（史記－107－2847－4）清寧（史記－71－2310－3）鄙里（史記－84－2485－6）食惻福（史記－84－2486－2）清醒（史記－84－2486－4）移波釃爲（史記－118－3098－1）膺懲（史記－122－3131－2）德有（史記－126－3197－5）庭鳴（史記－126－3197－5）天人（史記－126－3198－5）竇籌（史記－126－3198－5）邪車家（史記－126－3198－5）穀熟（史記－126－3208－3）死哀（史記－126－3208－3）言善（史記－126－3208－1）蕃言（史記－126－3208－1）極國（史記－129－3253－1）極食服來（史記－129－3255－8）實節（史記－129－3255－8）足辱

2・與《〈史記〉韻語研究》一致的韻段

1・先秦部分

（史記－2－81－3）喜起熙（史記－2－82－1）明良康（史記－2－82－2）脞惰墮（史記－4－141－6）稷天民極（史記－4－147－7）服國（史記－6－261－1）長方莊明章常強行兵方殃亡疆清名情貞誠程清經平傾銘、令（史記－7－300－3）戶楚（史記－10－428－1）子母（史記－12－465－6）基牛鬴休（史記－24－1223－3）明邦王（史記－24－1223－3）悔祉子（史記－24－1224－5）鳴聽（史記－28－1355－5）衡政（史記－33－1540－1）巢、侯（史記－33－1540－1）處野（史記－36－1578－4）鑐姜昌卿京（史記－38－1617－1）疑土、笠（史記－38－1618－1）序廉（史記－38－1618－4）歲月、日（史記－38－1618－5）明章康（史記－38－1618－5）成寧星（史記－38－1618－6）雨夏雨（史記－38－1621－1）油好（史記－39－1646－5）茸公從（史記－39－1649－5）磨爲（史記－39－1651－8）葬昌兄（史記－40－1700－3）天人（史記－41－1746－5）藏烹（史記－43－1804－6）熒榮贏（史記－43－1810－7）情、變（史記－43－1832－4）號笑毛（史記－46－1880－6）鑐姜昌卿京（史記－

47－1908－1）僂傴俯走侮口（史記－47－1918－7）口走（史記－47－1918－7）
謁敗（史記－47－1918－7）優游（史記－47－1918－7）維、歲（史記－47－
1929－3）勤分（史記－47－1931－1）虎野（史記－47－1933－1）衰追（史記
－47－1932－4）哉子財宰（史記－47－1944－4）壞摧萎（史記－47－1947－6）
仰行（史記－49－1983－5）文、姓（史記－60－2108－2）仰向（史記－60－
2117－7）直、黑（史記－60－2119－7）芷、服（史記－61－2123－6）薇非歸
衰（史記－61－2124－1）親人（史記－61－2127－1）名生（史記－61－2127
－2）照、求（史記－61－2127－2）虎覵（史記－62－2132－8）實節（史記－
62－2132－8）足辱（史記－62－2132－8）度、固（史記－62－2132－7）張亡
（史記－63－2140－2）虛、愚（史記－63－2145－1）利、位（史記－63－2145
－2）時得（史記－63－2145－2）繡廟（史記－63－2145－3）仕志（史記－64
－2181－10）卿享（史記－64－2193－2）敬正靜（史記－64－2193－2）勇、
眾（史記－64－2202－3）倩盼絢（史記－68－2234－14）體禮禮死（史記－68
－2235－1）興崩（史記－68－2235－3）昌亡（史記－69－2253－3）口後（史
記－69－2256－1）絕何伐柯（史記－78－2389－3）水尾（史記－78－2390－3）
獲度（史記－78－2399－2）斷亂（史記－79－2422－4）移虧（史記－79－2422
－4）天人（史記－79－2423－14）容凶（史記－79－2423－15）下處（史記－
79－2424－3）足欲（史記－79－2424－3）止有（史記－79－2425－6）舞賈（史
記－79－2433－3）聲名（史記－86－2534－2）寒還（史記－102－2761－4）
黨蕩（史記－102－2761－4）偏、便（史記－104－2708－7）使子友（史記－
106－2823－6）魚、祥（史記－106－2836－11）狄、屬（史記－110－2882－2）
彭方（史記－117－3051－3）下土濱臣（史記－117－3064－2）明良（史記－
46－1883－4）芑子（史記－46－1903－3）柏客（史記－107－2847－4）清寧
（史記－71－2310－3）鄙里（史記－84－2485－6）食惻福（史記－84－2486
－2）清醒（史記－84－2486－4）移波醨爲（史記－118－3098－1）贋懲（史
記－122－3131－2）德有（史記－126－3197－5）庭鳴（史記－126－3197－5）
天人（史記－126－3198－5）寋籌（史記－126－3198－5）邪車家（史記－126
－3198－5）穀熟（史記－126－3208－3）死哀（史記－126－3208－3）言善（史
記－126－3208－1）蕃言（史記－126－3208－1）極國（史記－129－3253－1）
極食服來（史記－129－3255－8）實節（史記－129－3255－8）足辱

2·前漢部分

（史記－29－1413－3）何河；（史記－29－1413－4）寧平；（史記－29－1413－4）溢、日；（史記－29－1413－5）流遊；（史記－29－1413－5）沛外；（史記－29－1413－6）仁人；（史記－29－1413－6）滿綏；（史記－29－1413－7）湲難；（史記－29－1413－7）玉屬；（史記－29－1413－7）罪水；（史記－29－1413－8）菑來；（史記－55－2047－6）里海；（史記－55－2047－6）何施；（史記－1－3－5）谷木；（史記－1－11－1）謀事；（史記－1－11－1）地義化；（史記－1－13－4）靈名；（史記－1－13－4）用送；（史記－1－13－5）鬱嶷時士；（史記－1－15－1）天神雲；（史記－1－15－1）舒馬；（史記－1－15－2）族睦；（史記－1－35－3）平成；（史記－2－51－2）勤親信；（史記－2－51－2）律出；（史記－2－52－1）陽漳；（史記－2－58－1）都居；（史記－2－58－2）禿喬泥；（史記－2－65－1）西汭；（史記－2－65－1）從同；（史記－2－65－2）旅鼠野序；（史記－3－95－7）喪亡；（史記－3－107－4）威至；（史記－3－108－7）囚墓闔；（史記－4－123－1）罷離；（史記－4－126－1）德祀；（史記－5－192－9）神民；（史記－7－305－4）羊狼；（史記－7－336－2）我爲；（史記－9－412－4）穡殖；（史記－10－414－6）庚王光；（史記－24－1222－2）旅鼓武雅語古家下；（史記－24－1222－2）俯止儒女子；（史記－24－1223－1）當昌祥當；（史記－24－1229－2）事志治；（史記－27－1322－2）兵昌雨暑；（史記－27－1339－3）煙雲紛困雲 ；（史記－27－1339－7）長象；（史記－27－1339－8）闔枯；（史記－27－1339－8）第次；（史記－27－1339－8）服食；（史記－27－1339－8）木屬；（史記－27－1339－9）庫路；（史記－27－1339－9）獸就；（史記－27－1339－9）鼠處呼悟；（史記－27－1339－10）言然；（史記－40－1745－6）取、咎；（史記－41－1753－4）子市；（史記－42－1777－1）者疏；（史記－43－1792－2）皮腋；（史記－46－1879－1）光王；（史記－46－1879－2）身、孫；（史記－46－1889－9）昌亡；（史記－46－1890－2）昌亡；（史記－46－1890－6）任、音；（史記－47－1924－7）堅磷；（史記－47－1924－7）堅磷；（史記－47－1924－7）白、淄；（史記－48－1950－9）興、王；（史記－49－1967－1）喜己；（史記－49－1983－3）怒夫下；（史記－49－1984－7）垢走；（史記－49－1984－7）道好；（史記－49－1984－8）惡妒；（史記－49－1984－8）肖、嫉；（史記－52－2001－3）疏去；（史

記－52－2001－13）斷亂；（史記－54－2031－10）一失一；（史記－55－2037－10）行病；（史記－56－2060－12）口用；（史記－58－2091－1）驕孝；（史記－60－2111－3）戲社占家土輔；（史記－60－2111－4）常光；（史記－60－2111－4）中終躬；（史記－60－2112－1）古土戲社家輔；（史記－60－2112－3）罪師綏；（史記－60－2112－4）德備、徵；（史記－60－2113－2）戲胥社古家土輔；（史記－60－2113－3）南心；（史記－60－2113－4）疆、政；（史記－60－2113－4）順人；（史記－64－2176－9）天人；（史記－65－2229－8）百法；（史記－65－2229－8）十器；（史記－65－2229－8）過邪；（史記－68－2233－9）明強尚；（史記－68－2234－3）皮、掖諾諤；（史記－68－2234－3）昌亡；（史記－68－2234－4）實疾；（史記－70－2287－1）舟軸；（史記－75－2359－3）乎魚；（史記－75－2359－4）乎輿；（史記－75－2359－6）乎家；（史記－82－2456－2）女戶兔距；（史記－83－2462－5）圻席斳；（史記－84－2482－1）聰公容；（史記－86－2538－3）栗角；（史記－86－2549－6）時謀時；（史記－86－2555－10）釋搏；（史記－88－2569－7）識事；（史記－88－2569－7）殃祥；（史記－89－2580－4）取咎；（史記－90－2589－3）亂見；（史記－90－2618－5）言焉；（史記－92－2624－3）取咎；（史記－92－2624－3）行殃；（史記－92－2625－12）豫蟄步；（史記－92－2625－12）智、麾；（史記－92－2627－7）亨藏亡亨；（史記－97－2700－6）相將；（史記－99－2726－4）裘、椁際；（史記－99－2726－4）腋、枝智；（史記－101－2748－7）常亡；（史記－104－2783－2）虧衰；（史記－104－2783－2）退貴祟；（史記－106－2836－11）首咎；（史記－107－2856－3）延言；（史記－108－2860－4）父虎；（史記－108－2860－4）兄狼；（史記－108－2861－4）縞毛；（史記－111－2924－1）彭方；（史記－111－2927－7）堅禽；（史記－113－2977－5）囂驕搖朝、侯；（史記－113－2977－6）女、後；（史記－113－2977－6）惑殖福墨；（史記－114－2990－2）負祀；（史記－114－2990－2）首咎；（史記－114－2990－2）禺誅侯；（史記－114－3003－3）濱麟輪；（史記－114－3003－8）澤、餘；（史記－114－3004－1）鬱崒；（史記－114－3004－2）差虧；（史記－114－3004－2）紛雲；（史記－114－3004－2）陁河；（史記－114－3004－2）堊、坿；（史記－114－3004－3）銀鱗；（史記－114－3004－4）珸夫；（史記－114－3004－4）蘭干；（史記－114－3004－5）蒲蕪且；（史記－114－3004－5）曼山煩；

（史記－114－3004－6）葭胡蘆芋居圖；（史記－114－3004－8）池移沙；（史記－114－3004－9）楊芳；（史記－114－3004－10）鸞干犴狿；（史記－117－3009－1）旃箭；（史記－117－3009－3）御舒盧狳；（史記－117－3009－5）腋地；（史記－117－3009－5）與怒懼；（史記－117－3011－1）榖曲谷；（史記－117－3011－2）削髻；（史記－117－3011－3）蕙蕤矮佛；（史記－117－3012－1）義施鵝加池；（史記－117－3013－1）枇蓋貝籟喝沸磕外；（史記－117－3014－1）㵐隊裔；（史記－117－3014－1）臺持之；（史記－117－3014－2）與娛如；（史記－117－3014－5）里士右哉；（史記－117－3015－2）義可；（史記－117－3015－5）界外芥類萃計位大；（史記－117－3016－1）得職；（史記－117－3016－2）憤田；（史記－117－3017－1）極北；（史記－117－3017－1）渭淆內；（史記－117－3017－2）態來；（史記－117－3017－3）浦野下怒；（史記－117－3017－4）汨折㵉瀄戾瀨沛；（史記－117－3017－7）墜蓋屈沸沫；（史記－117－3017－8）懷歸徊；（史記－117－3017－9）池螭離；（史記－117－3017－10）夥靡珂；（史記－117－3017－11）爛旰；（史記－117－3017－11）濫淡；（史記－117－3018－1）渚藕；（史記－117－3022－1）峨嵯峨錡崎；（史記－117－3022－2）木谷瀆；（史記－117－3022－3）靡豸；（史記－117－3022－3）鸑陸築；（史記－117－3022－4）離莎何；（史記－117－3022－4）蕪旅；（史記－117－3022－5）蘭干煩原衍蒪；（史記－117－3022－6）烈越勃寫；（史記－117－3025－1）泭忽；（史記－117－3025－1）陂波；（史記－117－3025－2）麋犀；（史記－117－3025－3）河駝騾；（史記－117－3026－1）谷閣屬宿；（史記－117－3026－2）堂房；（史記－117－3026－2）見天軒；（史記－117－3026－2）成清榮庭傾嶸生；（史記－117－3026－6）鱗閒焉；（史記－117－3028－1）孰榛樸陶；（史記－117－3028－3）莖榮；（史記－117－3028－3）扈野櫧櫨余鬧閭；（史記－117－3028－4）抱茂；（史記－117－3028－5）倚佹砢纚；（史記－117－3029－1）蓼風音；（史記－117－3029－2）宮窮；（史記－117－3031－1）鳴經；（史記－117－3031－1）顚榛；（史記－117－3031－1）閒遷；（史記－117－3033－1）者處舍具；（史記－117－3033－2）涉獵；（史記－117－3033－2）糾游；（史記－117－3033－3）乘中；（史記－117－3033－3）者阹櫓；（史記－117－3033－4）地離施；（史記－117－3034－1）狼羊；（史記－117－3034－1）蘇虎馬；（史記－117－3034－2）坻水；（史記－117－3034－2）豸氏豕；

（史記－117－3034－3）腦倒；（史記－117－3034－4）來態；（史記－117－3034－5）去兔；（史記－117－3034－6）耀宙弱梟；（史記－117－3034－6）羽盧處僕；（史記－117－3036－1）浮颷俱；（史記－117－3036－1）雞鵝；（史記－117－3036－1）皇明；（史記－117－3037－1）殫還；（史記－117－3037－1）羊鄉；（史記－117－3037－1）關巒寒；（史記－117－3037－2）首柳；（史記－117－3037－3）略獲若蹯籍澤；（史記－117－3038－1）怠臺；（史記－117－3038－1）宇鉅鼓；（史記－117－3038－2）歌和波歌；（史記－117－3038－3）起耳；（史記－117－3038－4）音風；（史記－117－3039－1）徒都；（史記－117－3039－1）約嬶削；（史記－117－3040－1）服鬱側；（史記－117－3040－2）礫藐；（史記－117－3041－1）此麗；（史記－117－3041－3）慚禁；（史記－117－3041－4）足獨；（史記－117－3041－5）度朔；（史記－117－3041－6）戒旗圉；（史記－117－3041－7）塗虞雅胥圃；（史記－117－3041－8）道獸廟；（史記－117－3041－9）獲說；（史記－117－3042－1）化義；（史記－117－3042－1）帝喜；（史記－117－3043－1）騁形精；（史記－117－3043－1）庶獲；（史記－117－3043－1）之事哉里食尤；（史記－117－3049－1）世穢外；（史記－117－3049－2）征攘；（史記－117－3049－2）被靡；（史記－117－3049－2）朧邛；（史記－117－3049－3）滿轅；（史記－117－3049－3）報都；（史記－117－3050－7）勞毛；（史記－117－3051－2）議規地；（史記－117－3051－6）序辜奴普所墓雨；（史記－117－3051－10）山原；（史記－117－3051－11）施駕；（史記－117－3051－11）閉昧此彼；（史記－117－3052－2）封頌三；（史記－117－3052－2）廓澤；（史記－117－3055－1）峨差；（史記－117－3055－2）衍榛；（史記－117－3055－3）瀨世埶絕；（史記－117－3055－4）得食；（史記－117－3055－5）侜逝；（史記－117－3056－4）州留游浮；（史記－117－3056－5）旄霄搖；（史記－117－3057－1）綢浮；（史記－117－3057－1）麗、倚、趀；（史記－117－3057－2）蜓卷顏；（史記－117－3057－5）消求；（史記－117－3058－1）東光陽湟方行；（史記－117－3059－1）旗嬉疑；（史記－117－3060－1）馳離離；（史記－117－3060－3）律礦；（史記－117－3060－3）河沙；（史記－117－3060－4）夷師危歸；（史記－117－3060－7）止母使喜；（史記－117－3062－1）都霞華；（史記－117－3062－2）厲沛逝；（史記－117－3062－3）垠門天聞存；（史記－117－3063－6）民秦；（史記－117－3064－3）君存；（史記－117

－3064－3）傳觀；（史記－117－3064－4）戎隆終；（史記－117－3064－5）成聲；（史記－117－3064－6）端前；（史記－117－3064－6）湧豐；（史記－117－3064－7）繼卒；（史記－117－3065－2）泉衍散埏原；（史記－117－3065－3）沫沒哲內；（史記－117－3065－4）獸庖獸沼；（史記－117－3065－6）館變禪；（史記－117－3065－7）丘惡；（史記－117－3067－1）憶二；（史記－117－3067－2）變見；（史記－117－3067－3）榮成；（史記－117－3067－6）替祇；（史記－117－3067－5）君越神尊民；（史記－117－3068－2）七實；（史記－117－3070－1）試事富；（史記－117－3070－3）油游育蓄；（史記－117－3070－5）澤濩；（史記－117－3070－5）熙思來哉；（史記－117－3071－1）圍熹能來；（史記－117－3071－1）聲徵興；（史記－117－3071－3）時祀祉有；（史記－117－3071－5）升煌烝乘；（史記－117－3072－1）諄變；（史記－117－3072－2）德翼；（史記－117－3072－2）衰危；（史記－117－3072－2）祇遺；（史記－84－2497－1）夏舍暇故處去、度；（史記－84－2497－2）服息翼意息之酉期；（史記－84－2498－1）遷還嬗言；（史記－84－2498－2）伏域；（史記－84－2498－3）敗大世；（史記－84－2498－3）成刑丁；（史記－84－2498－4）福繹極；（史記－84－2498－4）旱遠轉；（史記－84－2498－5）紛垠；（史記－84－2498－6）謀時；（史記－84－2499－1）工銅；（史記－84－2499－1）息則極；（史記－84－2500－1）搏患；（史記－84－2500－2）我可；（史記－84－2500－2）名生；（史記－84－2500－3）東同；（史記－84－2500－3）拘懼；（史記－84－2500－4）或意息；（史記－84－2500－5）喪荒翔；（史記－84－2500－6）止已；（史記－84－2500－6）浮休舟寶浮憂、疑；（史記－100－2731－11）百諾；（史記－84－2493－1）沙羅；（史記－84－2493－1）生、身；（史記－84－2493－2）祥翔；（史記－84－2493－2）志植；（史記－84－2493－3）貪廉銛；（史記－84－2493－4）故瓠鱸車；（史記－84－2493－5）久咎；（史記－84－2494－1）己、知；（史記－84－2494－1）語去；（史記－84－2494－2）珍蹎；（史記－84－2494－3）藏羊；（史記－84－2494－4）辜都下去魚、縷；（史記－84－2487－1）夏莽土；（史記－84－2487－4）盛正；（史記－84－2487－4）章明；（史記－84－2487－5）下舞；（史記－84－2487－5）鄙改；（史記－84－2487－5）量臧；（史記－84－2488－1）濟示；（史記－84－2488－1）吠怪；（史記－84－2488－2）態採有；（史記－84－2488－3）豐容；（史記－84－2488－3）

故慕；（史記－84－2489－1）強象；（史記－84－2489－2）暮故；（史記－84－2489－4）汩忽；（史記－84－2489－4）慨謂；（史記－84－2490－1）質匹、桯；（史記－84－2490－2）錯懼；（史記－84－2490－2）嘳謂；（史記－84－2490－3）愛類；（史記－118－3080－8）縫春容；（史記－118－3088－4）病行；（史記－119－3113－1）行糧；（史記－120－3114－1）生情；（史記－120－3114－1）富態；（史記－120－3114－1）賤見；（史記－126－3199－4）睹故語；（史記－126－3199－5）留曹；（史記－126－3199－5）禁簪參；（史記－126－3199－7）席錯藉客澤石；（史記－126－3199－8）悲衷；（史記－126－3200－8）棺蘭；（史記－126－3200－8）棄稻；（史記－126－3200－8）光腸；（史記－126－3203－3）蕩上；（史記－126－3203－3）漆室；（史記－127－3217－5）報務受；（史記－127－3217－6）正敬；（史記－127－3217－6）污下；（史記－127－3217－7）罪愧；（史記－127－3217－8）前言；（史記－127－3217－8）勢利利威機；（史記－127－3217－11）多馳兒；（史記－127－3217－12）親民；（史記－127－3218－1）禁攝；（史記－127－3218－1）塞治；（史記－127－3218－1）調適；（史記－127－3218－5）義地義；（史記－127－3218－6）害敗；（史記－127－3219－1）筮帶禮；（史記－127－3219－1）饗上；（史記－127－3219－2）子德；（史記－127－3219－2）生成生；（史記－127－3219－5）憂道；（史記－127－3219－6）庫車；（史記－127－3219－6）之時；（史記－127－3219－7）物世；（史記－127－3219－8）移池移觴；（史記－127－3219－13）馴列；（史記－127－3219－13）下譽；（史記－127－3220－5）糈處、屨；（史記－127－3221－11）生成；（史記－127－3221－5）子士；（史記－128－3226－3）絲龜；（史記－128－3229－3）河我義；（史記－128－3229－6）路去語訴；（史記－128－3229－7）光鄉衡望；（史記－128－3229－9）子牛謀期來；（史記－128－3229－10）留因；（史記－128－3229－10）龜之；（史記－128－3330－1）家且；（史記－128－3330－1）龜之；（史記－128－3330－2）圖家廬且；（史記－128－3230－6）門冥；（史記－128－3230－6）黃行箱光；（史記－128－3230－11）龜期；（史記－128－3231－1）土古；（史記－128－3231－1）域力極色匿食黑德福服稷；（史記－128－3231－5）天淵賢人；（史記－128－3231－6）力德福；（史記－128－3231－8）報受寶；（史記－128－3231－8）下所塗；（史記－128－3231－9）州留因仇；（史記－128－3231－10）謀治埃時來龜哉；（史

記－128－3231－13）使謀有；（史記－128－3231－14）強亡亡；（史記－128－3231－14）道紂咎寶留；（史記－124－3182－5）鈎誅侯；（史記－124－3182－5）門存；（史記－128－3232－2）然患閒山安安遷謾官患言寒奸然；（史記－128－3232－5）長藏疆鄉；（史記－128－3232－5）時治之；（史記－128－3232－6）色黑；（史記－128－3232－6）惡若作錯擇薄獲澤谷郭陌宅籍；（史記－128－3232－10）族祿穀耦；（史記－128－3232－11）嗜美利、至；（史記－128－3232－12）盈嬴精成令名；（史記－128－3232－14）始理紀有；（史記－128－3232－14）然山；（史記－128－3232－15）海市之子海；（史記－128－3233－1）山患言；（史記－128－3233－4）福賊惑；（史記－128－3233－4）來財時期災期；（史記－128－3233－6）生成；（史記－128－3233－7）同雙凶功通、眾；（史記－128－3233－8）逢功梁狼傍傷央狂亡殃忘疆郎床羹胕狂昌明亡望兵行將王陽郎葬行湯；（史記－128－3234－8）傲高驕笑毫逃；（史記－128－3235－1）然山；（史記－128－3235－1）理海之起殆子；（史記－128－3235－2）廟寶；（史記－128－3235－3）理時士使友喜始之子之紀；（史記－128－3235－3）彊常郎氓方囊疆嘗傍行祥享光綱長亡；（史記－128－3235－8）成冥；（史記－128－3235－11）子之已；（史記－128－3235－11）行疆王；（史記－128－3235－12）王將行當；（史記－128－3236－1）寶受咎；（史記－128－3236－1）之已；（史記－128－3236－3）良羊央傷腸創迎當鄉桐兵王彊；（史記－128－3236－8）王籠當江；（史記－128－3236－9）患見言全孿然、賢；（史記－128－3237－1）聞賢；（史記－128－3237－2）雲門神；（史記－128－3237－3）椽全；（史記－128－3237－4）枯下烏蟆且虛閶虛疏如乎；（史記－129－3256－1）子市；（史記－129－3256－2）熙來；（史記－129－3256－2）壤往；（史記－129－3271－11）樵耀；（史記－129－3274－5）文門；（史記－129－3297－5）爵刀

第二節　《史記·太史公自序》各家研究情況比對

《太史公自序》是司馬遷的自傳。司馬遷的家世源流，論著始末，備見於此；《史記》的大綱細目，記述得非常清晰，其文字貫串，纍纍如貫珠，燦然奪目；作者的悲壯之情，力透紙背，豪放之氣，勢薄雲天。其內容非常廣

博，涉及政治、經濟、軍事、思想文化、天文地理、倫理世俗等等。其議論宏闊，筆勢縱橫，言辭精練，旨意深微。或敍遊曆，或揭示取材義例，或明述作之旨，皆直抒胸臆，觀點鮮明，是我們瞭解研究司馬遷思想的主要之依據。最重要的是《自序》中含有大量的韻語，這也就使其成爲歷代學者爭先恐後研究的對象。羅常培、周祖謨、施向東、金周生等多位先生都對《自序》進行過詳盡地分析。

羅常培、周祖謨先生的《漢魏晉南北朝韻部演變研究》在分析《史記・太史公自序》時，得出了80個韻段；而施向東先生在統計《太史公自序》時，得出107個韻段；金周生先生在《〈史記・太史公自序〉韻語商榷》一文中得出了57個韻段。〔註1〕其中三家一致的只有44個韻段。而在某處是否用韻、是否換韻、是否合韻的問題上頗多分歧。本節將三家的觀點進行比對分析，最後得出本文的觀點。

1・金周生的韻段

金先生認爲《史記・自序》中所包含的韻語如下：

（130－3292－1）〔註2〕爲爲知（130－3292－2）形情（130－3292－2）後主（130－3292－3）法業合（130－3292－3）朽守（先秦）（130－3292－3）常綱明（先秦）（130－3292－4）端竅（130－3292－4）生形成冥名形（130－3298－1）釐里（130－3301－1）帝地（130－3301－1）序度（130－3301－1）臺之（130－3301－3）功同（130－3301－3）際裔（130－3301－3）驕條（130－3301－4）商湯衡享、宗（130－3302－6）道擾（130－3302－6）業接、立（130－3302－6）懷非（130－3302－10）臺謀疑（130－3304－6）越列（130－3306－8）歷適跡（130－3306－8）齊夷（130－3307－1）越滅（130－3307－2）微師（130－3307－2）幽丘（130－3307－3）盟昌彰亡（130－3308－1）庚商饗盟強（130－3308－3）絕說烈（130－3308－3）杞杞之起哉（130－3308－5）邑告（130－3308－5）生寧名（130－3308－6）強亡（130－3308－7）乎乎奴

（130－3308－7）泓稱（130－3308－7）行亡（130－3309－3）業接牒（130
－3309－3）繹續（130－3309－3）賢陳秦（130－3309－3）元原（130－3309
－6）海處祀（130－3309－6）彼蠡（130－3309－7）德室（130－3310－1）東
庸（130－3310－1）禾議（130－3310－1）盟昌（130－3310－1）仁賢韓（130
－3310－3）父緒輔（130－3310－3）伯爵斥（130－3311－6）旅與吳呂邪輔（130
－3311－6）齊歸（130－3311－9）寡土呂許父（130－3313－6）奢吳（130－
3313－13）郓平（130－3313－13）率計（130－3315－4）奴固（130－3315－
13）明量

金先生的韻語判斷是極為謹慎的，所得出的韻語基本上也都是非常精準
的，只是其數量是最少的。

2・羅常培、周祖謨的韻段

史記自序分韻如下〔註3〕：

（1）之　部

【獨用】

　　平聲：臺之（3301－1）〔註4〕臺謀疑（3302－10）之哉（3308－3）臺
　　　　　基（3311－2）時富（3319－1）

　　上聲：祀杞起（3308－3）

　　去聲：治事（3304－9）

【合韻】

　　之魚：上聲：海處祀（3309－6）之職：事謀稷（3312－5）

（2）幽　部

【獨用】

　　上聲：道擾（3302－6）

【合韻】

　　幽宵：平聲：驕條（3301－3）

（3）魚　部

【獨用】

平聲：乎乎奴（3308－7）吳邪（3311－6）奢吳（3313－6）

上聲：序度（3301－1）野下（3301－6）父緒輔（3310－3）旅與（3311

　　　－6）寡土呂許父（3311－9）

去聲：奴固（3315－4）

（4）歌　部

【獨用】

平聲：彼蘂（3309－6）禾議（3310－1）和宜（3312－11）

（5）支　部

【獨用】

去聲：帝地（3301－1）

【合韻】

支歌：平聲：知和（3310－5）罷廝（3310－6）

（6）脂　部

【獨用】

平聲：懷非（3302－6）齊夷（3306－8）微師（3307－2）齊歸（3311

　　　－6）魏齊（3312－1）

去聲：貴〔註5〕（遺）邃（3311－2）率計（3313－13）

【合韻】

脂歌：平聲：綏和（3307－5）

（7）祭　部

【獨用】

際裔（3301－3）

（8）蒸　部

【獨用】

〔註 5〕此處當爲「遺」，《研究》誤爲「貴」。

平聲：興崩（3305－3）泓稱（3308－7）

【合韻】

　　蒸陽侵：平聲：興明心（3303－1）

（9）陽　部

【獨用】

　　疆昌（3305－3）尚明（3305－3）行商（3306－6）盟昌彰亡（3307
　　－3）疆昌（3307－6）庚商饗盟疆（3308－1）疆亡（3308－6）行亡
　　（3308－8）盟昌（3310－1）

【合韻】

　　陽東：平聲：疆從（3304－7）唐公（3309－1）

　　陽冬：平聲：商湯衡宗享（3301－4）梁宗（3303－1）

（10）東　部

【獨用】

　　平聲：功同（3301－3）東庸（3310－1）

【合韻】

　　東蒸：平聲：功肱（3304－3）

（11）耕　部

【獨用】

　　平聲：生寧名（3308－5）郢平（3313－13）

（12）真　部

【獨用】

　　平聲：親秦（3315－1）

【合韻】

　　眞元：平聲：賢陳元原秦（3309－3）仁賢韓（3310－1）

　　眞耕：平聲：秦寧（3302－8）

（13）元　部

【獨用】

平聲：元禪（3303－4）難亂間嬗（擅）〔註6〕（3303－9）禪亂（3307
－8）端難（3311－1）焉難（3315－12）

（14）職　部

【獨用】

國革力（3302－4）國革（3312－1）

【合韻】

職質：德室（3309－7）職藥：虐德（3302－8）職鐸：稷伯（3301－6）

（15）鐸　部

【獨用】

索籍（3315－8）

【合韻】

鐸藥：伯爵斥（3310－3）鐸屋：繹籍（3309－3）

（16）錫　部

【獨用】

歷適跡（3306－8）

（17）月　部

【獨用】

越列（3304－6）越滅（3307－1）絕說烈（3308－3）

（18）緝　部

【合韻】

緝藥：邑弱（3304－7）緝沃：邑告（3308－5）

（19）盍　部

【獨用】

業接牒（3309－3）

羅、周兩位先生的韻語是唯一按照四聲分列的。

〔註6〕此處當為「擅」，《研究》誤為「嬗」。

3 · 施向東的韻段

（史記－130－3288－3）墨德治耳；（史記－130－3289－5）眞實；（史記－130－3289－8）術竭敝；（史記－130－3290－7）刮衣死哀禮率；（史記－130－3295－2）史事史；（史記－130－3304－11）務道；（史記－130－3317－4）國職；（史記－130－3288－3）慮塗；（史記－130－3290－4）要功；（史記－130－3290－6）等刮；（史記－130－3290－6）刑羹；（史記－130－3290－6）衣裘；（史記－130－3291－5）儉眞；（史記－130－3292－3）朽守；（史記－130－3292－3）常綱；（史記－130－3298－1）釐里；（史記－130－3292－3）朽守；（史記－130－3292－3）常綱明；（史記－130－3298－1）釐里；（史記－130－3288－3）慮塗；（史記－130－3289－1）術諱畏；（史記－130－3289－2）功從；（史記－130－3289－3）遵循；（史記－130－3289－4）恩分；（史記－130－3289－5）物術；（史記－130－3289－4）移化宜多和隨；（史記－130－3289－8）竭敝；（史記－130－3290－7）死哀禮率；（史記－130－3292－1）爲爲知；（史記－130－3292－2）形情；（史記－130－3292－2）後主；（史記－130－3292－3）法業合；（史記－130－3292－4）端竅；（史記－130－3292－4）生形成冥名形；（史記－130－3292－7）竭敝死；（史記－130－3295－3）夏予祖；（史記－130－3295－5）親身；（史記－130－3301－1）帝地；（史記－130－3301－1）序度；（史記－130－3301－1）臺載；（史記－130－3301－3）功同；（史記－130－3301－3）際裔；（史記－130－3301－3）驕條；（史記－130－3301－4）商湯衡享、宗；（史記－130－3301－6）伯野下；（史記－130－3301－6）亂赦；（史記－130－3302－2）禹旅；（史記－130－3302－4）國革力；（史記－130－3302－6）道擾；（史記－130－3302－6）業接、立；（史記－130－3302－6）懷非；（史記－130－3302－10）臺謀友疑；（史記－130－3303－10）難亂閒嬗；（史記－130－3304－6）越列；（史記－130－3304－9）治事；（史記－130－3305－3）強昌；（史記－130－3305－3）興崩；（史記－130－3305－3）尙明；（史記－130－3306－6）行商；（史記－130－3306－6）利、末；（史記－130－3306－8）歷適跡；（史記－130－3306－8）齊夷；（史記－130－3307－1）越滅；（史記－130－3307－2）微師；（史記－130－3307－2）幽丘；（史記－130－3307－3）盟昌彰亡；（史記－130－3307－5）違綏；（史記－130－3307－5）和何；（史記－130－3307－6）強昌；

（史記－130－3308－1）庚商饗盟強；（史記－130－3308－3）絕說烈；（史記－130－3308－3）祀杞之起哉；（史記－130－3308－5）生寧名；（史記－130－3308－6）強亡；（史記－130－3308－7）泓稱；（史記－130－3308－7）行亡；（史記－130－3309－3）業接牒；（史記－130－3309－3）賢陳秦；（史記－130－3309－3）元原；（史記－130－3309－6）子海祀；（史記－130－3309－6）彼蠡；（史記－130－3310－1）東庸；（史記－130－3310－1）禾議；（史記－130－3310－1）盟昌；（史記－130－3310－1）仁賢；（史記－130－3310－3）父緒輔、伯斥；（史記－130－3310－5）知和；（史記－130－3310－6）罷廁；（史記－130－3310－7）德興；（史記－130－3310－7）宗庸；（史記－130－3310－8）難援；（史記－130－3310－8）侯共；（史記－130－3311－2）臺基；（史記－130－3311－2）貴遂；（史記－130－3311－4）輕城；（史記－130－3311－6）旅與吳呂邪輔；（史記－130－3311－6）齊歸；（史記－130－3311－6）關燕；（史記－130－3311－9）寡土呂許父；（史記－130－3312－1）魏齊；（史記－130－3312－1）國革；（史記－130－3312－5）事謀稷；（史記－130－3312－11）和宜；（史記－130－3312－14）利死；（史記－130－3313－6）奢父吳；（史記－130－3313－13）郢平；（史記－130－3313－13）率計；（史記－130－3315－4）眾中；（史記－130－3315－4）奴固；（史記－130－3315－8）齊二；（史記－130－3315－12）戰焉難；（史記－130－3315－13）明量；（史記－130－3317－6）閒藩；（史記－130－3317－6）民臣；（史記－130－3318－1）序如；（史記－130－3318－1）閒粲；（史記－130－3319－1）政姓；（史記－130－3319－1）時富採

4・對三家的韻語的辨析

4・1 以下韻段為施先生獨有，而羅、周先生無：

4・1・1 模 [註7]（130－3288－3）廬塗

　　說明：此韻段當屬先秦時期，不應和漢代的韻語混淆。

4・1・2 哈、德（130－3288－3）墨德治耳

　　說明：此處應非韻。原文為「夫陰陽、儒、墨、名、法、道德，此務為治

―――――――――――――――――

〔註7〕此為韻段的中古韻歸屬。

者也，直所從言之異路，有省不省耳。」不符合韻例習慣。

4・1・3 灰、沒（130－3289－1）術諱畏

4・1・4 東（130－3289－2）功從

4・1・5 痕（130－3289－3）遵循

4・1・6 痕、先（130－3289－4）恩分

4・1・7 屑、先（130－3289－5）眞實

　　說明：此處應非韻。

4・1・8 沒、屑（130－3289－5）一物術

4・1・9 歌（130－3289－4）移化宜多和隨

4・1・10 曷、沒（130－3289－8）術竭敝

　　說明：「術」字不應入韻。

4・1・11 沒、灰（130－3290－7）刮衣死哀禮率

　　說明：「刮、衣」不應入韻。

4・1・12 齊、歌（130－3292－1）爲爲知

4・1・13 青（130－3292－2）形情

4・1・14 侯（130－3292－2）後主

4・1・15 合、帖（130－3292－3）法業合

4・1・16 蕭（130－3292－3）朽守

　　說明：此韻段當屬先秦時期，不應和漢代的韻語混淆。

4・1・17 唐（130－3292－3）常綱明

　　說明：此韻段屬先秦時期的，不應和漢代的韻語混淆。

4・1・18 寒（130－3292－4）端籫

4・1・19 青（130－3292－4）生形成冥名形

4・1・20 灰、曷（130－3292－7）竭敝死

4・1・21 咍（130－3295－2）史事史

　　說明：原文爲「余先周室之太史也。自上世嘗顯功名於虞夏，典天官事。
　　　　　後世中衰，絕於予乎？汝復爲太史，則續吾祖矣。」應非韻。

4・1・22 模（130－3295－3）夏予祖

　　說明：「夏」字不入韻。

4・1・23 先（130−3295−5）親身

4・1・24 咍（130−3298−1）釐里

　　說明：此韻段當屬先秦時期，卟應和漢代的韻語混淆。

4・1・25 寒（130−3301−6）亂根

4・1・26 模（130−3302−2）禹旅

4・1・27 合、帖（130−3302−6）業接、立

4・1・28 蕭（130−3304−11）務道

4・1・29 灰、曷（130−3306−6）利、末

4・1・30 蕭、咍（130−3307−2）幽丘

4・1・31 德、登（130−3310−7）德興

4・1・32 冬、東（130−3310−7）宗庸

4・1・33 寒（130−3310−8）難援

4・1・34 侯・東（130−3310−8）侯共

4・1・35 青（130−3311−4）輕城

4・1・36 灰（130−3312−14）利死

4・1・37 模（130−3313−6）奢父吳

4・1・38 青（130−3313−13）郢平

4・1・39 沒（130−3313−13）率計

4・1・40 唐（130−3315−13）明量

4・1・41 德（130−3317−4）國職

　　說明：此處應非韻。

4・1・42 寒（130−3317−6）閒藩

4・1・43 先（130−3317−6）民臣

4・1・44 模（130−3318−1）序如

4・1・45 寒（130−3318−1）閒粲

4・1・46 青（130−3319−1）政姓

4・2 施先生和《研究》相同的有

4・2・1 歌、齊（130−3301−1）帝地

4・2・2 鐸、模（130−3301−1）序度

4・2・3 咍（130－3301－1）臺載

4・2・4 東（130－3301－3）功同

4・2・5 曷（130－3301－3）際裔

4・2・6 蕭、豪（130－3301－3）驕條

4・2・7 冬、唐（130－3301－4）商湯衡享、宗

4・2・8 德（130－3302－4）國革力

4・2・9 蕭（130－3302－6）道擾

4・2・10 灰（130－3302－6）懷非

4・2・11 寒（130－3303－10）難亂開嬗

4・2・12 曷（130－3304－6）越列

4・2・13 咍（130－3304－9）治事

4・2・14 唐（130－3305－3）強昌

4・2・15 登（130－3305－3）興崩

4・2・16 唐（130－3305－3）尚明

4・2・17 唐（130－3306－6）行商

4・2・18 錫（130－3306－8）歷適迹

4・2・19 灰（130－3306－8）齊夷

4・2・20 曷（130－3307－1）越滅

4・2・21 灰（130－3307－2）微師

4・2・22 唐（130－3307－3）盟昌彰亡

4・2・23 唐（130－3307－6）強昌

4・2・24 唐（130－3308－1）庚商饗盟疆

4・2・25 曷（130－3308－3）絕說烈

4・2・26 咍（130－3308－3）生寧名

4・2・27 青（130－3308－6）疆亡

4・2・28 登（130－3308－7）泓稱

4・2・29 唐（130－3308－7）行亡

4・2・30 帖（130－3309－3）業接牒

4・2・31 先（130－3309－3）賢陳秦

4・2・32 寒（130－3309－3）元原

4・2・33 歌・齊（130－3309－6）彼蠡

4・2・34 東（130－3310－1）東庸

4・2・35 歌（130－3310－1）禾議

4・2・36 唐（130－3310－1）盟昌

4・2・37 齊・歌（130－3310－5）知和

4・2・38 歌・齊（130－3310－6）罷廝

4・2・39 咍（130－3311－2）臺基

4・2・40 灰、沒（130－3311－2）貴遂

4・2・41 模（130－3311－9）寡土呂許父

4・2・42 灰（130－3312－1）魏齊

4・2・43 德（130－3312－1）國革

4・2・44 咍・德（130－3312－5）事謀稷

4・2・45 歌（130－3312－11）和宜

這部分韻語，本文基本上都認同。

4・3 施向東和《研究》對相同的韻段所持的不同分析

4・3・1 維棄作稷，德盛西伯；武王牧野，實撫天下。（130－3301－6）

《研究》認爲，「稷」和「伯」是「鐸職」合韻，「野」和「下」爲獨用；施先生則認爲，「伯野下」是「模鐸」合韻。「稷」不入韻。

「稷」屬於小停頓處，其入韻與否，意義不大，因此本文認同施先生的觀點，「伯野下」是「模鐸」合韻。「稷」字不入韻。

4・3・2 咍（130－3302－10）臺謀友疑

此例是施先生的韻語。《研究》的「友」字不入韻。

本文認爲「臺謀友疑」一齊入韻，當屬於「之」部。

4・3・3 依之違之，周公綏之；憤發文德，天下和之；輔翼成王，諸侯宗周。隱桓之際，是獨何哉？（130－3307－5）

施先生認爲，「違、綏」押「灰」韻；「和、何」押「歌」韻，皆爲獨用。羅、周先生認爲，「綏」和「何」爲「歌脂」合韻。

本文贊同施先生的分法，將其處理爲獨用。

4·3·4百世享祀，爰周陳杞，楚實滅之。齊田既起，舜何人哉？（130－3308－3）

施先生只是將其合為一個韻段；《研究》則將其分為兩個韻段，上聲：祀杞起；平聲：之哉。

本文認為，依聲調不同，視為平上通押更嚴密一些，因此本文取《研究》之說。

4·3·5 少康之子，實賓南海，文身斷髮，黿鱓與處，既守封禺，奉禹之祀。（130－3309－6）

施先生認為，「子、海、祀」為「咍」韻獨用；羅、周先生則認為是「之魚」合韻，上聲：「海、處、祀」。

這屬於認知的分歧，但是本文更傾向於施先生的獨用分法。

4·3·6 子產之仁，紹世稱賢。三晉侵伐，鄭納於韓。（130－3310－1）

施先生認為「仁、賢」為「先」部獨用。《研究》認為「仁、賢、韓」為「眞元」合韻。

大的停頓之處，理應入韻，所以本文同意羅、周先生的分法，「仁、賢、韓」為眞元合韻。

4·3·7 維驥騄耳，乃章造父。趙夙事獻，衰續厥緒。佐文尊王，卒為晉輔。襄子困辱，乃禽智伯。主父生縛，餓死探爵。王遷辟淫，良將是斥。

施先生認為「父緒輔、伯斥」屬於「模、鐸」合韻；羅、周先生認為「父、緒、輔」為「魚」部獨用，「伯、爵、斥」為「藥鐸」合韻。

大的停頓之處，理應入韻，因此本文認同羅、周先生的分法，「伯、爵、斥」為「藥鐸」合韻。

4·3·8 維祖師旅，劉賈是與；為布所襲，喪其荊、吳。營陵激呂，乃王琅邪；怵午信齊，往而不歸，遂西入關，遭立孝文，獲復王燕。天下未集，賈、澤以族，為漢藩輔。

施先生將其分為三個韻段：模（130－3311－6）旅與吳呂邪輔；灰（130－3311－6）齊歸；寒（130－3311－6）關燕

羅、周先生依聲調劃分。魚部平聲：吳邪；上聲：旅與；脂部平聲：齊歸。

本文認為，依聲調不同，視為平、上通押更為嚴密一些，所以羅周之說更

為合理。但同時本文又同意施先生的「關燕」的分法。因此本文綜合兩家的說法。

4．3．9 為秦開地益眾，北靡匈奴，據河為塞，因山為固，建榆中。（130－3315－4）

施先生將其劃分為兩個韻段：冬（130－3315－4）眾中；模（130－3315－4）奴固。羅、周先生認為「奴固」為魚部獨用，「眾中」不入韻。

羅、周先生的劃分方法更為合理。

4．3．10 楚人迫我京索，而信拔魏趙，定燕齊，使漢三分天下有其二，以滅項籍。（130－3315－8）

施先生認為「齊、二」為灰韻。羅、周先生則認為「索、籍」入鐸部。

本文認為，司馬遷於此處應非有意用韻，所以此處當為非韻。

4．3．11 攻城野戰，獲功歸報，噲、商有力焉，非獨鞭策，又與之脫難。（130－3315－12）

施先生認為「戰焉難」入寒韻。《研究》則認為「焉、難」獨用，「戰」不入韻。

施先生的韻例不太合適。羅、周先生又涉及到平、去互押的問題，此例是值得商榷的。本文認為從情理角度而言，此處當非韻。

4．3．12 布衣匹夫之人，不害於政，不妨百姓，取與以時而息財富，智者有採焉。（130－3319－1）

施先生認為「時、富、採」為哈德合韻。羅、周先生則認為「時富」為之部獨用。

施先生的韻例有失偏頗。羅、周先生又涉及到平去互押的問題，此例也是值得商榷的。此處本文只認為「政」和「姓」屬於耕蒸合韻。

4．4《研究》有，而施先生無的韻段

4．4．1 本文贊成《研究》的分法有以下幾例：

（1）真耕合韻：平聲：秦寧（3302－8）

（2）職藥合韻：虐德（3302－8）

（3）陽冬合韻：平聲：梁宗（3303－1）

（4）元獨用：禪亂（3307－8）；端難（3311－1）

（5）東蒸合韻：平聲：功肱（3304－3）

（6）陽東合韻：平聲：疆從（3304－7）唐公（3309－1）

（7）魚部獨用：乎乎奴（3308－7）。此例盧字入韻。

4・4・2《研究》的以下幾例有待商榷：

（1）蒸陽侵合韻：平聲：興明心（3303－1）

　　本文認爲「邢」也入韻。

（2）元獨用：元禪（3303－4）

　　本文認爲非韻。

（3）緝藥合韻：邑弱（3304－7）

　　小停頓之處，可韻可不韻，本文認爲此處當非韻。

（4）眞獨用：親秦（3315－1）

　　此處從情理文意考慮，當非韻。

（5）緝沃合韻：邑告（3308－5）

　　小停頓之處，可韻可不韻，本文認爲此處當非韻。

（6）鐸屋合韻：繹續（3309－3）

　　此處從情理、文意考慮，當非韻。

（7）職質合韻：德室（3309－7）

　　此處從情理、文意考慮，當非韻。

5・本文《太史公自序》的韻段

在分析《太史公自序》之後，本文得出 111 個韻段，並分爲先秦和西漢兩部分。如下：

5・1 先秦時期

（史記－130－3288－3）廬塗；（史記－130－3292－3）朽守；（史記－130－3292－3）常綱；（史記－130－3298－1）釐里；（史記－130－3292－3）朽守；（史記－130－3292－3）常綱明；（史記－130－3298－1）釐里

5・2 西漢時期

模（史記－130－3288－3）廬塗；灰、沒（史記－130－3289－1）術諱畏；東（史記－130－3289－2）功從；痕（史記－130－3289－3）遵循；痕、先（史

記－130－3289－4）恩分；沒、屑（史記－130－3289－5）一物術；歌（史記－130－3289－4）移化宜多和隨；曷、沒（史記－130－3289－8）竭敝；沒、灰（史記－130－3290－7）死哀禮率；齊、歌（史記－130－3292－1）爲爲知；青（史記－130－3292－2）形情；侯（史記－130－3292－2）後主；合、帖（史記－130－3292－3）法業合；寒（史記－130－3292－4）端竅；青（史記－130－3292－4）生形成冥名形；灰、曷（史記－130－3292－7）竭敝死；模（史記－130－3295－3）夏予祖；先（史記－130－3295－5）親身；歌、齊（史記－130－3301－1）帝地；鐸、模（史記－130－3301－1）序度；哈（史記－130－3301－1）臺載；東（史記－130－3301－3）功同；曷（史記－130－3301－3）際裔；蕭、豪（史記－130－3301－3）驕條；冬、唐（史記－130－3301－4）商湯衡享、宗；模、鐸（史記－130－3301－6）伯野下；寒（史記－130－3301－6）亂叔；模（史記－130－3302－2）禹旅；德（史記－130－3302－4）國革力；蕭（史記－130－3302－6）道擾；合、帖（史記－130－3302－6）業接、立；灰（史記－130－3302－6）懷非；哈（史記－130－3302－10）臺謀友疑；寒（史記－130－3303－10）難亂開嬗；曷（史記－130－3304－6）越列；哈（史記－130－3304－9）治事；唐（史記－130－3305－3）強昌；登（史記－130－3305－3）興崩；唐（史記－130－3305－3）尙明；唐（史記－130－3306－6）行商；灰、曷（史記－130－3306－6）利、末；錫（史記－130－3306－8）歷適迹；灰（史記－130－3306－8）齊夷；曷（史記－130－3307－1）越滅；灰（史記－130－3307－2）微師；蕭、哈（史記－130－3307－2）幽丘；唐（史記－130－3307－3）盟昌彰亡；灰（史記－130－3307－5）違綏；歌（史記－130－3307－5）和何；唐（史記－130－3307－6）強昌；唐（史記－130－3308－1）庚商饗盟強；曷（史記－130－3308－3）絕說烈；哈（史記－130－3308－3）杞杞之起哉；哈（史記－130－3308－5）生寧名；青（史記－130－3308－6）強亡；登（史記－130－3308－7）泓稱；唐（史記－130－3308－7）行亡；帖（史記－130－3309－3）業接堞；先（史記－130－3309－3）賢陳秦；寒（史記－130－3309－3）元原；哈（史記－130－3309－6）子海祀；歌、齊（史記－130－3309－6）彼蠡；東（史記－130－3310－1）東庸；歌（史記－130－3310－1）禾議；唐（史記－130－3310－1）盟昌；先（史記－130－3310－1）仁賢；模、鐸（史記－130－3310－3）父緒輔、伯斥；齊、

歌（史記－130－3310－5）知和；歌、齊（史記－130－3310－6）罷廝；德、登（史記－130－3310－7）德興；冬、東（史記－130－3310－7）宗庸；寒（史記－130－3310－8）難援；侯、東（史記－130－3310－8）侯共；哈（史記－130－3311－2）臺基；灰、沒（史記－130－3311－2）貴遂；青（史記－130－3311－4）輕城；模（史記－130－3311－6）旅與吳呂邪輔；灰（史記－130－3311－6）齊歸；寒（史記－130－3311－6）關燕；模（史記－130－3311－9）寡土呂許父；灰（史記－130－3312－1）魏齊；德（史記－130－3312－1）國革；哈、德（史記－130－3312－5）事謀稷；歌（史記－130－3312－11）和宜；灰（史記－130－3312－14）利死；模（史記－130－3313－6）奢父吳；青（史記－130－3313－13）郢平；沒（史記－130－3313－13）率計；冬（史記－130－3315－4）眾中；模（史記－130－3315－4）奴固；灰（史記－130－3315－8）齊二；寒（史記－130－3315－12）戰焉難；唐（史記－130－3315－13）明量；寒（史記－130－3317－6）閒藩；先（史記－130－3317－6）民臣；模（史記－130－3318－1）序如；寒（史記－130－3318－1）閒粲；青（史記－130－3319－1）政姓；哈德（史記－130－3319－1）時富採

第三節　與羅常培、周祖謨《研究》的《漢書敘傳》比對

　　《研究》的《漢書敘傳》分韻，只包括了《漢書》卷一百下，並無卷一百上。究其原因，可能是一百上的韻語不如一百下的韻語那麼直觀、明顯，而且性質較爲複雜，包括先秦和後漢時期的韻語，因此羅、周先生採取謹愼的態度，只是收錄了一百下的韻語，而將其上的韻語捨棄。本文將《漢書》第一百卷的上、下兩篇的韻語一併收錄。

1・《研究》的分韻情況

1・1 陰聲韻

　　（1）之　部

【獨用】

　　上聲：宰海（100－4240－1）[註8] 祀史時起始（100－4242－7）子起

（100－4245－3）海子祀（100－4248－1）子嗣（100－4257
－3）子仕己巳子（100－4258－3）緇仕（100－4260－3）理紀
始（100－4265－8）

去聲：代戒（100－4241－1）試吏異志（100－4266－1）意代嗣（100
－4269－1）

【合韻】

之幽

平聲：司娸疚（100－4263－4）

上聲：祉子茂（100－4240－4）有始採首（100－4255－3）

之幽宵

上聲：母表舅宰（100－4270－1）

之沃

去聲：志試學治（100－4255－5）

（2）幽　部

【獨用】

上聲：草道（100－4237－3）朽舊陶首鳥（100－4246－1）首咎（100
－4253－3）道好（100－4260－4）

【合韻】

幽之

平聲：憂郵浮（100－4258－1）

上聲：首紀晷（100－4236－2）

幽沃

去聲：褎學（100－4263－4）

（3）魚　部

【獨用】

平聲：孥墓（100－4237－2）徒湖（100－4246－3）夫都奴（100－
4250－1）

上聲：祖緒武楚旅舉（100－4236－1）舉下敘（100－4241－3）虎輔
（100－4245－3）旅楚呂矩斧（100－4246－6）魯社（100－

4247－4）古下緒（100－4249－3）楚所（100－4251－3）詛
據序（100－4257－3）懊舉輔許（100－4262－6）武怒野（100
－4267－5）

去聲：錯故（100－4249－4）疏據圉慮（100－4252－1）謨度路（100
－4260－5）度詐（100－4266－5）

【合韻】

魚宵：

平聲：符昭（100－4240－5）夭楚昭（100－4247－1）霄妖（100－4251
－3）殊禺甌區符驕（100－4268－1）

上聲：禹敘武舉表（100－4243－5）趙主（100－4247－3）序表旅（100
－4268－4）

（4）歌　部

【獨用】

平聲：歌沱（100－4244－3）

去聲：貨化（100－4266－5）

（5）脂　部

【獨用】

平聲：微乖幾（100－4241－5）師威毗（100－4261－1）

上聲：濟禮（100－4260－5）

去聲：惠謂（100－4267－1）

【合韻】

脂支：平聲：威資貔鯢（100－4264－5）

脂祭：去聲：貴世（100－4267－3）

脂質：昧佛（100－4261－3）

（6）祭　部

【獨用】

去聲：世制敗（100－4237－1）說敗沛害大（100－4250－5）慨說敗
大害（100－4252－3）

【合韻】

　　去聲：伐大裔（100－4261－1）闕世害（100－4261－3）制殺（100
　　　　　－4267－1）

1·2 陽聲韻

（7）蒸　部

【獨用】

　　平聲：登宏騰（100－4244－6）

【合韻】

　　蒸冬：宗登（100－4263－3）陵勝興雄終（100－4266－3）終登宗（100
　　　　　－4269－2）

（8）陽　部

【獨用】

　　平聲：荒桑康（100－4237－4）〔註9〕攘荒（100－4237－6）煌光璋王
　　　　　陽（100－4239－3）〔註10〕陽王亡（100－4245－1）襄王梁疆
　　　　　殃長（100－4246－3）王亡昌（100－4248－1）王倉張（100
　　　　　－4249－5）常揚創光（100－4250－1）狂殃荒王（100－4250
　　　　　－3）〔註11〕王梁先（100－4251－3）葬將（100－4258－5）堂
　　　　　皇揚王衡詳亡（100－4259－1）光疆良（100－4263－1）祥光
　　　　　（100－4269－2）煌光堂亡（100－4270－1）皇王陽光疆方綱
　　　　　章（100－4271－1）

（9）東　部

【獨用】

　　平聲：公功凶（100－4239－5）〔註12〕

〔註9〕《研究》誤爲紀四，實爲紀五。

〔註10〕《研究》誤爲紀九，實爲紀十。

〔註11〕《研究》誤爲傳四十，實爲傳十四

〔註12〕《研究》誤爲紀十，實爲紀十一。

【合韻】

　　　　東多：沖忠聰同（100−4238−2）

（10）耕　部

【獨用】

　　　　平聲：名精靈庭成（100−4238−3）〔註13〕正成名（100−4247−1）
　　　　　　　聲盈成（100−4253−3）輕瑩聲盈明英（100−4253−5）明行
　　　　　　　（100−4261−3）京明平刑聲（100−4262−1）

（11）真　部

【獨用】

　　　　平聲：秦民（100−4236−3）彬神臣（100−4239−5）秦因人（100
　　　　　　　−4241−2）民先田尊（100−4242−5）溫君孫伸民身（100−
　　　　　　　4251−1）

【合韻】

　眞元

　　　　平聲：親分傳（100−4251−4）人文門元論身（100−4265−6）
　　　　去聲：戰論信俊（100−4259−4）
　　　　眞侵：平聲：淫紛文（100−4241−6）秦心門信君（100−4248−6）
　　　　　　　恂心隣軍（100−4254−3）文深身臣倫（100−4256−5）

（12）元　部

【獨用】

　　　　平聲：安韓難（100−4248−7）桓元邊閒顏（100−4254−5）山連（100
　　　　　　　−4254−6）
　　　　去聲：換漢怨（100−4236−3）漢縣判（100−4243−7）贊彥歎（100
　　　　　　　−4262−2）

（13）侵　部

【獨用】

　　　　平聲：今林（100−4271−2）

〔註13〕《研究》誤爲紀七，實爲紀八。

【合韻】

　　侵冬：鳳衷（100－4258－5）

1・3 入聲韻

（14）職　部

【獨用】

　　默德（100－4237－2）則國北（100－4243－7）北國稷（100－4248－2）默革德國（100－4248－4）直色德（100－4249－3）直色服德（100－4252－5）職食慝德國（100－4256－2）克德國（100－4257－5）色直直式（100－4262－4）

【合韻】

　　職沃：德服覆式（100－4267－6）福戚覆德（100－4269－1）

　　職緝：翼克直服邑德（100－4239－1）

　　職沃鐸：郭六職（100－4268－5）

（15）鐸　部

【獨用】

　　作籍（100－4242－3）薄霍作度恪（100－4269－3）

【合韻】

　　鐸藥：澤作樂（100－4241－6）

　　鐸屋盍：法略薄祿作（100－4264－3）

（16）質　部

【獨用】

　　一忽律出（100－4241－4）詘節栗（100－4247－3）實詘黜（100－4264－1）

（17）月　部

【獨用】

　　末烈（100－4242－2）滅缺別烈（100－4244－6）伐烈（100－4245－1）惥桀（100－4259－6）

【合韻】

月質：缺發七術（100－4265－2）

（18）盍　部

【獨用】

業乏法（100－4266－5）

【合韻】

盍緝：業立（100－4268－5）

盍鐸：曄業作（100－4237－6）

盍鐸藥：作業樂法（100－4244－5）

2・本文的韻段

2・1 先秦時期

（漢書－100－4207－9）赫莫（漢書－100－4210－2）足餗

2・2 後漢時期

2・2・1 漢書卷一百上

（漢書－100－4205－2）方量臧饗；（漢書－100－4205－10）躅摯；（漢書－100－4208－1）武下；（漢書－100－4208－3）德澤符；（漢書－100－4208－4）明饗往；（漢書－100－4209－4）路堅祚；（漢書－100－4209－6）布籍；（漢書－100－4210－1）用重；（漢書－100－4210－4）利歸；（漢書－100－4211－9）女處聚；（漢書－100－4212－3）主誅；（漢書－100－4212－4）戒識；（漢書－100－4213－2）華作；（漢書－100－4213－5）胃蛻；（漢書－100－4213－4）靈聲京；（漢書－100－4213－6）謠廬；（漢書－100－4213－7）濟階懷；（漢書－100－4214－1）遠玷；（漢書－100－4214－1）寐髴隧察對迷綏祗；（漢書－100－4215－2）戒再；（漢書－100－4216－1）俟在己始感已；（漢書－100－4216－2）寡御予褻伏；（漢書－100－4216－5）逼得；（漢書－100－4216－6）可禍；（漢書－100－4216－7）補道茂；（漢書－100－4218－1）氾止軌姬災；（漢書－100－4218－2）五虎耦；（漢書－100－4220－1）周諏幽龜流；（漢書－100－4220－2）謠條；（漢書－100－4220－3）息縮忒惑福服；（漢書－100－4222－1）誼避累；（漢書－100－4222－2）聲荊營榮程；（漢書

－100－4223－1）順信信眞；（漢書－100－4223－1）載代；（漢書－100－4223
－2）微開；（漢書－100－4224－1）經形情；（漢書－100－4224－3）昧道物
物幾；（漢書－100－4224－3）命聖名用痛；（漢書－100－4225－1）色域；（漢
書－100－4225－5）論分；（漢書－100－4225－6）章皇；（漢書－100－4225
－6）煥黔；（漢書－100－4226－1）鱗雲震；（漢書－100－4226－2）門根；（漢
書－100－4226－3）波華；（漢書－100－4226－4）策計；（漢書－100－4227
－4）金印；（漢書－100－4227－11）酋囚；（漢書－100－4227－11）貴隧；（漢
書－100－4228－1）荒紘綱農唐；（漢書－100－4227－2）神春；（漢書－100
－4230－3）濱沂信勳；（漢書－100－4231－1）興林；（漢書－100－4231－2）
聞玄；（漢書－100－4231－3）奧圍；（漢書－100－4231－3）文人；（漢書－
100－4231－3）聽興；（漢書－100－4231－3）瓢表；（漢書－100－4231－4）
陽方綱常；（漢書－100－4231－6）志己之；（漢書－100－4231－6）符胅諸；
（漢書－100－4231－9）荒蒼；（漢書－100－4231－10）神珍眞分斤鈞垠文

2・2・2漢書卷一百下

　　（漢書－100－4235－2）功章；（漢書－100－4235－2）末列；（漢書－100
－4236－1）祖緒武楚旅舉；（100－4236－2）首紀嵒；（漢書－100－4236－3）
換漢怨；（漢書－100－4236－3）秦民；（漢書－100－4236－4）經平明；（漢
書－100－4237－1）世制敗；（漢書－100－4237－2）默德；（漢書－100－4237
－2）孚墓；（漢書－100－4237－3）風清；（漢書－100－4237－3）屮道；（漢
書－100－4237－4）政命定；（漢書－100－4237－4）荒桑康；（漢書－100－
4237－6）曄業作；（漢書－100－4237－6）何宇；（漢書－100－4237－6）攘
荒；（漢書－100－4237－7）文眞神年；（漢書－100－4238－2）沖忠聰同；（漢
書－100－4238－3）名精靈庭成；（漢書－100－4239－1）翼克直服邑德；（漢
書－100－4239－3）煌光璋王陽；（漢書－100－4239－5）彬神臣；（漢書－100
－4239－5）公功凶；（漢書－100－4240－1）宰海；（漢書－100－4240－2）
命政姓；（漢書－100－4240－3）勳臣尊；（漢書－100－4240－4）祉子滋茂；
（漢書－100－4240－5）符昭；（漢書－100－4240－6）楚旅土；（漢書－100
－4241－1）代戒；（漢書－100－4241－2）秦因人；（漢書－100－4241－3）
舉下敘；（漢書－100－4241－4）一忽律出；（漢書－100－4241－5）微乖幾；
（漢書－100－4241－6）澤作樂；（漢書－100－4241－6）洷紛文；（漢書－100

－4242－2）耀效教；（漢書－100－4242－2）末烈；（漢書－100－4242－3）
作籍；（漢書－100－4242－5）民先田尊；（漢書－100－4242－5）無銖虛；（漢
書－100－4242－7）神川年；（漢書－100－4242－7）祀史岱時起始；（漢書－
100－4243－3）明精成形應；（漢書－100－4243－3）紛新；（漢書－100－4243
－5）禹敘武舉表；（漢書－100－4243－7）則國北；（漢書－100－4243－7）
漢縣判；（漢書－100－4244－2）載代；（漢書－100－4244－2）移涯支；（漢
書－100－4244－2）歌沱；（漢書－100－4244－3）渠家；（漢書－100－4244
－5）作業樂法；（漢書－100－4244－6）登弘騰；（漢書－100－4244－6）滅
缺別烈；（漢書－100－4245－1）伐烈；（漢書－100－4245－1）陽王亡；（漢
書－100－4245－3）子起；（漢書－100－4245－3）虎輔；（漢書－100－4246
－1）朽舊隅首鳥；（漢書－100－4246－3）徒湖；（漢書－100－4246－3）襄
王梁疆殃長；（漢書－100－4246－6）旅楚邪呂吳矩斧；（漢書－100－4247－1）
夭楚紹；（漢書－100－4247－1）正成名；（漢書－100－4247－3）節栗；（漢
書－100－4247－3）趙主；（漢書－100－4247－4）魯社；（漢書－100－4248
－1）王亡昌；（漢書－100－4248－1）海子祀；（漢書－100－4248－2）北國
稷；（漢書－100－4248－4）勳信軍文；（漢書－100－4248－4）中宮；（漢書
－100－4248－4）默革德國；（漢書－100－4248－6）秦心門印信君；（漢書－
100－4248－7）安韓難；（漢書－100－4248－8）門文勳；（漢書－100－4249
－1）驕夫衢；（漢書－100－4249－3）古下緒；（漢書－100－4249－3）直色
德；（漢書－100－4249－4）錯故；（漢書－100－4249－5）王倉張；（漢書－
100－4249－5）人賓文；（漢書－100－4250－1）夫都奴；（漢書－100－4250
－1）常揚創光；（漢書－100－4250－3）狂殃荒亡；（漢書－100－4250－5）
說敗沛害大；（漢書－100－4251－1）溫君孫伸民身；（漢書－100－4251－3）
王梁光；（漢書－100－4251－3）楚所；（漢書－100－4251－3）霧妖；（漢書
－100－4251－4）親分傅；（漢書－100－4252－1）嬌朝；（漢書－100－4252
－1）疏據圍慮；（漢書－100－4252－3）慨說敗大害；（漢書－100－4252－5）
刑平明；（漢書－100－4252－5）直色服德；（漢書－100－4253－1）如樞隅諸；
（漢書－100－4253－3）聲盈成；（漢書－100－4253－3）首咎；（漢書－100
－4253－5）王慶；（漢書－100－4253－5）輕醅聲盈明英；（漢書－100－4254
－3）恂心鄰軍；（漢書－100－4254－3）青病姓命；（漢書－100－4254－5）

桓元邊聞顏；（漢書－100－4254－6）軍絃震；（漢書－100－4254－6）山連；
（漢書－100－4255－1）舒侯車書儒；（漢書－100－4255－3）有始採首；（漢
書－100　4255－5）斤門賢身；（漢書－100－4255－5）志試學治；（漢書－100
－4256－2）職食懕德國；（漢書－100－4256－5）文深身臣倫；（漢書－100
－4256－7）夏社禍；（漢書－100－4257－1）刑精經明；（漢書－100－4257
－3）子嗣；（漢書－100－4257－3）詛據序；（漢書－100－4257－5）耽湎；（漢
書－100－4257－5）克德國；（漢書－100－4258－1）憂郵浮；（漢書－100－
4258－3）子仕已事己子；（漢書－100－4258－5）葬將；（漢書－100－4258
－5）鳳衷；（漢書－100－4259－1）堂皇揚王衡詳亡；（漢書－100－4259－2）
信孫；（漢書－100－4259－4）戰論信俊；（漢書－100－4259－6）彌支；（漢
書－100－4259－6）慚桀；（漢書－100－4260－1）敏理仕恥；（漢書－100－
4260－1）老考；（漢書－100－4260－3）民眞；（漢書－100－4260－3）緇仕；
（漢書－100－4260－4）道好；（漢書－100－4260－5）濟禮；（漢書－100－
4260－5）讓相；（漢書－100－4260－5）謨度路；（漢書－100－4261－1）師
威毗；（漢書－100－4261－1）伐大裔；（漢書－100－4261－3）明行；（漢書
－100－4261－3）昧佛；（漢書－100－4261－3）闕世害；（漢書－100－4262
－1）京明平刑聲；（漢書－100－4262－2）贊彥歎；（漢書－100－4262－4）
色直直式；（漢書－100－4262－6）懊舉輔慮許；（漢書－100－4263－1）光疆
良；（漢書－100－4263－2）子敏理軌里；（漢書－100－4263－3）宗登；（漢
書－100－4263－4）襃學；（漢書－100－4263－4）司娸疢；（漢書－100－4264
－1）詘黜；（漢書－100－4264－1）勤君勤身；（漢書－100－4264－3）略薄
祿作；（漢書－100－4264－5）威資貔鯢；（漢書－100－4265－2）缺發；（漢
書－100－4265－2）七術；（漢書－100－4265－4）賢身臣；（漢書－100－4265
－6）人文門玄論身；（漢書－100－4265－8）秦文分；（漢書－100－4265－8）
理紀始；（漢書－100－4266－1）試吏子異思；（漢書－100－4266－3）陵勝興；
（漢書－100－4266－3）雄終；（漢書－100－4266－5）業乏法；（漢書－100
－4266－5）度詐；（漢書－100－4266－5）貨化；（漢書－100－4267－1）制
殺；（漢書－100－4267－1）惠謂；（漢書－100－4267－3）貴世；（漢書－100
－4267－4）夏雅；（漢書－100－4267－4）女部；（漢書－100－4267－5）定
盛城境；（漢書－100－4267－5）武怒野；（漢書－100－4267－6）德服覆式；

（漢書－100－4268－1）殊禺寓甌區符岨隅；（漢書－100－4268－1）鮮遠；（漢書－100－4268－4）序表旅；（漢書－100－4268－4）神勤宛孫瀕；（漢書－100－4268－5）業立；（漢書－100－4268－5）郭六職；（漢書－100－4269－1）福戚覆德；（漢書－100－4269－1）意代嗣；（漢書－100－4269－2）終登宗；（漢書－100－4269－2）祥光；（漢書－100－4269－2）遂世妹；（漢書－100－4269－2）害衛；（漢書－100－4269－3）薄霍作度恪；（漢書－100－4270－1）母表舅宰；（漢書－100－4270－1）逸威；（漢書－100－4270－1）煌光堂亡；（漢書－100－4270－3）臣天辛文臻昏；（漢書－100－4271－1）皇王陽光疆方綱章；（漢書－100－4271－2）今林

3・《研究》與本文的比對

將本文的《漢書敘傳》的一百下與羅、周先生的韻語相比較，有如下特點：

3・1 本文認為是韻語的，而在《研究》中未見的，如下：

（漢書－100－4235－2）功章；（漢書－100－4235－2）末列；（漢書－100－4236－4）經平明；（漢書－100－4237－3）風清；（漢書－100－4237－4）政命定；（漢書－100－4237－6）何宇；（漢書－100－4237－7）文眞神年；（漢書－100－4240－2）命政姓；（漢書－100－4240－3）勳臣尊；（漢書－100－4240－6）楚旅土；（漢書－100－4242－2）耀效教；（漢書－100－4242－3）作籍；（漢書－100－4242－5）無銖虛；（漢書－100－4242－7）神川年；（漢書－100－4243－3）明精成形應；（漢書－100－4243－3）紛新；（漢書－100－4244－2）載代；（漢書－100－4244－2）移涯支；（漢書－100－4244－3）渠家；（漢書－100－4248－4）勳信軍文；（漢書－100－4248－4）中宮；（漢書－100－4248－8）門文勳；（漢書－100－4249－1）驥夫衢；（漢書－100－4249－5）人賓文；（漢書－100－4252－1）嬌朝；（漢書－100－4252－5）刑平明；（漢書－100－4253－1）如樞隅諸；（漢書－100－4253－5）王慶；（漢書－100－4254－3）青病姓命；（漢書－100－4254－6）軍紘震；（漢書－100－4255－1）舒侯車書儒；（漢書－100－4255－5）斤門賢身；（漢書－100－4256－7）夏社禍；（漢書－100－4257－1）刑精經明；（漢書－100－4257－5）耽泆；（漢書－100－4258－5）鳳衷；（漢書－100－4259－2）信孫；（漢書－100－4259－6）彌支；（漢書－100－4260－1）敏理仕恥；（漢書－100－4260－1）

老考；（漢書－100－4260－3）民眞；（漢書－100－4260－5）讓相；（漢書－100－4263－2）子敏理軌里；（漢書－100－4264－1）勤君勳身；（漢書－100－4265－4）賢身臣；（漢書－100－4265－8）秦文分；（漢書－100－4267－4）夏雅；（漢書－100－4267－4）女鄙；（漢書－100－4267－5）定盛城境；（漢書－100－4268－1）鮮遠；（漢書－100－4268－4）神勤宛孫瀕；（漢書－100－4269－2）遂世妹；（漢書－100－4269－2）害衛；（漢書－100－4270－1）逸威；（漢書－100－4270－3）臣天辛文臻昏

3·2 本文與《研究》的韻語完全相同的，如下：

（漢書－100－4236－1）祖緒武楚旅舉；（漢書－100－4236－2）首紀舋；（漢書－100－4236－3）換漢怨；（漢書－100－4236－3）秦民；（漢書－100－4237－1）世制敗；（漢書－100－4237－2）默德；（漢書－100－4237－2）孥墓；（漢書－100－4237－3）屮道；（漢書－100－4237－4）荒桑康；（漢書－100－4237－6）曄業作；（漢書－100－4237－6）攘荒；（漢書－100－4238－2）沖忠聰同；（漢書－100－4238－3）名精靈庭成；（漢書－100－4239－1）翼克直服邑德；（漢書－100－4239－3）煌光璋王陽；（漢書－100－4239－5）彬神臣；（漢書－100－4239－5）公功凶；（漢書－100－4240－1）宰海；（漢書－100－4240－5）符昭；（漢書－100－4241－1）代戒；（漢書－100－4241－2）秦因人；（漢書－100－4241－3）舉下敘；（漢書－100－4241－4）一忽律出；（漢書－100－4241－5）微乖幾；（漢書－100－4241－6）澤作樂；（漢書－100－4241－6）淫紛文；（漢書－100－4242－2）末烈；（漢書－100－4242－5）民先田尊；（漢書－100－4242－7）祀史岱時起始；（漢書－100－4243－5）禹敘武舉表；（漢書－100－4243－7）則國北；（漢書－100－4243－7）漢縣判；（漢書－100－4244－2）歌沱；（漢書－100－4244－5）作業樂法；（漢書－100－4244－6）滅缺別烈；（漢書－100－4245－1）伐烈；（漢書－100－4245－1）陽王亡；（漢書－100－4245－3）子起；（漢書－100－4245－3）虎輔；（漢書－100－4246－1）朽舊隝首鳥；（漢書－100－4246－3）徒湖；（漢書－100－4246－3）襄王梁疆殃長；（漢書－100－4247－1）夭楚紹；（漢書－100－4247－1）正成名；（漢書－100－4247－3）趙主；（漢書－100－4247－4）魯社；（漢書－100－4248－1）王亡昌；（漢書－100－4248－1）海子祀；（漢

書－100－4248－2）北國稷；（漢書－100－4248－4）默革德國；（漢書－100－4248－7）安韓難；（漢書－100－4249－3）古下緒；（漢書－100－4249－3）直色德；（漢書－100－4249－4）錯故；（漢書－100－4249－5）王倉張；（漢書－100－4250－1）夫都奴；（漢書－100－4250－1）常揚創光；（漢書－100－4250－5）說敗沛害大；（漢書－100－4251－1）溫君孫伸民身；（漢書－100－4251－3）楚所；（漢書－100－4251－3）霜妖；（漢書－100－4251－4）親分傅；（漢書－100－4252－1）疏據圉慮；（漢書－100－4252－3）慨說敗大害；（漢書－100－4252－5）直色服德；（漢書－100－4253－3）聲盈成；（漢書－100－4253－3）首咎；（漢書－100－4253－5）輕嚳聲盈明英；（漢書－100－4254－5）桓元邊閒顏；（漢書－100－4254－6）山連；（漢書－100－4255－3）有始採首；（漢書－100－4255－5）志試學治；（漢書－100－4256－2）職食愿德國；（漢書－100－4256－5）文深身臣倫；（漢書－100－4257－3）子嗣；（漢書－100－4257－3）詛據序；（漢書－100－4257－5）克德國；（漢書－100－4258－1）憂郵浮；（漢書－100－4258－5）葬將；（漢書－100－4259－1）堂皇揚王衡詳亡；（漢書－100－4259－4）戰論信俊；（漢書－100－4259－6）慚桀；（漢書－100－4260－3）緇仕；（漢書－100－4260－4）道好；（漢書－100－4260－5）濟禮；（漢書－100－4260－5）謨度路；（漢書－100－4261－1）師威毗；（漢書－100－4261－1）伐大裔；（漢書－100－4261－3）明行；（漢書－100－4261－3）昧佛；（漢書－100－4261－3）闕世害；（漢書－100－4262－1）京明平刑聲；（漢書－100－4262－2）贊彥歎；（漢書－100－4262－4）色直直式；（漢書－100－4263－1）光疆良；（漢書－100－4263－3）宗登；（漢書－100－4263－4）襃學；（漢書－100－4263－4）司娸疚；（漢書－100－4264－5）威資貔鯢；（漢書－100－4265－8）理紀始；（漢書－100－4266－3）陵勝興；（漢書－100－4266－3）雄終；（漢書－100－4266－5）業乏法；（漢書－100－4266－5）度詐；（漢書－100－4266－5）貨化；（漢書－100－4267－1）制殺；（漢書－100－4267－1）惠謂；（漢書－100－4267－3）貴世；（漢書－100－4267－5）武怒野；（漢書－100－4267－6）德服覆式；（漢書－100－4268－4）序表旅；（漢書－100－4268－5）業立；（漢書－100－4268－5）郭六職；（漢書－100－4269－1）福戚覆德；（漢書－100－4269－1）意代嗣；（漢書－100－4269－2）終登宗；（漢書－100－4269

－2）祥光；（漢書－100－4269－3）薄霍作度恪；（漢書－100－4270－1）母表舅宰；（漢書－100－4270－1）煌光堂亡；（漢書－100－4271－1）皇王陽光疆方綱章；（漢書－100－4271－2）今林

3・3 與羅、周先生的分歧之處

3・3・1（漢書－100－4240－4）祉子滋茂

《研究》無「滋」，此字與「祉子」同韻，處於小停頓處，不妨加入。

3・3・2（漢書－100－4244－6）登弘騰

《研究》把「弘」誤爲「宏」。

3・3・3（漢書－100－4246－6）旅楚邪呂吳矩斧

《研究》的韻語爲「旅楚呂矩斧」，少「邪吳」二字，此二字雖然處於小停頓之處，但仍爲「魚」字，不妨加入。

3・3・4（漢書－100－4247－3）節栗

《研究》多「詘」字，此字在上古爲物部，中古也是物韻，兩位先生把其當作質部字，認爲和「節栗」三者爲質部獨用，看來先生是認爲「詘」字在漢代已經從物部轉入了質部。而本文認爲物韻字尙未轉入質部。

3・3・5（漢書－100－4248－6）秦心門印信君

《研究》無「印」字。

3・3・6（漢書－100－4250－3）狂殃荒亡

《研究》誤把「亡」寫爲「王」。

3・3・7（漢書－100－4251－3）王梁光

《研究》誤把「光」寫爲「先」。

3・3・8（漢書－100－4254－3）恂心鄰軍

《研究》誤把「鄰」寫爲「隣」。

3・3・9（漢書－100－4258－3）子仕已事己子

《研究》少「事」字。

3・3・10（漢書－100－4262－6）懊舉輔慮許

《研究》少「慮」字，應加入。

3・3・11（漢書－100－4264－1）詘黜

《研究》多了「實」字，認爲「實詘黜」是質部獨用，這說明先生認爲「詘

「黜」在漢代已經從物部轉入了質部。本文認為物韻字尚未轉入質部。

3・12（漢書－100－4264－3）略薄祿作

《研究》多「法」字，此字處於小停頓處，不必入韻。如入韻的話，此韻段則為葉鐸屋三者合韻，如不入韻則為鐸屋二者合韻，為了不增加韻段的複雜性，本文認為「法」字當不入韻。

3・3・13（漢書－100－4265－2）缺發（漢書－100－4265－2）七術

《研究》認為「缺發」和「七術」屬於一個韻段，是月質合韻；本文認為應該分為兩個韻段，分別為月部獨用和質部獨用。

3・3・14（漢書－100－4265－6）人文門玄論身

《研究》誤把「玄」寫作「元」。

3・3・15（漢書－100－4266－1）試吏子異思

《研究》的韻語為「試吏異志」，遺漏了「子」字，而且「志」當為「思」之誤。

3・3・16（漢書－100－4268－1）殊禺寓甌區符岨隅

《研究》的韻語是「殊禺甌區符驕」，本文認為「驕」字不入韻，並且可以加入幾個小停頓處的同部韻字，如「寓岨」。

第四節　與金周生《〈史記・太史公自序〉韻語商榷》的商榷

金周生先生在《〈史記・太史公自序〉韻語商榷》〔註14〕一文中對「太史公自序」的韻語重新歸類，並對施向東先生，羅常培先生、周祖謨先生的相關文章進行了詳盡地分析〔註15〕，其中諸多觀點讓本文深受啟發。例如：施先生的1－24 號韻語中有些部分的確是韻語，但是為什麼《研究》中卻沒有將其收錄呢？金先生認為，「唯一的解釋是：（《研究》）只歸納司馬遷一百三十篇的寫作

〔註14〕金周生，《史記・太史公自序》韻語商榷，兩漢文學學術研討會論文集，臺北：華嚴出版社，1995。

〔註15〕羅常培、周祖謨，漢魏晉南北朝韻部演變研究（第一分冊），科學出版社，1985
　　　　施向東，《史記》中的韻語，音韻學研究第一輯，中國音韻學研究會編，中華書局出版，1984。

緣由部分，其它的並不在整理條列範圍之中。」〔註16〕本文贊同金先生的觀點，
料是羅、周先生只是挑選了性質整齊劃一且顯而易見的韻語材料。

　　但是在某些小問題上，本文的觀點卻與金先生產生分歧，現列於下：

　　1・金先生認為，施向東先生的 21－23 號的韻語，即哈（史記－130－3295
－2）史事史；模（史記－130－3295－3）夏予祖；先（史記－130－3295－5）
親身，從情理、段落與文意上看，都不應該成為韻文，因為這三處韻語出現的
位置是在司馬談的臨終之時。一個人在臨終時，是不會有意識地說出大段韻語
的，因此從情理角度而言，不應當認為是韻語。

　　本文認為（史記－130－3295－2）史事史，此例當非韻語，這一點我同意
金先生的觀點；但是（史記－130－3295－3）「夏予祖」和（史記－130－3295
－5）「親身」這兩個韻段，本文認為還應該算是韻語。金先生考慮的是司馬談
在臨終之時，是不會有意說出韻語的，這是很值得重視的觀點。但是從此段落
來看，絕大多數的句子非常工整，大的停頓處又都有同一個韻部的韻字出現。
所以我認為，這段文字應是司馬遷在其父臨終話語的基礎上，加工而成的有韻
的散文。司馬遷不會在若干年後寫自序的時候，仍然可以逐字逐句地記錄其父
臨終時所說的每句話，他只是將其主要內容進行了加工。因此本文認為，此段
文字仍有韻語出現的可能。

　　2・在施先生和羅、周先生都相同的韻語中，金先生認為：

　　2・1 寒（史記－130－3303－10）難亂閒嬗；哈（史記－130－3304－9）
治事；唐（史記－130－3305－3）尚明，皆為司馬遷非有意而作的韻語。

　　金先生的觀點有一定道理，但是某些韻段，雖為非有意而為的韻語，卻
有韻語的事實存在，這也能反映當時語音的實際，因此本文不打算錯過這種
現象。故（史記－130－3303－10）難亂閒嬗，以及（史記－130－3304－9）
治事，本文仍然承認它是押韻的；而（史記－130－3305－3）尚明，屬於非
韻。

　　2・2 齊、歌（史記－130－3310－5）知和；歌齊（史記－130－3310－6）
罷廝，為不符合韻例習慣，當非韻語。

　　此兩例理由同上，本文也認為其是韻語。

―――――――――

〔註16〕《史記・太史公自序》韻語商榷，281 頁。

2．3灰（史記－130－3312－1）魏齊；德（史記－130－3312－1）國革，金先生認為，從文意和韻段來看，不應當視為韻語。

（史記－130－3312－1）魏齊，此例我同意金先生的觀點，其是非韻。而（史記－130－3312－1）國革，可當入韻也可認為非韻，根據本文的從寬原則，我還是認為它屬於韻語。

3．金先生的韻段判斷標準有以下幾點：

3．1不合韻例習慣的，當非韻文。如寒（史記－130－3301－6）亂赦；青（史記－130－3311－4）輕城；寒（史記－130－3317－6）閒藩；先（史記－130－3317－6）民臣，等等都不是韻文。

本文認為（史記－130－3301－6）亂赦，以及（史記－130－3311－4）輕城，此兩例出現在小停頓處，屬於可韻可不韻的；但是此韻段的大停頓處分別是「鎬、祀」和「泗、藩」，顯然大停頓處是不入韻的。因此從情理考慮，小停頓處也就不應認為是入韻的。但是後兩例，（史記－130－3317－6）閒藩，以及（史記－130－3317－6）民臣，本文視為交韻例。

3．2有些雖然合乎於韻例習慣，但與上下文不配合或屬於異部通押，當非有意為韻文。如德、登（史記－130－3310－7）德興；冬、東（史記－130－3310－7）宗庸；寒（史記－130－3310－9）難援；侯、東（史記－130－3310－9）侯共，等等都不是韻文。

（史記－130－3310－7）德興；以及（史記－130－3310－7）宗庸，分別屬於職蒸合韻、冬東合韻，這在西漢時期較為常見，而且此二例，分別處於小停頓和大停頓處，認為其是韻語也未嘗不可，因此根據從寬的原則，本文仍然承認這兩個韻段。

（史記－130－3310－9）難援，以及（史記－130－3310－9）侯共，此兩例從文意和情理角度來看，確實不應算作韻語。

3．3句法長短參差，當非韻文。如蕭（史記－130－3304－11）務道；德（史記－130－3317－4）國職，等等都不是韻文。金先生此處所舉的例子，確實由於句法長短參差或文意等原因，皆為非韻。但是散文中的韻語，多數不會像詩歌那樣句句齊整。史書中的句式參差、結構不對稱的韻語是非常常見的，我們不能以詩詞歌賦的韻語形式來強求散文，否則將會錯過失去許多珍貴的語音現象，這也就是為什麼我們要以一個從寬的原則來判斷韻例的原因。當然所

謂的「從寬」不是盲目地、一味地將看似有韻語的韻段一併拿來，我們也有自己的一套標準，並對具體韻段作具體地分析。

金先生的其他標準，如：合乎於《魏晉南北朝韻部演變研究》歸納出的兩漢詩文韻例；文句主要以四字為主，凡文句字數前後參差過甚者不計；一段完整的文章中，超過一次「合韻」或聲調不同者不計；一段完整的文章中，韻段與句讀不能配合或韻段不連續者不計。這些標準，個別的也是我們找尋韻段的參考標準。但其多數還是頗為苛刻，本文還是採取了從寬的原則。

4·金先生認為「近代曾有人讚美《史記》為『無韻之離騷』，如果書中屢用韻語，就不能說它是純散文了，所以我認為對此事有再作一番檢討的必要。」〔註17〕以金先生字面的意思理解，他是非常贊同「無韻之離騷」的意見的，而且金先生對「無韻之離騷」的理解，據我揣測，他是認為《史記》是純散文，所以韻語數量應該很少，甚至有些地方是無韻的。可是這種理解是否正確呢？「無韻之離騷」的涵義究竟是什麼呢？

魯迅先生對《史記》有兩句讚譽的評語，盡人皆知，那就是：「史家之絕唱，無韻之《離騷》」。〔註18〕其第一句是說，《史記》後世的史書皆難與之相匹，望塵莫及。對於第二句，今人的解釋一般為：魯迅是在誇獎《史記》富有文學性，可與《離騷》相媲美。而《離騷》的韻語數量之多，後人是有目共睹的。由此可見，金先生對「無韻之離騷」的理解是有偏差的，魯迅先生的本意並非如此。《史記》中的韻語數量還是非常豐富的。

〔註17〕《史記·太史公自序》韻語商榷，250 頁。

〔註18〕《魯迅全集》第八卷《漢文學史綱要》。